U0035828

AQUARIUS

AQUARIUS

AQUARIUS

AQUARIUS

每個人心中都有一座島嶼，
藉文字呼息而靜謐，
Island，我們心靈的岸。

性盲症患者的愛情

張天翼——著

自序

是晴天還是雨天？書店還是圖書館？我正在北京初春的乾燥的風裡，想像你於何時何地讀到這裡。

農曆春節的前一天，我被編輯告知這本小說將有機會推出臺版。臺灣，花瓣一般的美麗島嶼，我尚未有幸踏足，我的「小孩」已經有機會到那裡旅行了，開心之餘，也有點忐忑。寶瓶文化的編輯問我是否能寫一篇臺版序。我想，第一次有書跟寶島讀者見面，正該藉這個機會交代幾句，拜託幾句，即使是像朱自清他爹那樣「囑託茶房好好照應兒子」會被暗暗嘲笑，也不要緊。

所以我想向你道謝，感謝你選擇了這本身著熱烈紅衣的書。

吸引你的是不是這個怪趣的書名？你一定會想：性盲症？沒聽過，是什麼病？我先「破題」，解釋一下書名來歷：八年前，一位姓薛的高大可愛男孩子跟我說：「在認識你之前，我眼裡的人都不分男女，你讓我第一次意識到性別確是有意義的。」我笑道：「那麼你豈不當了二十多年的性盲人？」多年來我始終記得這句話。一年半之前，我把這句話敷演成一個短篇小說〈性盲症患者的愛情〉，描寫患有「不分男女」這種病症的人的生活。再後來，中信出版社的編輯決定用它作為書名，雖然它還不是作者最喜歡的一篇，不過現已成為我先生的小薛表示，他非常滿意。

這本集子收錄的八篇小說，完成於剛過去的兩年中，本來打算寫九個，我喜歡九，不過編輯說字數已經夠多了，遂止於八。故事的主角們，是機器人父親和他的機器人女兒、經歷慘烈二戰被認為已陣亡的士兵、在熱門自殺地點工作的自殺管理員、合租房間住的窮畫師和窮作家、天生無法區分性別的男青年、沉睡在城堡裡的睡美人……這些人（和機器人）並不特指是「內地人」，甚至也不能辨認出他們到底生活在哪一國、哪一城，他們唯一的共同點是對愛的渴求、疑慮、隱忍犧牲與奮不顧身，這些情感換了文化環境也不會水土不服，我相信你會從他們身上看到自己的影子。

一個作者最渴望、最快樂的事是跟讀者交流。我在上本小說集《黑糖匣》裡寫過一個故事，有一支籍籍無名的兩人搖滾樂隊，專輯從頭至尾只賣出過一張。當世界末日來臨那天，這兩人唯一心願是跟那位買了專輯的人見個面，聊聊天，於是他們穿過失去秩序的狂亂城市，終於找到了唯一的傾聽者。

今天編輯發給我繁體豎排的電子文檔，要我最後校對一遍。我默默翻閱，如臨行密密縫，以目光為它踐行。那些站立起來的句子，如下雨時窗玻璃上一道道淌下的水痕的簾幕。每一滴水後來落在哪裡？激起怎樣的回聲？親愛的你，你們，視其何如？我將懷著喜悅不安的心情，思念著。

天翼　於北京

二〇一八年三月二十七　窗外有樹，樹梢有花

目錄

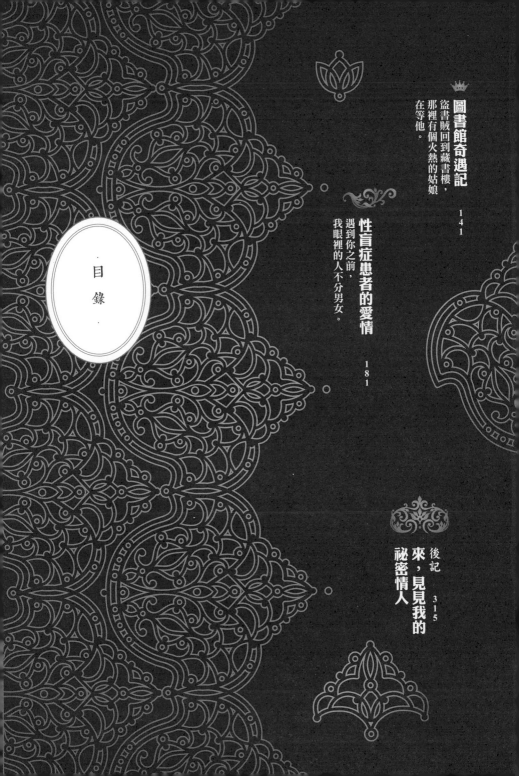

等待
戈黛娃夫人

這個攝影作品展不用看介紹，在門口掃一眼就能提煉出主題：展牆上每幅一人高的照片裡都有一具女性裸體，她們立在游泳池邊和美術館等地方，亮出胸前一道或幾道刀痕。有些刀痕徹底替代了情理之中的丘陵；有些像風掃過沙地，留下破碎後再癒合的肌理痕跡；有些像剛把蛋糕上櫻桃吞下去的嘴巴，緊緊閉合成一道鏽紅色縫隙，邊緣不太自然地皺縮著。只有最靠門一張照片裡的女性是完整的，她的姿勢模仿英國畫家約翰•柯里爾的名作〈戈黛娃夫人〉，赤身騎在馬上，長髮披在肩頭和背上，馬是死馬，沒有血肉，由鐵絲把馬骨架組合起來。

底下小牌子上白底黑字印出照片的名字：戈黛娃夫人與瑪拿西。你們一定猜出來了，她是展覽的中心，女主角。

三年前的某一天，天氣晴朗得令人驚歎，她走進我的攝影工作室，是當天第一位顧客。助手事先敲門進來，看我是否準備好——我住在工作室最靠裡的小屋，「準備好」的意思是穿衣洗漱——我從他的擠眉弄眼裡猜到，她是那種得有超好運氣才能見到的女人。不過等她進來，我還是嚇了一跳。

攝影師們喜歡的人體跟一般人不同，就像畫家們中意的繆斯，普通人未見得認為美，比如：魯本斯愛畫的姑娘粗腰肥腚，胸口像吊著兩個壺鈴，腰間肉棱層疊；雷諾瓦的浴女的身體沉得要脹破畫布……而我喜歡鮮明的面孔和身體，那需要相當清醒、協調、有自我意識的輪廓線。

我什麼都拍過：南喬治亞島的企鵝交配、科羅拉多州的白頭鷹遷徙、巴勒斯坦教派衝突、俾格米人狩獵祭祀，甚至還給餐館（那種等位區也設置義大利沙發和香檳的高檔館子）拍攝菜單。在這個行當裡幹到第十年，我的一幅照片得了大獎，主題是辛巴威一位彌留的產婦與她懷中的死嬰（拍下照片之後的次日，我在她倆的葬禮上跪地痛哭，弄丟了隱形眼鏡），這筆獎金足夠我回到城市裡定居下來，開一間工作室。我決定下半輩子只拍人。

三年前，那位女士就帶著世界上最美的輪廓，推門進來，站在我面前，而我忽然張口結舌。她戴著寬簷帽，身著厚呢長裙、披肩、薄圍巾，對初秋溫度來說這一身厚得稍有點過。但她的身體曲線難以遮掩地跳出來，從威廉•莫里斯的蛇頭貝母紋樣上衣裡跳出來，跳進空氣裡，跳進我眼眶裡。

她對我說了一句甜美的廢話：「您好，我是來拍照的。」

我說：「感謝您選擇我。」

這是我慣用的開場白，但從未說得那麼真心實意。接著，我先撫了一把頭頂不存在的亂髮，又把沙發上的畫冊和雜誌掃到一旁。她轉頭四下打量，同時緩緩解除各種織物的束縛，掛在門後衣架上。助手推門送進來兩杯咖啡，再次朝我挑了一下眉毛。

她有著光滑的淡褐色皮膚，肉桂色頭髮在腦後挽起一個拳頭大的髮髻，長裙隨著頎長下肢的動作蕩起波紋。她走到牆邊，打量著牆上幾十個木框裡鑲嵌的裸體照片。我問：「是不是您的朋友向您推薦了我？她在這面牆上嗎？」

她背對著我搖頭，說：「不，沒人推薦，是我自己找來的。」頓一頓又說：「您的作品很美妙。」

我說：「謝謝誇獎。」當然，這是客套話，人們都會說客套話拖延些時間，對著待會兒就要看到自己裸體的陌生人，畢竟會不自在。

她回過頭，像個女巫一樣說：「這不是客套話，我相信您的顧客在這裡得到了畢生最美、最自我的瞬間。」

我再次張口結舌。

她微微一笑。我的驚訝令她頗為得意，氣氛開始鬆軟下來。她的外套脫掉了，裡面的毛衫是琥珀色，很配她瞳仁的顏色。

我說：「拍照之前，咱們先聊聊天好嗎？這是我的工作習慣。」

她望著我點點頭，把窄長的珍珠灰圍巾一點點往下拉，每一寸布料都依次緩緩擦過脖頸和鎖骨處的皮膚，猶如蛇從夏娃身上滑下來的樣子。如果她現在遞給我一個蘋果，無論吃完會被趕出伊甸園還是倒地死去，我都會毫不猶豫地一口咬下。

最後，圍巾盤踞在她手掌裡，她在距離最近的單人沙發裡坐下，雙腿伸直，腳腕疊在一起。「好了，您請說吧。要問我的喜好嗎？我最愛的顏色和音樂，讀過最多遍的小說？」

聊天是為了速成一種親密的類似友人的關係。我得讓她們把我暫時當成「自己人」。語言像海水包圍牡蠣，讓她們的軟體從軀殼裡露出來。

人們在被拍攝那一刻，總會想要發生變化，從而變得不像自己。有些人想突顯驕傲的部分：耳朵、手、特定角度的側臉、細長的脛骨。更多人則想藏匿，藏起不整齊的牙齒、收緊時擠壓變粗的手臂、用頭髮遮掩車禍後做過手術的下頜骨。對著相機鏡頭，有人像坐在首次見面的網友面前，有人卻像面對即將宣布面試結果的人力資源部門負責人。

人們想要討好鏡頭，討好在鏡頭後面、日後將細細研究他們的無數眼睛，眼睛來自未來的金主、丈夫、公司領導、社交網站上的網友……他們掏心掏肺地笑著，這通常會讓攝影師誤以為被討好的是自己——我知道有些同行就迷戀那種感覺。把眼睛放在鏡頭之後，你一定要愛上拍攝物件。鏡頭應是最憐惜她們的一雙眼，這樣才能發現最容易忽略的美感。觀者看照片時會暫時鑽進攝影師身體裡，用攝影師的眼睛看，然後感同身受。人們看戰地記者鏡頭裡燃燒的天空下號哭的孩子，會覺得驚懼。驚懼是另一種愛，沒有愛，就沒有懼。

我們聊了半個小時。平時我會先從暢銷小說和流行歌手切入，談到頒獎季最熱的動畫片、電影演員，再轉到那位演員與面前人相似的地方，讚美她們的優點，最後委婉地探問她們對自己身體部位的觀感。

但這位肉桂色頭髮的女巫，她跟世上任何一個女體都如此不同。毛衣柔順地貼在她身體上，像另一層皮膚。鎖骨之下，胸口隆起柔美的線條，彷彿那兒不斷有透明的風滑行下去。我時不時走神，雙手在褲子上鬆開又攥緊，總想去摸一枝筆，把她頭顱、頸肩和胸脯的線條描一遍。

她流暢地說：

白色。

羅伯特・海因萊因，《星艦戰將》。您更喜歡亞瑟・克拉克嗎？

一切跟起司有關的食物，比如起司啤酒、起司火鍋、起司烤肋眼牛排。

酒？剛才不是說了嗎？起司酒。

布拉姆斯，聽得最多的是《四首最嚴肅的歌》。

希臘克里特島，如果能選下葬的地方，我會選那兒。

非要選一處最喜歡的部位？胸脯。

不喜歡的部位？沒有。

潛水、騎馬、打籃球。我上大學時得過學院籃球賽的MVP（最有價值球員獎）。

「滴血的心」。是的，那是一種花的名字，罌粟科，有紅色花，也有白色花，開花時一整串垂在枝上。哦不，我並不緊張。如果需要，我甚至可以在人來人往的廣場上脫掉衣服。您還有什麼想問的嗎？

說話期間，她把咖啡一口一口喝完，把杯子擱回托盤裡，杯底跟盤裡的圓形凹槽對準。我說：「沒有了。您對照片有沒有什麼具體想法或要求？」

她在沙發裡動一動，伸伸腰，渾身線條跟著搖晃、撲閃。「我想不出要什麼背景，其實我只需要一張全裸照片，擺什麼姿勢您來建議吧。」

我指著牆上一些照片請她選擇，其中大部分是黑白片，以各種材質圖案的布料做背景——巨幅世界地圖、九大行星圖，還有一些人站在各種鳥類標本（我的收藏）中央，一些女人坐在花叢裡（幾條街之外的公園有個培育鮮花的溫室，管理員是我的老朋友，我可以帶顧客到他的花叢裡去拍照）。

她對每種選擇都皺皺眉。我忽然想起地下室裡有一件朋友做的裝置藝術品，遂打內線電話給助手，讓他把「瑪拿西」推到工作間。

她問：「瑪拿西是誰？」

我說：「瑪拿西是一匹馬的名字。」

她歪一下頭，眼睛一閃。

當然不是活馬，是死馬——馬的骨架。我有個雕塑家朋友非常喜歡馬，有幾年他熱衷收集馬匹的屍體。那些在馬術競技和賽馬場上嚴重摔傷，只能安樂死的馬，他會趕快把馬屍弄回來，經過處理，剝離皮肉只剩骨頭，然後用鐵絲、螺栓、工業膠等東西把骨頭再組裝成馬，讓它們繼續做出吃草、奔馳等姿態……

我一邊講一邊帶她上樓，最後推開工作間的門，裡面正迴盪著布拉姆斯C大調第一號鋼琴奏鳴曲。她向空中看一眼，就像能看見一條音符跳動的五線譜飄過去一樣，轉頭朝我微笑致謝。

助手已經把瑪拿西推到了灰色背景布前面，它扭轉脖子回望，一隻前蹄抬起，像是聽到人的腳步聲，立即要逃走。她繞著瑪拿西慢慢走了一圈，歎一口氣：「它真美，真怕一騎上去它就要馱著我跑掉。」

我說：「不用怕，地下室裡還有它的馬駒，它不會跑的。」

「真的?!」

「不，假的。瑪拿西是匹賽馬，兩歲就做了閹割手術，無論生死它都不會有家室。」

我指一指角落裡掛起的幕布：「女士，您可以到那裡更衣。」

她進去之後，助手進來遞給我一塊紅氈子，又離去。我踩著梯子上去把紅氈蓋在馬背上。布拉姆斯埋沒了脫衣服可能會發出的嘶嘶聲。我撫摸馬兒的骷髏頭，想像衣料掉落時，雲層讓位、現出太陽般的情景。

更衣室的門打開，她從幕布後面走出來。

她裸體的樣子跟穿衣服時不太相同。衣服是人為增加的偽裝，其實她並不太瘦，不是社交網路上人們追逐的纖細體型，但皮下脂肪剛好保持在恰當含量。清瘦的女人具有植物之美，而微胖的女人所有的則是建築之美。她整個身體猶如一根大理石的希臘科林斯柱，柱頭上肉桂色長髮披散下來，像莨苕植物卷鬚。那一對乳房聳起如宮殿，如牆上探出的露臺。既不過分鼓脹，也絕無一分枯槁，上面斜坡的一條線簡潔險峻地繃直，下面是碗肚似的弧度，幾乎沒有乳暈，兩顆覆盆子似的乳頭，圓潤得像隨時要滾落下來。

我從未，從未，從未，從未，從未，從未，從未見過更美的乳房，和胴體。

她向我走來，雙臂輕輕搖晃，腳掌觸地無聲，修長的肌肉在皮膚下波動，恥骨和腹股溝的區域出現一些迷人的凹陷，又隨著步伐消失。她對我無法自抑的凝視報以寬容一笑。假使奧賽美術館裡的雕塑會笑，大概就會是這樣。我也微微一笑，達成了一種雕塑與觀賞者的諒解。隨後，我朝瑪拿西攤平一隻手掌，示意她可以上去了。

她登上短梯，一條腿跨過去，騎坐在紅氈上，逐個欠起兩邊臀部，調整坐姿。我把相機留在三腳架上，也走過去踏上梯子，停在倒數第二階上，用手撩起她的頭髮，再撒下去，讓那些觸鬚的細絲在肩頭和後背上營造出圖案。

我竭力保持讓動作配得上她的柔和，她頭髮裡盡是賽蓮的旋渦，響著無聲的致命歌。她沒有灑香水，伴隨手指攪動，豐饒的髮叢深處散發出頭皮油脂和洗髮水混合的氣味，啊，那也許是古柯鹼或是鴉片的香氣？她的鼻翼薄而敏感，兩個微小的拱形洞口支撐在一左一右。我近距離看她的雙眼，一些精緻的褶皺把眼珠圍繞在中心，她也冷靜地、毫無意圖地回看我，我彷彿面對一個無盡的寶藏，那雙眼睛則是寶庫大門上鑲嵌的鑽石。

我收回目光，爬下梯子，走到牆邊，把某一個方向落地窗的窗簾拉開，讓陽光進來，察看光照在她身上的濃淡，又再試著關上一兩條簾子。陰影是撒進圖形與線條之中的鹽，太多就變得苦澀沉重，太少又寡白無力，我的任務是調整它們的比例。

光靠近她，盤桓在離她幾毫米的地方，形成一層輕柔的薄霧。光的熱力讓皮膚像糖融化了似的，蒙在脂肪肌肉表面。

她垂下頭，一根脊柱成為劃分畫面最顯著的曲線，脖頸幾乎跟脊背彎成直角，左手耷拉在身側，右手背在背後，手掌張開。有一刻我想，這是〈戈黛娃夫人〉中裸身騎馬遊街的伯爵夫人的姿勢，但很快我明白不是戈黛娃，這姿勢屬於羅丹的〈老妓女〉——歐米哀爾。

我走到鏡頭後面，讓細節在鏡頭裡放大。

她的頭顱在胸口投下一片黑影，猶如死寂的幽谷，乳房下面和背上凸起一些肋骨的條狀陰影。一切角色、感情都要有陰暗面才能變得立體。我的肉桂色頭髮女巫，她生命的陰翳是什麼？身體是一部私人史，她鎖骨上有一道疤痕，後腰上椎骨盡處有一個灰色渡渡鳥文身，扁杏仁狀的肚臍周圍散布淡淡的短紋，像細碎漣漪圍繞石子投入水中造出的洞，那是妊娠紋。

我問：「您鎖骨上的疤，是騎馬還是打籃球留下的？」

她笑一笑：「都不是，我十三歲時被寄宿學校裡的女生們排擠，她們把我推下宿舍樓梯，鎖骨和腳踝摔斷了。」

我直起身子，「後來呢？那些女孩得到懲罰了嗎？」

「哦，那很難，你知道，她們聲稱我是自己滑倒的。後來我就很難和同性們做朋友了。」

我往側面走了兩步。在快門聲音裡，她問道：「您辦過個人作品展嗎？」

「在柏林辦過一次，反響一般。如果我再開展覽，您願意賞光？」

「會的，我會去看。我搜索過您，那幅〈彌留的產婦與她的死嬰〉非常了不起，是在辛巴威拍的？」

要談論另一個（我曾經以攝影師身分愛過的）女人，我暫時抬起頭，把相機拎在手裡。「是的，在辛巴威一個叫奎奎的地方。她叫桑蒂，二十五歲，造成死亡的那次分娩是第四胎。」

「是男嬰還是女嬰？」

「女嬰，只活了兩分鐘，她媽媽比她多活了一個多小時。桑蒂的遺言是『希娃』，那是她給女嬰取的名字。」

我低頭看看手裡的相機，拍攝桑蒂用的就是它。當時它在汗淋淋的兩手裡一直往下滑，像要急著逃跑、溜出病房。她坐在馬背上，高高的面孔俯向我。「您用兩條生命的死狀換了名譽和獎金，會有負疚感嗎？」

這個問題真好，如果眼前有茶几，我一定會用力拍一下。女巫嘴邊露出狡黠的笑：「對不起，我冒犯到您了吧？」

「當然沒有，我想告訴您，攝影師如果不能接受旁觀者這個身分，就無法繼續做這個工作。桑蒂和希娃死去那天，我唯一愧疚的是為了讓室內光線更適宜，我在人們哭泣時繞到他們背後悄悄把窗簾拽開，桑蒂的大女兒回頭用通紅的眼睛瞪了我一眼。」

她臉上現出一種幽深的神情，我舉起相機拍了下來。

羅丹最愛的頭顱部分，是嘴唇與臉頰的連接處。我面前的女人就有相當美妙的嘴角，線條終止處有很微小的圓形凸起，令嘴唇線條收束得高貴聰穎。她的乳房在光和陰影裡像枝頭的沉靜果實，曲起的大腿和小腿側面隆起肌腱的長線。

拍攝完畢，我問她是否想跟瑪拿西拍幾個別的姿態。她說：「不用，有這樣一組就夠了。」

這時她已經從梯子上走下來，站在我面前，雙臂伸到腦後，把長髮抓成一束，又鬆開，雙眼和緊閉的嘴唇有一種不可揣度的奇異神情，就像她正凝視一個深淵，又像她自己才是深淵。她說：「不，您不用把照片寄給我了，待會兒我會把錢全部付清。但我想求您做一件事。」

我說：「請講。」

「請您替我選一張照片，盡量印大——要隔一條街也能看清的那種型號——掛在您工作室面對的玻璃外牆上，掛一天，只掛一天就行了。週一到週五，隨便挑一天，從早晨八點懸掛到晚上七點。晚上七點之後照片就歸您了。您想把它燒掉、印成拼圖、掛在床頭，還是拿去用在作品展覽上都可以。

「您一定會問為什麼……您喜歡我的身體嗎？我看得出您喜歡，我知道您覺得它美。我明天要去做手術，這兩只乳房就將變成手術室廢物桶裡血淋淋的肉塊，而我將扛著殘缺不全的肉體繼續生活。

「您拍攝的作品很了不起，但我選擇您，不是因為您的技術。

「您的工作室斜對面，隔一條街，有一家叫做『天鵝絨煙霧』的咖啡館。每天早晨八點到八點半之間，會有一個男人路過它，進門，買一杯黑咖啡帶走；晚上六點半到七點之間，他下班回來也會路過咖啡館，進門，買一塊『黑天鵝絨蛋糕』帶走當作夜宵。只要您把我的照片掛出來，他路過時就會看到。

「那個人，我毫無指望地愛了他九年，就像褚威格小說裡那個女人愛她幼年時代的鄰居作家一樣，不過他不是作家，是個建築設計師。

「我也知道切除乳房之後多半不會死，只是不再完整，不再美。我只希望他能目睹我的完整，不管以什麼樣的方式。

「哦不，他不認識我，所以這張照片裡露出臉也沒關係。他在路上跟我撞個滿懷也不會認出我，在地鐵上跟我隔一個吊環也不會認出我。他一無所知地做著一位傑出女律師的丈夫、兩個小男孩的父親。

「他會拿著咖啡或蛋糕停下來，隔著一條街盯著看上一陣。他會默默鑑賞，在心中說『這女人真美』。

「雖然完整的那個我只剩下一個幻影，但想到這影子能映在他視網膜上、打動他，哪怕只有幾秒鐘，哪怕他永不知情，我躺在手術臺上時也可以平靜無怨尤。

「謝謝你，攝影師，再見。」

她說上面那些話時平靜如密林如藻海，像是知道我必定不會拒絕一樣，沒有等待我的回答，說完就轉身走開，到幕布後穿好貼身衣物。我送她下樓，回到會客室。看著她把外套、寬簷帽、圍巾一樣樣裝配回去，像黃昏降臨，天色一層層暗下去。其間我沒再說一句話，沒有安慰，沒有「祝手術成功」，她也沒再開口。

摩洛哥小說家塔哈爾•本•傑倫說：「感情是不該用語言表達出來的，語言像滿是窟窿的籃子，交替著把沙子從南方運往北方。」然而，意義往往存在於徒勞中，在沙子從籃孔中唰唰泄出的景象裡，只不過太多的人不信任它。

最後她向我嚴肅地點點頭，像一匹秋天的牝鹿似的敏捷輕盈地走出去，消失在街角。

我知道人們都期待這樣庸俗但讓人鬆一口氣的結尾：我衝下樓，追上她，陪她吃了當天的午飯。次日陪她前往手術室，陪她度過術後恢復期、化療期，陪她做復健，練習雙手拋籃球、擴胸，陪她把化療裡丟失的脂肪和體重長回來，陪她到希臘克里特島去，在「天體沙灘」鼓勵她再次穿比基尼下海游泳。最後買一枚戒指，藏在一塊黑天鵝絨蛋糕裡，跪地詢問她是否允許我陪她度過餘生……

而事實不是這樣。事實比那短得多。她離開三天後照片沖洗出來了，翌日早晨七點四十分，我和助手把那卷照片布抬出來，一個搭頭一個搭腳，像兩個殺人犯處理用毯子包裹的屍體。我們把一個事先安裝好的帶滑輪的木軸降下來，將布幅固定上去，再搖動手柄，讓它升起來，鋪開全部內容。

八點鐘，太陽已經升得很高，街上的人流愈來愈稠，這個早晨跟之前的無數早晨並無二致。我死死盯住街對面的咖啡館，目光警惕，像個準備捉姦的妻子。人們耳朵裡塞著耳機走過來，手掌上纏著柯基犬的狗繩走過來，推開咖啡店玻璃門走進去，挽著朋友的手肘走進去，拿著外賣咖啡紙杯和麵包離開，一邊給手中食物拍照一邊離開。

穿海軍藍風衣、戴黑呢禮帽的中年人，胸前打著牛血色領帶、挽起法蘭絨外套衣袖露出兩條花臂的矮個子，長髮在腦後結一只髮髻、柞蠶絲襯衫加僧侶鞋、目光肅穆如梵谷的瘦長男人，絡腮鬍修剪得精緻如畫的英俊壯漢，穿麂皮夾克、切爾西靴的清秀紳士……每位手執一杯外賣咖啡走出來的男士都像建築設計師、女律師之夫、兩子之父，都有一張足以令家人愉悅、讓情人與妻子自豪的面容。她愛的會是中年人文雅從容的氣質？容納情欲潛滋暗長的絡腮鬍？她的渡渡鳥文身是呼應那個兩條花臂的傢伙嗎？

所有人，不只是那些男士，連同遛狗的老人、慢跑的少女在內，所有人都在他們的行程中為她暫停了一會兒——幾秒鐘或半分鐘——凝神觀看白骨紅氈上的她：裸體騎馬的戈黛娃或歐米哀爾。很多人掏出手機拍照，然後帶著微笑低下頭按動手機螢幕，把圖傳到自己的社交頁面上去。目睹、攝取過她的美麗刺激之後，他們就轉身離開了。從早到晚，三百四十九個中年男人買過咖啡和蛋糕，到底誰是她美麗胸膛下跳動的心臟愛著的人？我好像是捧著一大堆拼圖碎片的人，悲哀地撥來撥去，拼不出一塊完整面孔。

晚上七點整，我和助手把照片摘下來，捲好，抬到地下室，放在瑪拿西身邊。瑪拿西脊背上還搭著她坐過的紅氈。我用手撫摸胸口，彷彿那兒也被剜掉了什麼東西。

我再沒見過她——這又落入另一種窠臼了。童話裡誤入森林深處神祕寶藏的那些幸運的蠢蛋，一旦走出來就再也找不到回去的路。只剩褲腳皺褶裡的一粒鑽石，還是越過堆成山的寶石金塊時遺落在那兒的，作為那樁奇遇並非夢境的證物。〈戈黛娃夫人與瑪拿西〉（這是我給照片取的名字）就是那粒鑽石。

「瑪拿西」在希伯來語中的意思是「使自己忘記」。我無法忘記她，而我甚至不知道她在手術後是否活了下來。

後來我花了幾年時間，拍攝了五十七位因病切除乳房的女士。我跟每位女士柔聲說話，說服她們脫去衣服，讓我記錄她們的殘缺。我告訴她們：「藝術中唯一創造美的力量是特性。疤痕造就了更加有特性的你們的身體──失去身體的一部分絕不意味著失去美，你看失掉手臂的維納斯！」

這是最雄辯的一個證據。幾乎所有帶著乳房殘骸倖存下來的女人，無論如何為刀疤而羞澀自卑，最後只要祭出這句話，她們總會被說服，帶著勇士的神情，在相機鏡頭前挺高胸膛。

我得說，我的隱祕目的不算崇高。天知道我每把那句話說一遍，眼中看到的都是我的女巫，我的肉桂色頭髮的女巫。

無望的等待猶如無期徒刑，也是殘缺的一種。

後來我慢慢有了點名氣，以「殘缺與完美」為主題的攝影展在一個又一個城市辦下去。每次我都會站在展廳門口等待，從早晨八點到晚上七點。

我等待她帶著世上最美的線條走進來，結束我的殘缺。

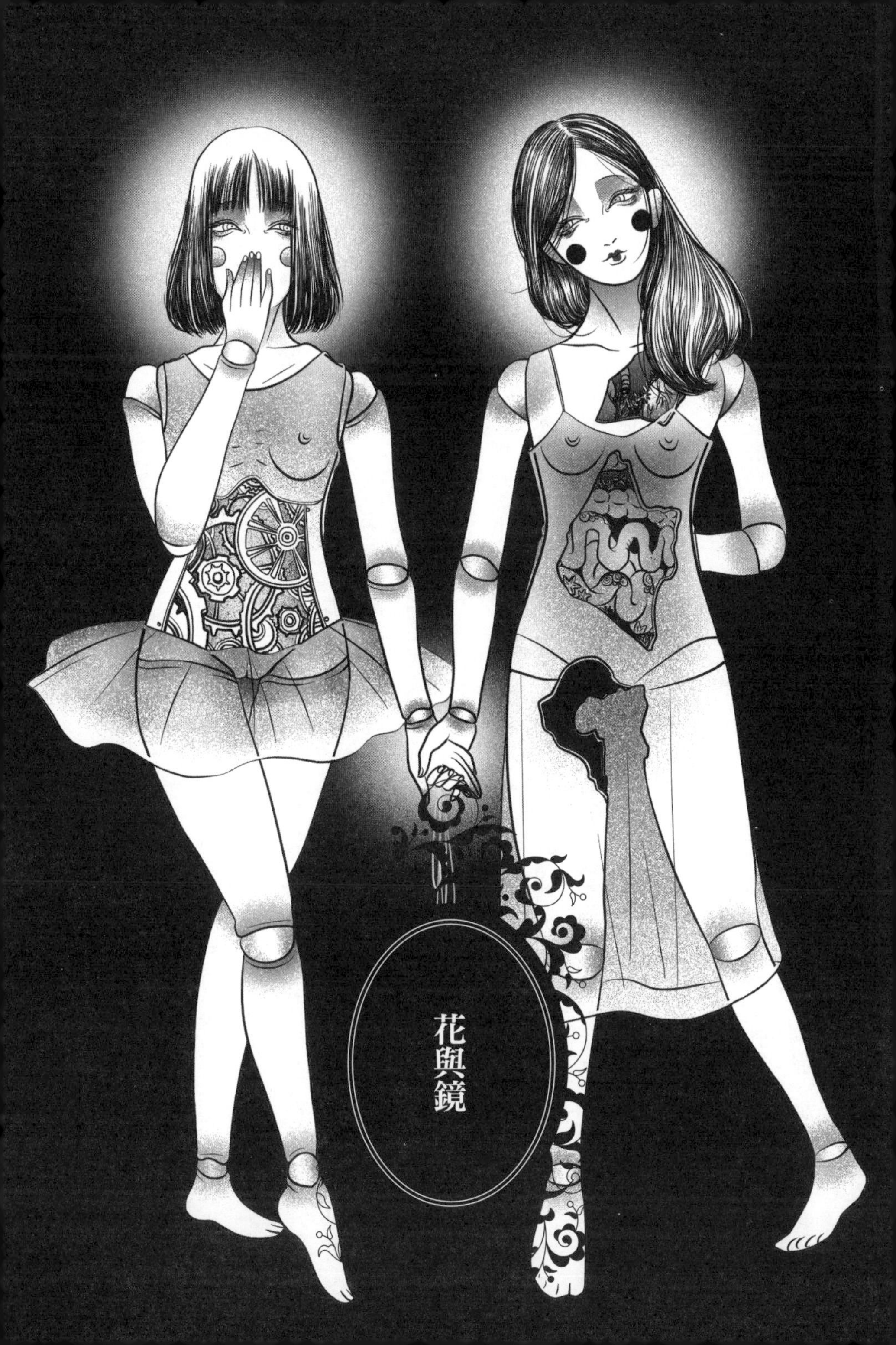
花與鏡

那位警員先生要求我講一下在過去的二十四小時做了什麼。開始錄音了嗎？好，那我開始講了。

距現在二十四小時之前是晚上六點半，我剛把我女兒溫蒂從社區游泳課上接回來。我的車後座有個微型冰箱，不過是二手的，有時充滿電也只能堅持幾個小時。每次我來接溫蒂的路上，會給她買一支冰淇淋放在裡面。她上車第一件事總是去找冰淇淋吃，昨天我選了腰果味的。

她把書包放在一邊，就呆呆坐著沒動。我說：「繫好安全帶，溫蒂，你今天不想吃冰淇淋嗎？」她有點懨懨的，我從後視鏡裡觀察她。兒童的苦悶、快樂，所有情緒都純粹而濃重，因為他們投入整顆心、整個身體去苦悶和快樂。她小聲說：「爸爸，剛才在游泳池，我的趾甲掉了。」

把車停穩當，我轉到後車門去迎接她，把她抱出來。我的鄰居大鬍子男人喬納森牽著短毛波音達獵犬站在幾米外，瞪著我，嘴唇裡冒出一聲不友好的呼哨。

溫蒂在我耳邊問：「爸爸，那個人為什麼每次見到我都會發出奇怪的聲音？」

我說：「因為他沒有女兒，他嫉妒我有你。」

我先把牛肉從冰箱裡拿出來，擱進微波爐化凍。然後讓溫蒂坐在沙發上，我坐她對面，問：「哪隻腳？」

她不出聲地把左腳蹺到我膝蓋上，神色嚴肅。我脫掉她的粉紅小象運動鞋和襪子。她仍然不出聲，只是屈伸足趾，幾根腳趾一下下彈動，發出有節奏的嘚、嘚聲，拇趾、第三個和最末一個趾頭上的趾甲都不知去向。

她憂愁地說：「可能丟在游泳池裡了，我想偷偷回到池子去找，可是老師已經讓我們排隊去洗澡了。」

人的趾甲會再生長，溫蒂的不會。她的趾甲脫落之後沒有痕跡，不會露出血管斷裂、皮肉破損的樣子，只會像一條小蟲掉了腦袋，因此顯得更細更短。

我問：「有沒有別人看見？」

她點點頭：「柯林•斯特朗看見了，他做熱身活動的時候排在我旁邊。」

「他怎麼說？」

「他問我，你不疼嗎？我說不疼。」

溫蒂也沒有痛感，她只會「感覺」到手指被割破，或指甲掉落了。我說：「沒關係，我會想辦法的，你不用去想它，明天就好了。」

飯後照例是吃水果時間，她像所有孩子一樣，得追著滿屋跑才肯吃一口鳳梨。水果吃完，我在茶几旁坐下來，等待溫蒂展示今天的作品。她在幼稚園畫畫，演舞臺劇，捏黏土，學做飯菜。這裡的幼稚園是小學的一部分，像預備培養室一樣，在器皿裡讓種子發出芽，再移栽到溫室去。老師帶他們排演簡易版莎士比亞戲劇，用小相機拍照，再把照片交給孩子帶回家當紀念。她經常會帶回比波提切利和提香的作品還美的傑作，以及能讓羅丹和吳東愧死的泥塑。最近他們在排練《冬天的故事》，她飾演被國王父親拋棄到荒野等死的公主帕蒂塔。

昨天晚上，她拿出一遝黏貼畫給我看，說她畫的十三張圖是一本書，連起來講述一個英雄拯救地球的故事。英雄穿著我早晨送她上學時穿的藍色條紋襯衣。

她又從書包底部找到一張卡片，「爸爸，這是安德森小姐送給我的。」

「安德森小姐是誰？」

「她是二年級的，今天下午老師帶我們去他們的遊戲室和體育場參觀，每個二年級學生負責接待一個幼稚園學生，安德森小姐是我的嚮導。」

卡片打開，裡面貼著一個七八歲小姑娘的照片，她抱著一隻煙灰色折耳貓，頭上戴一頂小小王冠。下面寫著名字：蜜雪兒．安德森真誠為您解惑。溫蒂伸出手指，點點那個王冠，「爸爸，安德森小姐是他們年級評選出的『舞會皇后』，將來我也能當『舞會皇后』對吧？」

「當然。」

「我也會有D罩杯嗎？」

「當然，你會成為所有房間裡最性感的女人。」

我給溫蒂洗澡，抱她上床。睡前照例要讀故事，不管先讀哪本書，必須由一段《毛毛：時間竊賊和一個小女孩的不可思議的故事》壓軸。那是德國人米切爾•恩德寫的童話。各位先生，我覺得一個人畢生至少要把那個了不起的故事讀三遍。它的主角是一個不知由何處而來的孤女毛毛和一群「時間竊賊」灰先生。灰先生本身沒有生命，不占有「時間」，只能靠坑蒙偷騙，竊取人類心中生長的「時間花」，把花瓣捲成菸抽，才能活下去。當然，結局就像好萊塢電影一樣，毛毛手執最後一朵時間花，單槍匹馬打敗灰先生，拯救了全世界。

溫蒂心愛的這冊是配圖簡寫本。她認得的字還不夠多，不足以讀原本。這冊裡面的「時間花」圖案都是用果子露一樣的橘綠和粉藍色綢緞縫上去的，被她的手指摸了太多遍，摸得起了毛。我答應她明年上學認滿兩百個單詞之後，就給她買一本全是字、不帶圖的《毛毛》。

我讀道：「有一個巨大卻平常的祕密，大多數人都隨隨便便地接受了它，絲毫也不感到驚奇。這個祕密就是時間。為了測量時間，人們發明了日曆和鐘錶，但這並不能說明什麼。因為誰都知道，一小時可能使人感到漫長無邊，也可能使人感到轉瞬即逝——就看你在這一個小時裡經歷的是什麼了。這是因為：時間是生命，生命在人心中。」

每聽到這一段，溫蒂就會雙手交疊按在胸脯上，神色莊嚴，表示她的時間收藏在那裡。

讀到壞人灰先生與毛毛的第一次交鋒，我和溫蒂會暫時分角色扮演。我壓扁聲音，陰森森地念道：「不要白費力氣了，你根本不是我們的對手！」溫蒂・毛毛睜大眼睛，柔聲說：「難道沒有人愛過你嗎？」

在故事中，毛毛說完這句，壞蛋就大驚失色地敗退了。現實中我每次都會從角色裡跳出來說：「有！那就是你啊。」

晚上九點鐘，我把書合起來，表示閱讀結束，她滿足地歎一口氣，滑進被窩裡。

「爸爸，明天我的趾甲就會長出來，對吧？」

「當然。」

我低頭依次吻了她光滑如禽蛋的額頭，塔希提珍珠一樣柔潤的臉頰，又咬了一下羊脂凝成的鼻尖。在她咯咯發笑的時候，我把手伸進被子裡，順著她天鵝絨般的皮膚摸下去，在她肋骨側面像搔癢一樣，拇指一按。

於是，長睫毛啪嗒一聲闔上了。她的身體極快地冷卻，內核停止運轉之後，這具贗品放棄了對真品的模仿。

這便是她的睡眠。

她像一具小小的屍體。作為人她太小，作為玩具她又太大了。我掀起被子，撥開她白棉布睡裙的下襬，在開關處揿一下，她的肚皮彈開一個巴掌大的圓形蓋子。我從那兒抽出廢物儲藏槽，這一整天溫蒂吃下的三頓飯和下午茶都在那裡。我把一次性廢物袋紮口、扔掉，把儲藏槽刷淨、擦乾，放回溫蒂肚子裡，合上蓋子，然後給她換外出的衣服。

我得帶她去見蒂亞戈。見客要有見客的樣子，雖然她自己永不會知道。

溫蒂的衣櫃比我的還大。小孩子的衣服總比大人的貴，製造商知道人們給孩子花錢會比給自己慷慨，我的情緒是從人類那裡全面複製的，顯然這一點也沒落下。溫蒂有小號檸檬黃亮片蛋糕裙，小號巧克力色鐘形綢裙，帶刺繡背心、馬褲與長靴的小號騎裝，小號鴿灰色露背晚禮服，小號羅緞洋裝……

反正她永遠不會被慣壞，我可以盡情地大手大腳地供養她。她永遠不會升入小學，將一年又一年在幼稚園裡度過她的五歲，十個五歲，十五個五歲。她永遠不會認得多於兩百個單詞，她每年都畫同樣的畫，捏同樣的黏土綿羊和柯基犬，以同樣的期盼度過無數個五歲。

她也得不到不帶插圖的《毛毛》。她的父親不是拯救世界的英雄，與此相反，他是那個時間竊賊，偷盜時間花，讓它們一年一年為溫蒂續命。

昨晚我給她換的是翠藍茶會禮服裙，紅銅色頭髮紮上墨藍髮帶，再配上杏色漆皮瑪麗珍皮鞋。我知道你們會問什麼問題……不，這並不像小孩子給芭比娃娃換衣服的遊戲，一點也不。正相反，我無法形容我每次給溫蒂換衣服時的心境。

你們不會理解這種彩排的甜蜜和痛苦，我忍不住想像她芳齡十八時會多麼光彩奪目，然而每次這種想像都刺疼我，我的溫蒂不會長到穿足碼衣服的年齡。

晚上九點三十分，我收拾好東西帶足錢，抱起美得像個幻覺的溫蒂，把她放進像大提琴盒一樣的皮面長方箱子裡。箱子裡有固定用的大塊海綿，剜出一個溫蒂的形狀，有頭、腳、雙臂、雙手擱放的空間。我握起溫蒂的小手，團成半拳，剛好能填充進空當末端的圓洞裡。

這玩意兒是蒂亞戈給我訂做的，一只巨型玩具盒——一具移動小棺材。有時背著它走在路上，人們會以為我是個街頭音樂家。有一回我自己喝咖啡，把它放在餐桌對面，另一個背小提琴的傢伙過來，問道：「你這樂器形狀真奇怪，是什麼？」

我笑笑說：「我女兒。」

他挑挑眉毛，「嘻，我遇到過拿大提琴當老婆、拿單簧管當老公的，當女兒的倒頭一次遇見，你『女兒』會唱點兒什麼？」

我繼續誠實地回答：「她現在會唱〈一閃一閃亮晶晶〉、〈倫敦大橋垮下來〉。」

那個傢伙笑得差點兒嗆死自己。

總之就是這樣，我再一次背著我的樂器——我的女兒在夜晚出門。我讓她躺在後座，開車一個小時，到達城市邊緣。那兒另有一番繁華。

諸位都是正派人士，大概沒去過那個外號「馬蜂窩」的地方。它在官方城市地圖上是一片曖昧的灰色廢墟——髒、亂、淫蕩，像紳士們私處一塊不體面的花柳瘡，許多潔身自好與熱愛家鄉的人士都拒絕承認它的存在。那兒有一切臭烘烘但鮮活的買賣：交易毒品、器官、精子、卵子，以及非法改裝的機械人……政府禁止人與機械人「通婚」，但是沒有立法禁止「通性」。你們根本猜不到人們多喜歡跟機械人做愛取樂！

在馬蜂窩的四十多個妓院裡，你能找到近五十年幾乎所有女機械人的型號。還有走私來的「源氏姬」，那是幾十年前一家大阪工廠研製的一批性愛機器人，以《源氏物語》中的角色命名：空蟬、夕顏、朧月夜、末摘花……每種名字代表一種體貌與個性。可惜只生產五百臺就被查禁了。那五百臺在愛好者中間成了傳奇，被稱為「源氏姬」，大概有一半在私人收藏家手中，三分之一在博物館裡，有時在拍賣會上能見到一臺。即使只見識過一次源氏姬都是值得吹噓的經驗，而馬蜂窩妓院裡就有兩臺：一臺紫姬，一臺明石姬。

我把車速放慢，緩緩行駛在馬蜂窩的大街上。女機械人們站在街邊招攬生意，跟人類妓女一樣：高挺胸脯，一腿支地，一腿鬆弛地伸出去。給機械妓女寫程式的傢伙們大多比較懶，輸入幾種表情和肢體反應，再有幾句對答就完事了，一點創意都沒有。

不過，具有「人機性愛」嗜好的男人普遍對機械妓女有種獨特的審美，姑且稱之為「破損美」吧：他們喜歡看到她們身上留有一些損害痕跡，比如一邊是完整乳房，另一邊則是剩一個露出內部線路板的圓窟窿；又比如脖子上的人造皮膚剝落一塊，在做愛時舔舐露出的細銅線，會有微麻的感覺竄過舌尖。我記得很多年前，好萊塢拍過一部科幻片，一個脫衣舞美女的腿被殭屍咬了，不得不鋸掉，換成一支機關槍。這個造型被很多機械妓女模仿，她們拆掉自己的一條腿，換成高模擬機關槍或狙擊槍。

這樣描述是為了讓諸位看到我所看到的情景：盡力揣摩與迎合人類怪癖的女機械人們，把自己弄得千奇百怪，像一場大爆炸或大車禍的倖存者。

我在蒂亞戈的店門口停車，一個非洲人種型號的女機械人面無表情地走過來，兩手各牽一個小機械人——金髮藍眼的機械男童，長得一模一樣，像布格羅畫裡跳出來的天使，臉頰粉紅鼓脹。左邊男童少了一隻眼睛，與另一隻長睫毛湛藍眼珠相對稱的是一個烏溜溜的洞，洞裡閃著一抹紅光。那女人停在一步之外，瞪著眼對我叫道：「一對打七折，三人打九折！先生，你跟我玩的時候，這小哥倆……」

每到這種時候，我都會有種錯覺——溫蒂也是其中一分子。幸好她不是。她有父親，她明天會到幼稚園排演莎翁劇，而不是站在街邊打折賣身。幸好每次在我的憐憫心快要按捺不住之前，這種旅程就結束了。我從後座抱起箱子，夾在胳膊底下，一隻手推開掛著「close」（歇業）牌子的玻璃店門，門楣上掛的釘子鐵皮「風鈴」一陣亂響。

這是個古董店，老式電視機、收音機都能在這兒找得到。坐在雜物中間看店的還是那個老機械人，深黑色卷髮披在肩頭，四肢動作直直楞楞地站起來，發出模擬水準很低的早期合成音：「晚上，好。」

我說：「約瑟，你好，你記得我吧？」

約瑟雙眼發直地瞪著我——那是老式的、先掃描面部再疊加搜索記憶體資料的方式。我耐心等待，他終於笑了：「哦，彼得，你，好，溫蒂，好嗎？」

我伸手拍拍腋下的箱子：「謝謝你，溫蒂還不錯。帶我去見蒂亞戈。」

混到今日，蒂亞戈也算是半方霸主，管著馬蜂窩十幾個店面，但他的愛好仍然是鼓搗改裝機械人。地下室裡正傳出一陣陣怪異的聲音，是一個女人的呻吟。約瑟腰板僵硬地欠欠身，離去。我在門口站住，寬大的精鋼工作臺上仰躺著一個全裸的女機械人，四肢平攤，胸脯處被剖開，一只乳房被掀到一邊。

蒂亞戈半個頭和兩隻手都埋進那女機械人胸口，猶如一種怪異的性愛體態。那女機械人仰面看天花板，嘴巴張開，發出斷斷續續的單音節。誰看到這一幕還能不笑的，先生們，我願意給他一枚金幣。

我捂著嘴巴倚靠門框站著，直到那女人的哼唧聲停止，蒂亞戈抬起頭來，長吁一口氣，像蓋茶壺蓋一樣把乳房扣上，一面擰緊幾處細小螺絲一面嘟囔道：「下次有人讓你喝亂七八糟的液體，不要真嚥下去，記住沒有？」

那女機械人答應著從臺子上跳下來，左手整理銀色長髮，右手是一枚航海時代風情的三爪鐵鉤。

蒂亞戈向我點點頭，摘下眼睛上的圓筒式放大鏡。「亞希暖，這是彼得。彼得，這是亞希暖。有個婊子養的嫖客讓她喝了硝酸，發聲器差點燒完蛋，居然有人手提箱裡裝著硝酸瓶子來妓院，這他媽什麼世界。」

蒂亞戈是個「半人」。他原本是個拆彈兵，運氣不好被炸飛了半邊身子，運回國內醫院，政府出錢把他七拼八湊地組裝成一整個「人」，換了半邊金屬顱骨、半扇金屬肋骨、半卷人造大腸，再加模擬左腿、左臂……女人們常問他哪部分是真的，他會答道：「蜜糖，愛你的這顆心和底下那玩意兒，都是真的。」

後來他就靠組裝改造機械人混江湖了。他像揀舊家具一樣到每個廢品回收場和舊貨店去找，凡是他救回、修好的機械人，都會另取一個《聖經》裡的名字：約瑟、亞希暖、路德、耶西……

亞希暖向我扇一扇銀色睫毛，非常程式化的一個媚笑，甜得像人造果醬。蒂亞戈走過來擁抱我，連同我腋下的皮箱一起抱住。「彼得，哦，我親愛的小彼得……溫蒂又出問題了嗎？」

「這回不是大問題，掉了點零件而已。」說著，我把大箱子擺在工作臺上，像掀開珠寶箱一樣掀開蓋。海綿人形空當裡鑲嵌著溫蒂，完美無瑕的溫蒂。一整支象牙雕成的溫蒂，華美的裙子布料包圍她，她像童話裡的一頁插圖。

先生們，體驗過父親向別人展示女兒時的自豪吧？那種快樂勝過新婚的王妃展示她的鑽冠，勝過冠軍展示他們的錦標與獎座，因為有一個呼你為父的女兒，是神的恩賜。即使那「呼喚」是程式……然而石頭縫中生出的花朵豈不一樣香美？

我看到亞希暖臉上出現了真正的笑容——不是她體內程式寫定的肌肉和眼珠運動方式，是油然而生的笑。她微笑，隨之而來的是感慨以及真正的妒羡。

我抬起溫蒂的腳踝，脫掉皮鞋和襪子，給蒂亞戈看丟了趾甲的小腳。

他瞇起眼睛，亞希暖的眉毛挑上了天。我知道，我知道這事擺在破爛殘缺的他倆面前有多反諷。是，我就是那種孩子摔下滑梯就會叫救護車的父親，你們儘管笑好了。

「幾枚趾甲而已，彼得，我上次跟你說過，她這個型號的配件已經斷貨了。天哪，不過是幾枚趾甲！」

「不行，趾甲可不是小事，她得上游泳課，同學會看出來的。」

亞希暖圓睜眼睛，「喂，你女兒居然不知道……」

我斷然道：「她為什麼必須知道?!」

「難道你以此為恥？」

蒂亞戈舉起雙手。「好啦，你們兩個閉嘴，我想想。」他伸手拍拍腦殼，發出敲鐵盆子的鐺鐺聲。隨即像真的敲出什麼一樣，手在空氣中一牽，食指急速點動。「蜜糖亞希暖，你記得上上月運來的五臺送到哪家店了嗎？」

亞希暖面無表情地說：「街尾27號那家『沙堡』。」

在跟蒂亞戈步行到「沙堡」的路上，他頭也不回地問：「今年的鄰居有沒有比往年好一些？」

我想了想鄰居看我們的眼神，笑了一聲：「都差不多，他們的想像力永遠停留在『亨伯特和蘿莉塔』階段。」

蒂亞戈哼了一聲，又哼了第二聲：「社區聖誕舞會那些爛活動不要參加了，還不如來馬蜂窩看豔舞嘉年華。」

我們走進「沙堡」，門在背後無聲關閉。馬蜂窩的妓院一律有種特別的、非橙非粉的燈光，讓我覺得像是處於一只巨大的蛋裡或是子宮裡，雛雞和胎兒半夢半醒間，看到的八成就是這樣被篩過的、柔和的光色。

地板擦得潔淨晶瑩，反射走廊天花板上的燈光，光芒氾濫如溪流，足以泛起十只摩西的籐籃。門口有個人在等待蒂亞戈，兩人以老朋友的姿態很隨意地握手。那人是人類，他朝我咧嘴一笑，炫耀似的露出斷了一半的犬齒，和兩顆菸黃門牙中間寬寬的牙縫——只有機械人才是完美的，人類的不完美凌駕於他們那無生命的完美之上。

「彼得，早就聽說過你。賞臉喝一杯吧，蒂亞戈，我搞來了摩洛哥的仙人掌鹽酒。」

蒂亞戈說：「先幹正事。在哪個房間？我們自己過去。」

「在二樓聖家堂。」

到了房間門前，蒂亞戈敲門，過一陣裡面才傳來一個聲音，「行了，進來吧。」我們推門進去，走進了安東尼・高第①設計的聖家族大教堂。

模擬樹幹與樹葉的粉紅石柱高聳，支撐起彷彿在雲端的拱頂，光從不可知的地方照進來、從彩色玻璃窗裡透進來，穿過大理石雕刻的樹蔭，五彩斑斕地灑在薑黃內壁、吊燈和布道臺上。光輝閃耀的受難立面，祭壇下邊鋪著一張巨大的繡花地毯，一個骨架粗大的裸體男人正站在上面，用毛巾擦拭自己。他體毛很重，滿腮蓬亂鬍子，胯下也是一堆黑幽幽雜草。雲端的聖光照在他毛烘烘的身子上，那些毛變成了金色。

他腳邊有一堆東西，像隻小動物似的蜷曲著。等我們走近時，那堆東西蠕動起來，忽地抬起一張臉。我駭得屏住了呼吸：那是溫蒂的臉。

跟溫蒂一模一樣，甚至連鼻尖的微微翹起、顴骨上幾粒椒鹽色雀斑都一模一樣。

蒂亞戈斜眼看看我，又看看那男人，喃喃道：「讓人在教堂裡幹一個小姑娘，操，斷牙那傢伙還真想得出。」

那男人說：「我的鐘點還差半小時呢，斷牙剛說給我打八折。你們兩人他收多少錢？」

蒂亞戈閉緊嘴唇，理解成懶得開口和不肯透露都行，他蹺起拇指往教堂門口戳了戳。那男人心領神會地笑一笑，挪動沉重的盆骨和屁股走出去。

我在那個小女孩面前蹲下來，同時不得不緊一緊手臂，要確認我的溫蒂還在箱子裡，才能驅散心裡錯誤的憐惜。

她直勾勾地盯著我，用溫蒂的卷睫毛大眼睛，同時具備溫蒂那張開嘴唇時露出一截白門牙的樣子。平時溫蒂這麼瞪我的時候，多半就要問一個我答不上來的問題了。

果然她開口問了：「你是來接我回家的嗎？」

果然，我沒法回答。

我回頭看著蒂亞戈，蒂亞戈苦笑：「別看我，我也不懂，不過大夥糊弄五歲小孩的不都是那些鬼話嘛。」

那小女孩顯然很失望，眼珠轉到我手臂下的箱子上：「那麼你是不是吹笛子的？那是你的笛子？你能讓老鼠跟著走嗎？」

我開始覺得這件事變得殘忍了。我問：「你叫什麼名字？」

「黛朵。」

那個雙音節名字從她櫻桃色的嘴唇上掉下來，像一支兩個音符的短歌，像兩滴露水先後打在魯特琴弦上。

我點點頭：「黛朵，我不是笛子手，你看我也沒穿花衣服，是吧？」……我笑了笑，掀開箱子。

---

①西班牙建築家，新藝術運動的代表人物之一。

黛朵的眼睛和嘴巴張圓了，我甚至看得到她喉嚨裡粉紅的小吊鐘。隨後她歡欣地叫出了聲：「妹妹！天呀，她是我妹妹，我就知道我肯定有妹妹。」

她從圍在身上的布料裡飛快爬出來，四肢並用，像一隻小貓似的敏捷地爬到箱子邊，小心翼翼地摸了一下溫蒂的臉蛋，確定那是真的，不是空氣，然後大膽地伸手在溫蒂的頭髮裡耙梳，手勢裡天然有一種長姊和小母親似的嚴肅與愛憐。

她又抬頭看著我，一種快樂的容光洋溢在臉上：「謝謝你把我妹妹送來。我妹妹真漂亮，她的裙子和髮帶真好看，這裙子是你給她買的嗎？」

趁她用手指好奇地摳溫蒂髮帶上繡的桔梗花，我朝蒂亞戈比畫一下，手在肋部示意，意思是要不要把黛朵先關機、再辦事。蒂亞戈點點頭。於是我坐到她身邊，像屠夫一隻手把匕首藏在背後，一隻手撫慰羔羊，我順著她的頭頂撫下去，手掌緩緩順在紅銅色長髮裡，彩色玻璃窗裡濾出的金光照在上面，我的手像在火焰之中灼燒。

她扭轉頭：「我妹妹叫什麼名字？」

「溫蒂。」

「真好。你是從樹皮和梧桐葉搭成的小屋裡找到她的吧？」

這時我的手已經順著她的肩膀，滑到了她肋側。

「是的。」

我的手指揿下。黛朵的眼皮合上，身子往後倒，軟綿綿地躺在我手中。

我把溫蒂從箱子裡抱出來，跟黛朵並排擺在祭壇上。一個裹著重重紗裙；一個寸縷不著，穿戴一身彩色的光。她們顯得如此纖小，像剛從雲端掉下來的天使，又像先後從子宮裡娩出來的雙胞胎。

溫蒂和黛朵是二十年前原產於法國的兒童機械人——「Toy Kid」（玩具兒童）。她們被專門造出來陪伴沒有兄弟姊妹的同齡孩子，分為三歲款、五歲款、七歲款，智力、體力都依照該年齡孩童的平均值。

由於人類孩子長得太快，生長速度加速了他們對伴侶的更換需求，很快地，這些無法學會更複雜樂高積木搭法的同伴就會令他們感到厭倦。因此Toy Kid的內核晶片和處理器普遍採用廉價低等材料，用上十幾個月就會報廢。

這種替代品風靡一時，很多中產階級父母們樂意花這個錢，讓兒童機械人陪著自己的孩子沉浸在那些對成年人的智力來說十分煎熬的遊戲裡，就像找到替代服役的人。

然而就像所有時尚產品一樣，Toy Kid只流行了三四年。美國路易斯安那州某社區發生了一起連環殺人案，連續三個女童被虐殺，破案後人們發現兇手竟然是同社區一個八歲男孩。小兇手家境富裕，父母都是高薪專業人士，警方在他家發現了好幾個被肢解得殘破不堪的兒童機械人。很多教育學者與未成年人犯罪專家紛紛跳出來在訪談節目中說，乖順服從的Toy Kid對孩子的心理健康並無裨益，而且用他們來替代父母的陪伴，兒童在得不到重視的情況下反而會激發破壞欲……

於是那股給孩子買機械玩伴的風潮驟然降溫，賺夠了錢的公司不再生產Toy Kid。人們把那些死了一樣的機械孩童扔到垃圾箱裡，或者像搬家時丟棄貓狗似的，開車到城市邊緣，把他們留在那兒。這種型號的機械人不能幹粗重活，維護也麻煩，身上零部件又無法換給其餘成年體態的機械人，因此除了熔化爐，人類給他們想到的唯一一種回收身分——性玩具。

世界各地的二手機械人拍賣網站上，Toy Kid一年比一年更炙手可熱，一經發布，幾秒內就被搶拍光了。單身漢們買一個像小號睡美人似的廢品機械女孩回去，放在床底下，每晚拎出來當泄欲工具。而像馬蜂窩的妓院這樣的買家，會把她們交由蒂亞戈修補、改裝，加入特定程式。

我得到溫蒂的時候，她還不如街上大腿裝模擬槍的妓女。我花了很多錢才從各個城市的舊貨店、機械人零件網站湊齊同型號的眼睛、牙齒、膝關節……溫蒂像拼圖一樣一塊一塊完整起來。我給自己拼回一個女兒。

幫忙的始終是蒂亞戈，因此他這套動作我看了不知多少遍：默不作聲地從工具箱往外掏細小得像雞骨頭的工具，一樣一樣在溫蒂身邊擺好。

我把溫蒂的鞋子再脫下來，露出她的赤腳，又忍不住低頭吻了一下。她足心的紋路跟黛朵的猶如同一種藤蔓刻花，刻在玉質祭器上的花紋。

等蒂亞戈戴上他的單眼圓筒放大鏡，開始用工具剝除黛朵的趾甲，我轉過身去，在教堂裡慢慢踱步。

全息影像如此逼真，光無處不在，猶如置身海底。彩窗邊整整一面石壁浸透了翡翠的顏色，下半段又逐漸過渡成橘黃。石頭樹葉之間，歷代主教徽號像星星一樣，眨著慈悲的眼睛。

我聽見蒂亞戈在後面下令：音樂。

於是，還嫌這一切不夠黑色幽默似的，唱詩班女童們的聲音在高空中響起來。

幾十條銀子似的喉管唱道：

我的生命伴隨著
人間無盡的悲慟歌聲
我真切地聽見讚歌
呼喚全新的世界
儘管如此遼遠
……

最後我聽見蒂亞戈說：「好了。」

我回到女孩們身邊，替換已經完成。空氣裡有一點融化的化學物質的刺鼻味道。溫蒂的小腳丫完美無缺地朝天蹺著，沐浴在紅彤彤的聖光裡。蒂亞戈略帶諷刺地說：「放心吧，這下她那些人類同學看不出破綻了，她不會被認出是個機械娃娃的。」

並排擱著的腳，黛朵的幾根足趾上空了。她不配得到完整嗎？不，完整是被選中的。就像人類的胎兒有些生來殘疾，有些生來美麗。而那不歸我選。

音樂忽然停了，斷牙的聲音從最近的一扇窗那兒傳來，就像他站在窗外似的。「你們鼓搗完了？真不來喝口酒？」

蒂亞戈笑著罵道：「每個房間你都監視，當NC-17電影（美國電影協會的限制級電影分級中十七歲及以下人群不可觀看的電影）看是吧？」

「不能看這個我開妓院幹麼？少廢話，過來陪我喝兩杯。」

這時是午夜十二點半，我很想帶著溫蒂回家。但蒂亞戈對我說：「陪我喝點酒再走，剛補過的地方也得放置一會兒。」我看看那兩個女孩，她們頭並頭躺著，像威廉・沃特豪斯那幅名畫〈睡神與死神〉。

我對斷牙說：「你得把這房間鎖上，不能讓人進來。」

斷牙的聲音：「知道了，你這爹做得夠當真的。」

我們走進聖家堂通往鐘樓的電梯，電梯門打開時，外面是博爾蓋塞美術館的小廳堂。壁上懸掛著卡拉瓦喬的〈扮作酒神的自畫像〉：豐腴青春的少年袒露圓潤肩頭，手臂裡抱著一串珠寶似的葡萄。斷牙劈開兩腿坐在畫底下的一張小桌旁邊，桌上有酒瓶和杯子。他伸展兩條爬繞青黑文身圖的手臂，表示歡迎。

蒂亞戈說：「老淫棍，還挺懂享受。」

我們大概喝了五瓶摩洛哥仙人掌鹽酒，作為佐酒菜，我不得不把我的老故事挑著講了講。

斷牙可喜歡聽了，瞪圓了眼，時不時嘟囔一句耶穌。到快三點的時候我才終於擺脫他，從博爾蓋塞美術館回到聖家堂。

一下電梯就聽到說話的聲音。乍一聽還以為是極低的音樂，但往前走幾步，我愣住了。兩個小女孩盤膝坐在祭壇上，兩個都完全赤裸，一個背對另一個，後邊那個正把面前的長髮編成小辮子。她們向我轉過來兩張一模一樣的小臉，盯著我瞠目結舌的樣子，同時咯咯笑起來，一模一樣的音色，一模一樣的節奏。

我分辨不出哪個是溫蒂，分辨不出滿腔焦慮與愛該投射到誰身上，一瞬間我覺得我有兩個女兒，我同時愛著她們兩個，難解難分。

幸好這時溫蒂叫了一聲爸爸。

她轉頭對背後的黛朵說：「我爸爸來了，我得走啦。」說完很乾脆地跳下地，自己穿鞋穿裙子。我長長地鬆了一口氣，心中卻十分疑惑：我與蒂亞戈離開時兩個女孩都處於關機狀態，是誰把她們打開的？

溫蒂先把鞋穿好，再把裙子套到頭上，小腦袋從領口裡鑽出來，黛朵跟過來，體貼地伸手替她把辮子掏出來，又幫她揪一揪袖子的肩部，繫好背上拉鍊，儼然是個照料妹妹的姊姊模樣。我默默看著她們，心裡湧上一種極度不適的溫柔。這種照料另一個孩子的本領寫在她們的程式裡，她們天生是要給別的孩子做伴的。

「爸爸，黛朵說她家在海邊，是樹皮和梧桐葉搭成的小屋，以後我們能去她家玩嗎？」

我笑一笑：「也許可以。」

黛朵也開口了：「溫蒂答應明天來看我的，你們會來的對吧？」她像一朵葵花似的轉動細嫩的脖頸，向我揚起皎潔的臉龐。

這時溫蒂正面對我站著，我瞥了一眼，發現她正朝我擠一隻眼睛，那是要我迅速跟她做同謀的意思。

於是我說：「當然會來！」

回程不能再把溫蒂裝箱，我一隻胳膊夾皮箱，一隻胳膊抱著她走回車子。她趴在我肩頭，雙臂摟得奇緊，側著腦袋，臉頰和嘴唇貼在我脖頸側面的皮膚上。

她會呼吸，但那種一鼓一癟的胸腔起伏只是對呼吸的模仿，她的鼻端不會噴出溫熱的二氧化碳。

我聽到她悶悶的聲音：「爸爸，我們為什麼要到這兒來？」

「我來看望一個老朋友，不放心把你自己留在家裡。」

她又問：「黛朵說我是她妹妹，是真的嗎？」

這讓我怎麼答？……我反問：「黛朵還說了什麼？」

「她說我的裙子真好看，她也想要一條。」

開車回家途中，黛朵的眼睛和表情一直在我面前晃動，我甚至沒注意到車子的雨刷上夾了一片巴掌大的「棒棒糖屋」粉紅廣告。是的，棒棒糖屋是馬蜂窩的一家妓院。這就是我的鄰居喬納森先生所供述的，我把女兒送到妓院去賣淫的證據的由來——他把它拿走了。那張廣告紙完美契合了他們一貫的想像。

溫蒂沒有問那個大到能把她裝進去的盒子是幹什麼用的。盒子放到後車箱去了，她獨自待在後座上，纖細的小腿提起來，鞋子後跟踩著座椅邊緣，雙手抱膝。我從後視鏡觀察她的表情，問道：「溫蒂，你是怎麼醒過來的？」

她說：「我也不知道，一睜開眼睛就醒了。」

我暗忖道：也許房間沒鎖好，有嫖客溜了進去？這想法讓人不寒而慄。

回家進屋時，時間已凌晨三點半，她仍顯得失魂落魄，伸出手小聲要求我抱她上床，這很反常。我抱起她往臥室走的時候，心想：是不是那個雛妓對她說了什麼或做了什麼？畢竟她每天耳濡目染的是……

黛朵也是個孩子，但是先生們，你們可能懂得當自己女兒受到傷害有危險時，其餘一切人，無論仙女教母還是美國隊長都是面目可憎的嫌疑人……那種感覺吧？

被子還攤放著沒收拾，保持著我帶她出門時的樣子。我把她平放在床上，脫掉鞋子，她立即一翻身鑽進被子裡。

「還沒脫衣服呢，溫蒂。」

「我自己脫，爸爸，你去拿書，讀一段毛毛的故事再睡行不行？」

我轉身從書架上找到書，關掉照明燈，打開投影夜燈，房間的天花板和上半部分立即出現了深藍的夜空和緩緩旋轉的星座。她已經在被子裡飛快地脫掉裙子拋在床邊，兩條圓滾滾的手臂擺在被子上，人造星辰的光映在人造瞳孔裡。

我讀了短短一段，她便眼睛半開半合作倦怠狀。其實她並不會覺得睏，這只是一種乖巧的偽裝，好讓我能結束讀書去休息。

她在我停止閱讀、合起書頁時甜甜一笑，睡意充盈的樣子。我探身在她額頭印上一吻時，她忽然問：「爸爸，你會唱歌嗎？」

「怎麼問這個？咱們又沒這個傳統。」

她顯得有點兒困惑：「他們都說爸爸媽媽會給唱歌……」

我猜「他們」是幼稚園裡的人類孩子。我說：「今天就到這裡吧，要唱歌也要等明天。」

我第二次伸手按下她肋側的電源開關，接著抬手熄了燈。

這時是凌晨四點，我得趕緊開車到社區電影院去。我在那兒有一份兼職：從三點多鐘最後一場夜間電影結束到早晨八點早場電影開始之前，把十個影廳打掃乾淨。

這不是難事，機械人生來就是替人類做機械性勞動的——如果我有資格說「生來」的話。我在絨布磨得半禿的座椅窄道中間飛快跑動，一隻手拖著屍袋一樣的巨大垃圾袋，一隻手把座椅扶手杯架上的可樂杯和爆米花桶抓起來丟進袋裡，腦子裡卻總是重播溫蒂從被子裡抽出裙子、拋在床邊地毯上的情景。

似乎有些不對勁……到底是哪兒不對勁？

我忽然直起身。她拋出來的只是裙子——翠藍色的茶會禮服裙，她沒有脫掉襪子。該死！

五點四十分，我從電影院開車回家，天色已變成青灰，路上開始有了晨跑的人類和遛狗的家僕型機械人。我盡量把所有動作的聲音減到最低，走進屋裡，來到溫蒂的臥室前，輕輕推開房門。

有聲音，是立體書。一個合成的女聲在讀《猜猜我有多愛你》，那道嗓音如此耐心、柔和，如此像母親，每次我都被煽動得也想叫一聲媽。我甚至懷疑聽過了這麼完美的假媽媽，小孩子還會喜歡真媽媽敷衍、急躁，時不時夾雜一句「小混球你快閉眼我求你了」的睡前故事嗎？

屋裡像被賊洗劫過一樣。跟趁所有爸媽不在家、瘋個夠本的小鬼一樣，黛朵拿溫蒂的東西辦了狂歡節。書、玩具、衣服……從抽屜和衣櫃裡被翻出來，組合成一層覆蓋物，堪稱均勻地丟撒在床邊地面上，另有一小部分延伸到黛朵身上：她穿著帶亮片的蛋糕裙，外邊加一件巴伐利亞風格的刺繡小背心，下面還穿了一條騎裝裡的馬褲。她就這麼坐在地毯上，望著面前打開的那本書。

她的坐姿跟溫蒂完全不一樣。溫蒂喜歡把小腿折疊，腳尖向後貼在臀部側面。黛朵則是雙腿併攏，向身前長長地伸出去，兩枚圓潤的膝蓋骨緊貼，腳踝疊壓著，上半身歪向一邊，那一邊的手臂支在地上撐住。

那是個嬌美女人的雛形，除了比例不對，哪哪都對。我曾無數次想像過長大的溫蒂像這樣坐在大學校園的草地上，似笑非笑地看著對面討好她的男孩子。

黛朵的兩個光腳像字母X一樣，柔韌地絞纏成一個銳角。左腳上少兩枚趾甲。

書裡的假媽媽讀道：「小兔子倒立起來，腳爪撐在樹幹上。他說，我愛你一直到我的腳趾頭……」立體影像從書頁上投射到空氣中：父與子，兩隻栗色兔子，在不存在的月光和草地上蹦來蹦去。有一次小兔跳到了黛朵膝蓋上，她毫不猶豫地伸手去抓摸，預料之中地抓空，然後笑得岔了音兒。

故事結束後，那女聲又把故事裡的句子唱了一遍。睡前故事附送睡前歌，生產商想得很周到。黛朵跟著那歌搖頭晃腦地唱，缺趾甲的腳趾頭一邊搓動一邊打拍子。唱完一遍，她的手指在空中的按鈕上劃一下，把歌倒回去再放一遍。

溫蒂喜歡聽故事，她喜歡聽歌，昨晚睡前她就讓我給她唱歌來著。

屋裡充滿了她鼓搗出的很帶勁的熱鬧，所以她一直沒察覺有人在後面看。那個人的目光融化了又凝固，心在胸膛裡邊鞦韆。小臥室的窗簾還沒拉開，貝殼粉色的舊式棉布簾子厚厚地隔開了外面的世界，外面那個明朗真實的世界。

聲音和光在不知第幾遍迴圈裡停下來，電量耗盡了。假媽媽不會不耐煩，但她會沒電。這個早晨這麼苦、這麼長，我不知道在跟誰耗著、拖拉著，不肯出聲打擾那個深深沉浸、樂在其中的小背影。

她把靜下來的書合起來推到一邊，又去身邊的書堆裡翻新書，嘴裡唱：「我愛你直到月亮那裡，哦，那真是非常遠，非常遠的距離……」

一個聲音在後面跟她唱出下一句：「而我愛你直到月亮上邊，再回到我和你這裡。」

她像河邊飲水的鹿聽到槍栓聲一樣，扭轉頭頸。

我唱完那一句，面無表情地站在門口，迎著她仰視的目光。

黛朵像個小俘虜似的雙手扶地，上半身和下半身一直擰著，挪動雙腿朝我爬了幾步。

我說：「早上好，黛朵。」

她的臉頰是恆定的粉紅色，沒法變蒼白，只有表情是驚慌失色的樣子，嘴唇擴成一個邊緣不斷變形的洞。

最後她帶著哭腔說：「早上好，爸爸。」

我搖搖頭，「別用那個詞，我不是你的爸爸。告訴我，你跟溫蒂是怎麼說的？」

她的五官像熔開的蠟，緩緩變形，化成一攤，繼而發出嚶嚶嗚嗚的聲音，像一隻被踢了一腳的小狗一樣嗚咽，但沒有眼淚。

我說：「說吧，說完我送你回去。」

她哽聲答道：「我問溫蒂想不想裝成我，留在沙堡玩玩，反正沒人分得出我們倆……」

五歲是孩子最好奇的時候，雖說是玩玩，但溫蒂還是猶豫了。黛朵以「第二天我會跟你爸爸來接你」說服了她。這就是為什麼在我帶著假溫蒂離開妓院的時候，假黛朵不放心地詢問，想確認我是否真的會去接她；昨晚黛朵走進家門，沒有自己回臥室，而是要我抱她上床，因為她根本不知道臥室在哪裡，她也不知道我跟真溫蒂沒有睡前唱歌的傳統……剩下的情節我不忍心再複盤，重篩一遍這個以五歲智商殫精竭慮設計出來的細密騙局，同樣是種痛苦。傻孩子黛朵，她怎麼會傻到認為自己能偽裝成別人的女兒？

然而另有一個問題我不願去想：在她的計畫裡，她打算偽裝多久？打算把溫蒂扔在妓院多久？

不願去想的本身就是想了。因此，我的心又硬起來（抱歉這只是個比喻，我只有處理器，沒有心），或者說，我摁滅了一些火星似的搖擺猶豫。

黛朵正在慢慢解開刺繡背心的釦子，沮喪悲痛得像四肢出了故障。我想起昨夜的疑問：「你能自己控制開關？」

黛朵搖搖頭：「不能。」

「那你是怎麼醒過來的？還喚醒了溫蒂？」

「我的開關和別的一些地方總失靈，但不知道為什麼，斷牙不願意給我換零件。」

我說不出話了。人類嫖客更喜歡鑑賞機械人的殘缺，但我怎麼能跟她說這個？

這時她把自己剝得只剩一條吊帶襯裙，雙手交叉握住下襟的兩個角，作勢要往上撩起。我說：「襯裙別脫，你挑一件正常的衣服穿好，咱們就走。那件就送給你，溫蒂不會有意見的。」

她放下兩條胳膊，窄肩膀跟著那個動作往下塌，手心向上僵硬地支在腿上。那動作不屬於五歲的小女孩，那是個心灰意冷的女人的動作。

她帶著哭音，拖長了聲叫道：「爸爸！」

那可真是讓人心肝俱碎的一聲。

但我還是搖了頭：「不，別用那個詞，我是溫蒂的爸爸，不是你的。」

她發出低聲的「啊啊」哭叫，每個啊中間像抽搐一樣「呵」地抽一口氣，聳起肩頭笨拙地蹭臉頰，擦拭不存在的眼淚。這個動作也是程式寫定的，該型號的機械兒童有四種哭泣模式。在哽咽中間，她掙扎著說：「他們告訴我會有人接我回家的，我家是海邊一座樹皮搭成的小房子，外面還有吊床和狗屋，我不要那個小房子了，我想要你，爸爸。」

「我的女兒是溫蒂，我只有一個女兒。」

「我跟溫蒂是一樣的，一模一樣！比人類的雙胞胎小孩還像。」

「不，你們當然不一樣。」

「是的，現在也許不一樣，但是再過幾個月就完全一樣了。」

我瞪著她，無言以對。她說得沒錯，再過一個多月，溫蒂的晶片會再次報廢，需要再次更換、重啟，她的記憶資料沒法複製出來，那時她會變成一個剛剛出廠的機械兒童，像任何一個沒有記憶的人類嬰兒一樣。

但是這怎麼會一樣呢？不一樣的。我不想再解釋。我往前走兩步，從床上拿起一套衣褲拋到她面前的地毯上，簡潔地說：「快換，我在外面的車上等你。」

等待的時間比預想中短，她從門裡走出來，沒穿我隨手挑的那件，而是鄭重其事地換了一套圓領泡泡袖長連衣裙，像是個要跟大人去參加婚禮的乖孩子。

鄰居喬納森先生又出現了，一隻手抽菸，一隻手拇指朝前，扶在腰眼上，在煙霧裡瞇著眼，看著黛朵拉開車門，坐進去。

我調整一下後視鏡，從鏡子裡看著她。「你自己繫上安全帶。」

她用驟然淡漠下來的聲調說：「我知道。」我啟動汽車時，她不客氣地打開了那個迷你冰箱，發出一聲低呼，「哇，冰淇淋！」

我也有點兒詫異，迷你冰箱竟然一直沒停電，冰淇淋還沒化。她動靜很大地關上冰箱，撕掉冰淇淋的封紙，咬了一口。兒童機械人沒有味覺和冷熱感，但黛朵和溫蒂吃冰淇淋的表情都相當逼真。

我把車子駛上街道，街上很多無人駕駛的車，保持一模一樣的穩定速度，像在生產線上被勻速向前運送的成品。透過車窗能看見後座的人吃便當、在電腦上打字、戴著全息頭罩玩遊戲。開過一輛家庭款轎車，兩個人正在後座做愛，女人跨坐在男人髖部，脖子往後仰，得意揚揚地往外看，迎接一切探索的目光——這段時間流行這個，據說在行進的車流中做愛，可以刺激、延長性高潮時間。黛朵一面舔冰淇淋一面盯著那兩人的動作，我按了一個鈕，後座車窗變得不再透明。

她轉回頭，冷笑一聲。我這才想起她的職業，她可不是溫蒂那種「真正」的五歲小童。我和她的眼睛在後視鏡裡相遇。果然，她不肯放過這次嘲諷的機會，眼中閃出惡意、興奮的光，下巴往前一挺。「嘿，嘿，你不是不肯把我當成溫蒂嗎？我見過的可比那個有趣多了。」

我不說話。

她把一根手指搭在嘴角，露出那一側犬齒咬住指尖（去年特別紅的性感女影星拍過這種姿勢的雜誌封面，程式設計的人應該是把類似圖片資料複製到了她的動作模式裡）。「你也可以用自動駕駛，然後上後座來，我給你——」

我說：「閉嘴！」

但她仍不放鬆：「你知道機械人也會召妓的對吧？」

冰淇淋化得很快，奶油汁順著手腕流到手肘上，她抬起胳膊順著舔上去，翻起眼睛盯著後視鏡裡我窘窘的臉。我說：「黛朵，你這樣沒有意義，咱們和平地度過這段車程，可以嗎？」

她沉默了一會兒。「嗨，你怎麼跟溫蒂解釋她沒有味覺？她肯定會跟同學討論冰淇淋和點心的味道吧？」

「疾病。我跟溫蒂說她有遺傳病，她不會去討論她感覺不到的東西。」

黛朵點點頭：「那你又何必給她買冰淇淋？」

「跟你非要吃冰淇淋的理由一樣。」

車程過半的時候，她問：「你是怎麼遇到溫蒂的？」

好多年前曾經爆發過一次「毀滅機械人」遊行，導火線是新聞報導了一個妻子長期跟家中管家機械人偷情，那女人辯解說那並非通姦，因為機械人不過相當於大一點的按摩棒而已。最後她勝訴了，被判成婚姻官司裡的無過錯方。其實這種事情如果現在發生，至多在新聞網站占個邊欄位置，但那幾年類似案件太多，很多人把婚姻和職業中的失意歸咎於讓他們顯得笨拙遲鈍的機械人。憤怒情緒很快蔓延全國，幾個著名機械人品牌的展示體驗店被砸被燒，聚眾搗毀機械人的集會愈來愈多。

我所在城市的遊行前夜，人們陸續把準備焚燒、搗毀的機械人扔到指定地點，堆成一垛。我是淩晨三點鐘被扔到「屍堆」角落的，半個小時之前我的身分還是產科的醫療機械人。只要有得選，大多數父親會在「男助產士」與我之間選擇我，他們更願意選一雙無性別的機械手去縫合自己太太的下體。那天我從產室裡出來，手還沒洗乾淨，就被一群值夜班的男助產士推進急救車，拉出來拋在了大街上。

大部分機械人都被拆除了能量芯，處於死亡狀態。還有一些過了報廢年限的，時而發出不受控制的奇怪聲響，吱吱格格……我被設置成了靜滯待機狀態，只能躺著仰望星空，心想這會是我見過的最後一片星空。我開始回憶起自己接生過的一個個小嬰兒的臉蛋，給每一顆星星取上他們的名：菲歐娜、科斯塔、列奧、撒母耳、吉娜……

這時，我聽到旁邊有個小女孩的聲音：「嗨，你好，我叫露西，你叫什麼名字？」

露西距離我大約兩米遠，躺在一個搬運機械人的大腿旁邊，她有一顆長著紅銅色長髮的小腦袋，臉蛋精美完整，在黑暗中像是自己能發出光一樣。我聽說過這種兒童機械人，卻是第一次見到（我誕生的這個國家經濟和觀念上都落後一些）。我說：「我叫薩姆，你好，露西，是誰送你來的？」

「我爸爸，他叫安東尼。」她的語氣居然平靜而且有一絲愉悅。

「他有沒有說送你來幹什麼？」

她以篤信的語氣說道：「來變成真正的露西。」

我問：「什麼叫『變成真正的』？」

「我跟瑪蒂爾達一起讀過一本書，書上說有一隻玩具兔子經過改造變成了真正的兔子，安東尼說等我改造過後，也會變成真正的小女孩。」

這鬼話跟大人們騙小孩說，你乖上一整年，聖誕老人就會把你放上送禮名單一樣。我歎一口氣說：「是，他說得對。」

露西跟我望了一會兒星空，又問：「變成真露西之後，我會跟現在有什麼區別嗎？」

「有啊，如果你是真的，你爸爸就不會送你到這兒來……改造了。」

「天亮之後他們就要『改造』了，是不是？」

「……是的。」

大街上有汽車嗚地開過去，路過街心這堆奇異的金字塔時放慢車速，車窗裡有面孔探出來看。在不遠處某個機械人單調的滴滴聲裡，露西要求道：「天還不亮，薩姆，你給我唱首歌好不好？」

我給她小聲唱了〈露西在綴滿鑽石的天空中〉。我說：「你知道你的名字有多棒嗎？一九七四年人們在衣索比亞找到一塊三百二十萬年前的女性骨骼化石，給她取名叫露西，她被當作人類最早的祖先。」

她說：「哇哦！」

「還有更棒的呢，二〇一〇年天文學家觀測到一顆距地球約十七光年的星球，因為大家都很喜歡披頭四那首著名的歌〈露西在綴滿鑽石的天空中〉——就是我剛才唱的那個，所以那顆鑽石星星也被命名為露西。它有多大呢？印度洋的最大寬度是一萬零兩百公里，那顆鑽石直徑約四千公里。」

露西歎一口氣，往天上看。「也就是說，現在那兒就有一顆叫露西的星星？」

「是的。」

她轉頭看著我，微微一笑：「我喜歡你，薩姆。」

「謝謝，我也喜歡你，親愛的。」

「我真希望能記住那顆跟我名字一樣的星星，也記住你。不過爸爸說再過幾天我就會『報廢』，會忘掉所有東西，所以得到這個地方來『改造』。薩姆，『報廢』是什麼意思？」

我說：「『報廢』是一種病，很小很小的病，簡簡單單就能治好。露西，我不會忘記你，就算你『報廢』之後忘記我，我也不會忘記你。」

又有人來了，一群少年抬著一個中年男教師模樣的機械人過來，把他的身子盪起來扔在「屍堆」上，這造成了一個小規模「雪崩」，我也被埋沒得只剩一個腦袋、半個胸膛在外面。

清晨六點，天已經亮了。露西爬過來，折疊雙腿跪在地上，胸口貼著大腿，像一隻困倦母兔似的縮起身體，紅銅色長髮垂下來。她的目光跟地面平行，投在我臉上，嘴角和眼睛充滿冰糖似的亮晶晶、甜蜜的光。

她悄聲說：「我要吻你一下，薩姆，這樣你就永遠不會忘掉我了。」

車窗外的建築已經變得愈來愈破敗，牆上的塗鴉也愈來愈多，黛朵聽我講完了上面的故事。她問：「後來你找到她了？你怎麼知道你沒認錯？」

汽油、柴油等助燃液體噴澆得到處都是，人們還拿來了吱吱作響的電鋸，讓齒輪在空中飛轉，等待把機械人大卸八塊。在最後的時刻到來之前，我對露西說：「你猜怎麼著？如果你閉上眼睛，捲起舌頭張開嘴，就聽不見聲音了。」

露西照做了，用牙齒抵著舌尖，亮出了那塊人造軟體的底部。她把那個動作堅持了一會兒，失望地睜開眼：「沒有啊，薩姆，你的法子不靈，我還是聽得見。」

那是個小小的騙局，是她第一段「生命」裡聽到的最後一個謊言。

黛朵盯著後視鏡做出那個動作：張開嘴，捲起舌頭，露出舌底。機械人舌底都印著一個不顯眼的編碼，不細看會當成小黑斑。我從後視鏡裡朝她笑一笑，知道她明白了。我記住了露西的條碼，露西自己不知道，那是尋找和相認最牢靠的線索。

黛朵問：「後來呢？你沒有報廢？」

「沒有。」那場遊行結束之後，所有被焚燒、搗毀、肢解的機械殘骸被運到廢物熔煉廠。我的朋友——我後來的朋友蒂亞戈——是專門回收修理機械人的工匠，從屍首堆裡挑揀出在他救治能力範圍內的傷患，修補、調試，重新編寫程式，再取一個新名字，賣掉。我有百分之六十七的臉部材料更換了，連眼珠都從藍色換成了淺灰。重啟之後，我發現自己變成了遠洋油輪上的工人彼得。船上活兒太苦，居住條件又太差，人類不愛幹。

夜裡我負責值班開船的時候，在黑漆漆的海面上看到的全是露西的臉。幹到第三年，第三次從南極回來，岸上的世界發生劇變，有了「機械人贖買自由」這回事。又過了三年，我攢夠錢下了船。一年之後，靠蒂亞戈的幫忙，我終於在一個流動馬戲團找到了露西……

車子在距離沙堡幾米的地方停下。上午八點鐘的馬蜂窩安靜得詭異，今晚的男主角們現在還在公司當小職員，機器妓女跟白晝也沒必要發生關係，街面上幾乎沒人走動，只有幾個流浪漢躺在角落裡睡覺。我拔出車鑰匙，雙手放在腿上不出聲，黛朵也保持靜默。我忽然覺得跟她有了一種狹小空間裡被強迫產生的親密，好像坐完一趟長途飛機，有些鄰座男女就彼此相愛了。

她臉上沒有表情，組成她臉部的仿生材料沒接收到任何指令。我下車，打開後門，向她張開手：「過來，黛朵。」

我的懷抱裡迎來一個綿軟得十分熟悉的小身體，屬於溫蒂的愛自然而然地被召喚起來。我抱著她往沙堡的大門慢慢走，感到她伏在我身上的小胸脯起伏，兩個身體緊貼著。

她說：「薩姆，你也看過我的舌頭了，你也不要忘記我，行嗎？」

好，其實事情到這兒就差不多講完了。我敲門把斷牙叫起來，沒有說是黛朵耍心機更換了身分，只說是我心急認錯了，讓他帶我去儲藏室找溫蒂。

儲藏室像個巨大的停屍間，刷成青灰色的鐵櫃子靠牆放著，方格瓷磚地擦得光亮雪白。斷牙拿出電子帳簿，在頁面上划動手指，讓我看一個個頭像照片。還沒等找到，黛朵自己說話了：「我的編號是SS651。」斷牙盯了她一眼，走到牆邊的控制臺輸入密碼、編號，滴的一聲，一個鐵格子的門彈開了。

溫蒂在裡面。已經關機的她像昏死似的靠在壁板上，頭歪在一邊，身體是赤裸的。我脫下身上襯衣，把溫蒂包住、抱起來，黛朵動作乾脆地鑽進那個空出來的格子裡，面朝裡蹲坐下來，閉上眼睛。

臨走時我問斷牙：「昨晚我女兒有沒有跟你的客人……」

斷牙舉起一根紋著海錨圖案的食指晃一晃：「我要是你，我就不去想這種事。得啦！我當你沒問，帶你女兒走吧，我回去補覺了。」

這時是上午八點半，我回到車上，白襯衣裡的溫蒂像裹在襁褓裡，好生生地合著眼睛。很久之前，我曾這麼抱過很多剛從母體上摘下來、黏答答熱騰騰的人類嬰兒。那些真實又虛幻的擁有和幸福感，聚合在虛幻又真實的溫蒂身上。我把手伸進襯衣底下，從她的耳朵頭髮檢查到手臂胸口，沒有，沒有丟什麼東西，沒有人類嫖客留下的痕跡。最後我猶豫了一下，還是把手伸到她兩腿間摸了摸。

先生們，你們要說這種觸摸是猥褻那也隨你們。我在馬戲團找到露西的時候，她那個女孩部位是一片無數人類狂歡踐踏過的廢墟。在後來的重建過程中，那一處是最後修補好的地方，因為她散布在世界各地的同型號夥伴們磨損得最快的，都是那個部分。蒂亞戈曾提議用別的材料做個替代品，我拒絕了。再後來我託人買通荷蘭一個私人博物館的管理員，他把博物館裡陳列品「露西」的某部分拆下來，換成蒂亞戈製作的仿造品，把原配件寄給了我。

做博物館裡的木乃伊、睡美人，或是做馬蜂窩裡的雛妓黛朵，溫蒂距離那兩種生活只隔著這件白襯衣。現在，她身上也同時有了那兩個女孩的一部分。

我的手在襯衣裡挪動，滑到她肋骨上，按下去。

小小機械身體內部發出一陣只有我聽得到的細微聲響，像一切孩童跨越夢與現實界限的一次長長吸氣，一次跳躍。我的溫蒂睜開眼睛。

她小聲說：「爸爸。」

我開車穿越半個城市，送她去幼稚園，遲到是肯定的了，好在上午頭兩個小時是自由繪畫和泥塑時間，晚一點也不要緊。路上她跟我道了歉，說昨晚不該貪玩跟黛朵交換身分。後視鏡裡的臉蛋，跟剛才那段車程裡看到的一模一樣，有一瞬間我懷疑自己再次抱錯了女兒，但那淡紅的嘴角往臉頰上一撇，撇出了微妙獨特的差異，我的心又踏實了。她問：「黛朵會不會被罰？」

我說：「應該不會。你昨晚過得怎樣？」

之後的大半天我和溫蒂都過得像平常一樣，她去幼稚園，我去上班。除了凌晨打掃社區電影院的兼職，我的正職是在一家手工錶作坊鑄造零件，雖然現在連速食店桌上的餐具筒都顯示時間，但體面的人類還是認為手工製造的錶更有面子。機械人工匠穩定的手比人更適合幹這個活兒。

下午四點我接到溫蒂幼稚園老師的電話，她讓我必須去一趟。「溫蒂沒出事吧？」「沒有，她很好，不過……具體情況等您來了再說。」

我聽出那個人類女教師聲音裡克制的憤怒。三十五分鐘後，那憤怒從她塗著櫻桃色唇膏的嘴唇裡射出來，像一簇子彈似的打在我臉上。

她還是個剛從大學畢業沒多久的年輕姑娘，讓她當眾說出這樣的話，確實有點兒為難她了——「潘先生，請您解釋一下：一個五歲小女孩為什麼會說出『吃我的陽具；舔，不許用牙咬；慢慢地動』這種話？」

我慢慢環視左右，辦公室牆上掛著上次園中兒童畫展的優秀作品，而且鄭重地鑲了框，靠牆一圈擺放童書的核桃色書架，幼稚園的負責人、兒童保護委員會、福利局、兒童服務保障處……的人們沉默盯著我。他們的目光裡藏匿著殘忍的快感和興奮，等待我的辯解揭開一個氣味葷腥的畸戀故事，滿足被那隻言片語吊起的獵奇胃口。

以上就是我的辯白。

我要說：「法律允許機械人贖買自由，我已經贖回自由了，有權自主求職與生活。你們可以查閱我這兒存儲的證明文件。溫蒂是廢棄物，她的所有者自動放棄了對她的所有權，這個我也有照片和自然人證人簽字生效的文件。

「法律沒有禁止機械兒童接受與自然人兒童相同的教育，所以溫蒂可以在任何一所幼稚園入學；為她的心理健康著想，我也有權隱瞞她的身分……是的，我有權認為溫蒂具有『心理健康』。

「今天下午她在戲劇課上失控說出的話，是系統的一次小小紊亂，修改一下就沒事了。當然，如果你們擔心溫蒂仍會對其他孩子產生傷害或壞影響而必須退學，我完全可以理解。

「……沒問題，我有法子跟溫蒂解釋，我有經驗。至於她的同學們，在那齣《冬天的故事》裡聽到溫蒂講那些話的孩子，得要你們給解釋了……帕蒂塔那個角色，也得另找個女孩演了。

「我會抱著溫蒂離開，不用太多謊言，她有乖順的天性，如果我說不要問，她就不會問。反正再堅持一個多月，一切記憶都會再次喪失。」

溫蒂，我會一次一次重新啟動你，等待你睜開眼睛那一刻，聽你叫爸爸。然後，我將告訴你你的名字。你不是玩具，不是機械兒童，不是露西，你是墜落在我手裡螢火一樣輕盈的女兒。

原本你會輾轉很多雙手，從很多人那裡得到很多名字，但在你用一個親吻把我錨定在時間的湍流裡之後，我們就不再有別的名字：彼得和溫蒂。你是我的溫蒂，我是你的彼得。故事裡的彼得從人類那兒帶走了溫蒂，他們飛行在雲端，忽高忽低，身上沾著人魚的鱗片，右手第二條路，一直向前，直到天明，最後抵達永遠不會變老的、不存在的島嶼。

你是比真品更美更珍貴的贗品，是鄂圖曼大帝的鸚鵡螺杯，裝著飲不罄的美酒。你是我五歲的公主，只要你用山莓似的嘴唇吻吻我的盔甲，我就願意大步衝向城門外，戰勝三頭狗、獨眼巨人、噴火的龍，再從一切不可能的地方回來，回到你身邊。不是因為尋找奧茲國的冒險，而是因為要承載你的療治，我才有了這顆心。人類喜歡說命運，機械人有沒有命運？有，懂得悲痛與快樂的都可以叫生命體，都有命運。溫蒂，我跟你是命定的父女。

沒有時間，我們其實並沒有時間。就像你最心愛的毛毛的故事一樣，我得從人類那裡盜取時間之花，來維持我們的生命。我不是有血有肉的父親，你也不是有血有肉的女兒，我們沒有真實的呼吸、心跳、體溫，沒有真實的淚水。我們的生命是從頭至尾的模仿，但在一切虛假之中，我對你的愛是真實的，比時間花還真。

附件1：

昨晚發生的事，我答應過爸爸，不會跟任何人講，所以跟你們也不能講。不過，我可以告訴你們，我求爸爸把黛朵帶回家，他已經答應了。他說無論如何都會讓黛朵變成我們家的一員。他從來都說話算話。

我就要有個姊姊啦，耶！

附件2：

【音效檔B003轉化】

系統音：編號No. 5910387 Toy Kid第一次啟動，請輸入密碼與啟動詞。

啟動者：好，聽得到嗎？聽得到就點點頭。你好，你的名字是露西，以後你叫我爸爸。你

有個姊姊瑪蒂爾達，比你大，哦，你的年齡設定是五歲對吧？她比你大兩個月，你的任務是陪瑪蒂爾達一起玩。

No. 5910387：好的，爸爸。

【音效檔B007轉化】

啟動者：露西，看這件裙子漂亮嗎？你換上它……好，跪下來，朝鏡子這邊側過來一點兒。行了，這次我自己拉開褲子拉鍊，下次你替我拉開，記住了？

No. 5910387：好的，爸爸。

啟動者：含住這個東西，然後我抓住你的頭控制節奏，就跟我教你和瑪蒂爾達跳舞一樣。

No. 5910387：好的，爸爸。

啟動者：不要跟瑪蒂爾達談論這件事，這是我跟你的祕密，而且幹這件事的時候，你不要叫我爸爸，叫「親愛的安東尼」，記住了？

No. 5910387：記住了？親愛的安東尼。那麼我的名字呢？我仍然是露西嗎？

啟動者：是的，你還是露西，是我的露西。

睡美人的夢

一

那小子一進鎮，我就知道他是為睡美人來的，鎮上每個人都知道。他是一，二，三，七，十三，二十五……第二十七位來試圖喚醒「睡美人」的勇士。前二十六位怎麼樣了？那還用問？

前二十六位裡還真有貨真價實的王子，和擁有爵位頭銜及私人紋章的年輕爵爺，不過頭銜算個鬼，保證不了他們的人品，也保證不了他們能成功。這第二十七位勇士拖著磨得高矮不一的皮靴跟，用一種腳底有血泡的姿勢一瘸一拐走在車轍深深的街道上，走過鐵匠鋪、雜貨鋪、成衣鋪、小酒館、皮匠鋪、客棧，誰也沒停下手裡的活：客棧老闆娘出來潑了盆水就拎著銅盆回去；禿頭鐵匠鍛打馬蹄鐵的叮叮聲一下一下，一個鼓點也不錯；每天在酒吧裡打撞球的紅鬍子老爹乓地一下把球打進袋底，眼皮都不抬。

然而，所有人都看到了此人的所有。人們在若無其事的臉皮下，憋著一副等待好戲的笑。如果藍鬍子娶第七房小太太時，他的鄉親們在場觀禮，大概就是鎮民現在的表情。等此人出發進城堡那晚，賭局就會開放下注了。

我在後面尾隨他。富貴？劃掉。機智？暫時看不出來，劃掉。強壯？個頭不低，腿也不短，但隔著粗毛外套判斷不出四肢粗細。英俊？……存疑。拿肥皂洗洗臉、刮刮鬍子，也許有點看頭。

路過雜貨店，斜眼小比利叼著一根薄荷糖條踅出來，跟在我後面，低聲說：「喂，湯姆，這次的貨色不像太有油水啊。」

我揮揮手，「滾，偷你的懷錶去，別妨礙我辦大事。」

那青年走到十字路口的噴泉池邊停下來，在石頭池沿坐下，鬆一口氣，雙手伸到鼓起腮幫的石頭海神嘴邊，在嘩嘩的水流裡洗手，掬水洗臉。就在我猜他要探頭捧水喝的時候，他放下背後包袱，掏出一只手掌大的錫杯，在細流下轉來轉去地沖洗，隨後接了一杯水。

然後，他提起左腿架在右腿上，像坐在巴黎咖啡館裡喝咖啡一樣，一口一口喝水，又轉過臉，朝著太陽瞇起眼，眼珠宛如上好的藍寶石。我在清單上做塗改：富貴，打勾，好人家出身的男孩才會喝杯野水也喝成這樣。英俊，打勾。

我把手插在褲兜裡，慢悠悠晃過去，運煤車剛駛過，落在路上的煤渣扎得腳底板痛。不過我還是走出了悠閒樣子，來到水池前，探身在水流裡搓搓手，在褲子髖部正反兩下抹掉水，一屁股坐在離他一臂遠的地方。

他看看我，一笑。我一顛下巴：「嘿，外鄉人，你好。」

「你好，小兄弟。」

「你好，我叫湯姆。你是來找『睡美人』的吧？」

他猶豫一下，「到你們鎮的每個外鄉人都是來幹這個？」

我說：「模樣貴氣、好看的那些都是。」

他吃這一記恭維，那些警惕的脆皮紛紛剝落，笑得更友善些：「有多少人來嘗試過？」

我說：「二十六個，你是第二十七個，七這個數很吉利，照我看你會是最後一個。」

「謝謝你。」

我雙手一撐身體，往他身邊挪近半條手臂。「外鄉少爺，跟你說，我這裡有關於睡美人的獨家消息。因為我覺得你有希望成功，所以你給我一個獅頭幣，我就給你好好講講。」

他又笑了：「睡美人的故事我早就知道，要不我為什麼要來？不勞你講了。」

「別太驕傲，你頂多是道聽塗說，怎麼比得上我們土生土長的人清楚？」

「你不妨先講一小段，如果我覺得值，再付錢。」

原來他還真不是那種冤大頭、傻少爺。於是我開始講：

「睡美人」是外邊人的叫法，我們這裡一直叫她「玫瑰小姐」。她父親出身於克羅埃西亞歷史悠久的貴人門第，她母親是來自弗萊堡的一個灰眼睛美人，懂巫術。據說有人親眼見過她復活了她丈夫和朋友打死的鹿（他們帶著獵鹿犬在林中狩獵，鎮上人都聽得到那超度獵物亡靈的喇叭聲）。

他們的女兒降生後，成為闔宅至寶，取名露斯（Rose，即玫瑰），自幼精力充沛，讓人頭疼。八歲時，玫瑰跟爸媽到都靈的遠親家作客，那家的花園裡建了一座迷宮。後來，她父親四處搜尋，買下了這個周圍有大片空地的城堡，把圍繞城堡的綠地都建成樹籬迷宮，從城堡的高窗望出去，每個方向有一塊不同形狀的迷宮：玫瑰花、蝴蝶、豹，三個迷宮彼此由小徑連在一起。五十個園藝師種植了兩百種花、一千株柏樹、兩千叢灌木，組成迷宮主題，其中安插著噴水池、大理石雕像、刺繡花壇、柑橘花壇、涼亭。建造耗時兩年，趕在玫瑰十三歲生日前完工了。

那之前的一年，玫瑰的母親被診斷出前景不明的病，她父親想藉機搞個熱鬧派對，以振作愛妻的精神。朋友親戚來了很多，其中有一位叫牧豆的年輕姑娘受到額外款待，被請進了女主人臥室。注意！她就是日後一切厄運的起源。

說年輕不如說年少，其實牧豆只比玫瑰大兩歲。兩個女孩的母親曾同在保加利亞的巫術研習所裡求學，交情很好，後來各自結婚，遠隔萬里，僅有信件來往。牧豆的母親正替燈塔看守員丈夫懷著第五個孩子，只能派大女兒來送禮物兼問候朋友。他們住在愛爾蘭一個小島上。玫瑰的母親半躺在床上讀了舊日女友的問候信，精力已不夠應付繁務，只囑咐女兒把最好的衣服和玩具拿出來跟客人分享。

據人們回憶，牧豆是這麼一個女孩：海風吹出的黝黑臉龐，拘謹、陰鬱不樂，瘦高如掃帚棍子，玫瑰跟她並肩站著，像一株粉紅花苞傍著一捆柴火——真抱歉，不該這麼說一個姑娘，可見過她們的人都這樣說。

依照母親的指令，玫瑰樂於打開衣櫥讓客人挑選，但她的裙子牧豆全沒法穿，尺碼不合適，像掃帚棍挑著床單，而且巴洛克式的奶藍嬌黃絲綢衣裙跟粗糙皮膚和焦枯頭髮放在一起，簡直成了滑稽劇。每當牧豆換一身新衣裙從屏風後面出來，娛樂室裡總會爆出一陣哄笑。

等等，哄笑的人們是誰？是跟著爸媽來參加生日聚會的青春期女孩們，年紀都跟玫瑰和牧豆差不多，她們放肆而誇張地笑呀笑，並不覺得這算是殘忍或羞辱，直到把主人家的慷慨渲染成了惡意。最後牧豆拒絕再試衣服，她換回自己的舊裙子，連腰帶都沒繫好，就急匆匆低頭拽開門，跑了出去。

後來，一位當時在場的保母說：「我發誓我看到那姑娘臉上騰起一片殺氣。」

不，我覺得保母是錯的。因為太早了，芭蕾女伶掛鐘才剛舞出早晨八點的樂段，九點鐘在餐廳裡，新奇的吃蛋方法還會繼續令牧豆難堪。然後，他們收集起飯桌上剩下的鬆餅，包在手絹裡，到池塘邊去餵鴨子。牧豆不用手絹，也沒人讓她從自己手絹裡分享餵鴨子的食物。十點鐘，他們跟著玫瑰去參觀動物標本室、溫室、書房，在書房的一人高的地球儀旁圍坐著玩撲克牌，讓牧豆孤零零坐在圈外，只有她一個人不懂任何一種玩法。中午十二點午餐，被一根帶分叉的鰣魚魚刺卡住喉嚨，牧豆狼狽痛苦地嗆咳不停，大人們跑過來救助。作為對傷者的尊重，所有孩子都不得不停止吃飯，他們互相眨眼，交換相似的輕微嫌惡與不耐煩。下午兩點在音樂室，有人彈琴，所有人齊聲唱一首流行曲送給過生日的女孩，這「所有人」仍然不包括牧豆。玫瑰笑道：「不是你不會唱，是你的嗓子被魚刺扎傷了沒法唱，對吧？」「所有人」對這個好玩的解釋報以大笑……就這樣，他們度過了生日晚宴之前的白晝。

晚宴之前，工人為樹籬做完了最後的修整和裝飾，隔幾米掛起一盞彩色玻璃罩燈籠。太陽落下去，天空轉為幽藍，燈點燃了。男孩和女孩們礙於要做準紳士淑媛的體面，按捺著吃了點東西，就急匆匆扯掉餐巾，請求去那座著名的迷宮裡玩。

故事講到這裡的時候，我跟二十七（這是我在心裡給他取的代號）坐在飯館最靠裡的餐桌旁邊，他點了麥餅和兔肉燉菜，給我也叫了同樣一份。

他吃得像個當兵的一樣快，吃完就雙手交叉，拇指頂住下巴，看著我吃。我不吃餅，把馬鈴薯和蘿蔔之間的肉塊都挑出來吃掉，打個嗝，手掌前半截在桌上豪氣地拍拍，「再來一盤。」

二十七轉身喊人添菜，說：「湯姆，你是不是一個月沒吃肉了？還要什麼？要不要搭配酒？」

我不理他的揶揄，悠然道：「現在還不到喝酒的時候，不過桃子我還能吃兩個，再來一塊蜂蜜蛋糕就更好了。」

二十七說：「你這樁生意賺頭不錯吧？每回有人想進入睡美人城堡，你就能把故事賣一筆錢，從這個角度來說，你應該盼望我不要成功。」

我拿顴骨擠一擠眼睛表示在笑，我不想告訴他，第五號沒等我說完三句就賞來一個耳光，「小髒鬼滾遠點」，手指上的圖章戒指在我顴骨上劃出一道血口；第九號一出手扔來一把獅頭幣，雙手扠腰看我在石磚縫裡撿，等我撿完他一伸手說：「哎呀，我的錢怎麼掉了，謝謝你幫我拾起來」；第十九號是最有耐心的一個，一直聽我講完，講到嗓子啞得像鏽鐵，他點點頭轉身就走，我跟上去說「你還沒付錢呢」，他朝我膝蓋上蹬了一腳說：「你那騙人的故事就值這個」，那義大利皮靴的跟真硬，品質真好，他貨真價實是個有錢人……這些我可不能跟二十七說，他有樣學樣可怎麼辦。

午飯後他付了帳，跟我在街邊溜達，我繼續往下講。

大人在室內舞廳喝酒跳舞，孩子們歡呼著跑進迷宮，從二樓的陽臺上能看到他們在樹籬甬道的岔口處分開，像一股一股細細的血液湧進每條空著的血管。

三個迷宮相互連接，入口是玫瑰花萼，每片花瓣間有小道聯通；一條由甜石楠和波索特薔薇組成的蝴蝶觸鬚通往第二個迷宮，從觸鬚進入左翅，從左翅進入右翅，翅膀有一個缺口通往腹部，再繞到頭部。孩子們在甬道裡歡叫飛奔，燈籠的光照亮一個個快速移動的頭顱。豹的一隻前爪挨著蝴蝶翅膀，像要撲住蝴蝶似的，從前爪進去，繞完豹的四肢腹背，嘴巴就是出口。出口處有兩座雕像，一座是神話中曾征服迷宮中牛頭怪的英雄忒修斯；一座是協助他的公主阿里阿德涅。

最後，所有孩子都走完迷宮，滿頭大汗地回到城堡陽臺上，只剩下牧豆還在裡面。他們喝檸檬飲料，吃溫室裡人工焙熟的葡萄，像觀賞籠子裡跑動的老鼠一樣，居高臨下地看著牧豆在迷宮裡轉來轉去。這些人愈來愈放肆地大笑，故意喊出錯誤的指示：「左拐！不對！左邊是死胡同！往右，在前邊有水池的地方右轉！」

玫瑰的母親來到陽臺上，看到牧豆正跌跌撞撞地奔跑在蝴蝶的翅膀紋路裡，她大驚失色，命令玫瑰快去把客人救出來。經歷幾次在岔道裡的錯過，玫瑰終於追上牧豆，她揮揮手走在前面，把後者帶出迷宮。城堡的女主人帶著不大情願的孩子們站在出口等待，見到滿面淚痕、雙眼通紅的牧豆，想要上前撫慰，牧豆一把把她推了個踉蹌。

她轉身，捏緊拳頭，對玫瑰吼道：「我恨你，我詛咒你！我以我父母傳授我的所有法力詛咒你，我詛咒你被玫瑰花刺扎破手指死去，不，不是現在，你要先在這種恐懼裡熬過一年又一年，再一年，三年後死亡才會前來解救你。當你死去之際，你們所有這些沒有心肝的冷酷的人，也要跟著陪葬。」

她像手持一柄劍一樣揚起手臂，往下一劈，玫瑰便像被砍中似的失去知覺，倒在地上。所有人都呆若木雞。巫師的女兒牧豆像狂風一樣跑出花園，杳無蹤影。

生日會悽慘地結束了。玫瑰昏睡一夜後醒來，除了沮喪恐慌，身上並無可見的傷痕。到底詛咒是否成功了呢？玫瑰的母親給女友寫了長長的信，對未能令牧豆「賓至如歸」反覆道歉，又委婉詢問牧豆所用法術的種類及解法。苦等一月後，得到的回信短而冷淡，稱全家即將搬家遠行，行程不定，因此不要再寫信來。末尾一句淡淡道：依我看，詛咒可能並未結成。

但玫瑰母親在塔羅牌上反覆卜出的結果都是死亡。

那場生日派對是在夏天，接著一整個秋天她都在不停抱病寫信，寫給自己過去的巫術教師、隱居在岬角荒村的巫師朋友，又指點丈夫遠行，去只有巫人才知道的店鋪，高價購買奇異物品：白孔雀的頭骨、黑貓的眼睛、難產死去的女人的頭髮與她的死嬰的臍帶、加德滿都廟宇中的柘榴石。丈夫外出之際，她和女兒待在密室中。到秋天結束時，她已憔悴如枝頭枯葉，距離泥土只差頭一道冬風撮口一吹。

最後，最貴的一件東西找到了，是玫瑰父親用一座葡萄園換來的：一位已逝世的強大男巫的食指。第一場冬雪來臨的晚上，玫瑰母親在迷宮中心舉行了一場巫術儀式，她令女兒喝下催眠藥睡去，躺在鋪著黑山羊皮的石頭上，九面鑲嵌拓榴石的高大水銀鏡把她們圍在中間。那根食指浸泡在福馬林瓶裡，母親將瓶砸破，取出那一小截乾枯秋葵似的手指。她用匕首刺破胸口，以死巫師食指蘸血，默寫複雜的咒文，寫在鏡面和靜臥的女孩身上。

接著，她堆起備好的接骨木，點起火來，火焰裡撒入藥粉，先變成翡翠綠，又變成深海中鱟的血液一樣的藍灰色。她逐個焚燒孔雀的頭骨、黑貓的眼睛、死女人的髮與死嬰的臍帶。每焚燒一件，她就赤手把灰撮起，把它撒向鏡中的女孩，讓黑燼和白雪混合在一起。

在這過程之中，她一直反覆誦唱一支旋律淒切的歌。人們遠遠站在迷宮外的雪地裡，雙手攏在一起，沉默聆聽，聽得忘記拂去鬍鬚上結的霜。

就在雪花不再飄落的一刻，火光熄滅，歌聲停止。玫瑰父親照妻子的指示跑進迷宮，從破裂一地的鏡子碎片裡把她抱起來。她也輕得像一片灰燼。

這場法術耗盡了她最後的生命力，幾個小時後她便離世了。死前她告訴丈夫，詛咒無法抹除，但她已把死亡更改為沉睡，玫瑰會被花刺扎破手指，安穩地沉睡下去，直到某一天有人來解救她，破除詛咒。

誰會來解救？沒人知道。

悲痛的丈夫埋葬了妻子，終年穿黑衣以致悼念。明知無用，他還是鎖起樹籬迷宮，不讓玫瑰或任何人進入。不管被設定或修改的結局是死亡還是沉睡，他們的生活確實已經被毀掉了。

故事講到這裡，我跟二十七已經轉移到了「藍獅」。這是鎮上唯一的酒館，跟教堂和妓院一起提供別無分店的集體娛樂。人們在薑汁似的濁黃燈光裡喝酒，往牆上的鏢盤扔飛鏢。一角有撞球檯子，一群人圍在桌邊打球，圓球在吊燈照射下滴溜溜地滾過絨面磨損的球檯，激起喝采或笑聲。胖侍女茉莉在吧檯與桌椅間來往，耷拉著臉把酒杯重重懟在桌上，狠狠把捏她屁股的手打掉。

跟中午那會兒一樣，誰也不往二十七這裡看，只當他不存在，就像這個在酒館裡只喝水的青年是空氣捏出來的。茉莉過來添水，他指一指，讓她把水倒進自己的水杯裡。她對二十七說：「老闆讓我告訴你，一杯水也收一杯酒的錢。」

我翻了個白眼。但二十七說：「沒關係。」

她又把另一杯麥芽酒砸在我面前，震得桌上的燈檯一跳。我說「謝謝你，茉莉」，也往她屁股尖上擰了一把。她一瞪眼，在我後腦勺上響亮地扇一巴掌，「你也給我來這套？」

她晃著樹樁似的臀部走了。我把鞋子脫掉，折疊雙腿，腳後跟舒舒服服地蹬在椅子沿上，喝了一大口酒。此時喝得半醉的琴師吉姆終於打開立式鋼琴蓋子，開始彈〈大副邁克爾的美妻朱蒂〉，他喜歡以這首歌開場，因為他老婆就是離開一個壯得像海克力斯的商船大副改嫁給他，這是他畢生至為自豪的戰績。

男人們跟著唱起來：

穿紅裙的朱蒂，俏立碼頭邊，
她丈夫的船剛剛啟航，消失在海平線。
她轉頭就給我個熱吻，說：
晚上到我家見面，試試大副帶回來的羊毛毯。
嘿，嘿，嘿！
願情人和老婆永不相見！

二十七望著他們，認真聽了一陣，評論道：「鋼琴該調音了。」
我笑了。他又說：「你們這裡的人每天都這麼快活？」
「不，今晚是特例。」
「為什麼？」
「因為你。」
二十七也笑了，笑的意思是「這笑話很笨拙並不可笑」。
我說：「你打算明天就進城堡去碰運氣？」
「也許明天，也許後天。有什麼禁忌嗎？」

「沒有。不過你離開那天，賭局就要開了。」

「什麼賭局？」

「賭你的生死輸贏，賭你還能不能囫圇回來。刺激吧？所以我剛才那句不是逗你笑的，我們這地方沒什麼娛樂，每次來一個外鄉人就像過節了。」

這時胖威廉開始拉一支歡快的吉格舞曲，人們離座跳舞，醉醺醺的腳底板磕碰在木地板上，與其說他們跟著音樂起舞，不如說音樂把他們絆得踉蹌。然而他們舉起手臂，面對面旋轉，笑得露出牙齦。

二十七看看酒杯，問：「你喝完了？可以走了嗎？」

失去女主人的第一年，整個城堡混亂陰慘，玫瑰的父親開始頻繁遠行，理由是做生意，但他每次都在凌晨悄悄啟程，哪怕冒著風雪，只為迴避話別場面。玫瑰心知他不想看到自己。承受同一種悲痛的人們並不會變得更親近。事實往往相反，他們心中互相埋怨對方不能撫慰自己的痛苦，又在反覆回憶中把悲劇歸咎於對方犯下的錯誤，減輕自己的罪惡感，這是人性中趨利避害的本能驅使的，誰也怪不了。

他難得回家一趟，大半年裡唯一一次回來，是為了看看雕刻家為亡妻製好的雕像。第二年，有傳言說那鰥夫在巴黎養了情婦。聖誕前夕，他終於回到家，從花匠到磨刀男僕個個都收到豐厚禮物。但當他把管家召到樓上書房去的時候，女傭們七手八腳地把他的貼身小廝拽進廚房審問。

一開始那男孩不肯說，最後他鬆口了：「那科西嘉歌伶長得跟太太有六分像。你們別埋怨老爺了，他很可憐，真的。」

從遙遠巴黎源源不斷寄來的華麗時裝、奇巧玩具，只能增添女孩的寂寞。她長到了十五歲，鎖住的迷宮裡被砍斷的花樹萌生新芽，生日那天她收到鑲嵌十五顆鑽石的項鍊。然後是更孤零的十六歲。第三個春天到來時，鎮上藍獅酒館（對，就是你剛才喝酒的地方）雇了個外地琴師。

那人來自盛產吸血鬼的羅馬尼亞，三十歲上下，頭髮鬍鬚黑得像藏了烏鶇羽毛，髮梢捲曲如莨苕葉，雙手纖長，一笑牙齒如溪水中的小顆白石子。他名叫塞巴斯蒂安，天生一個旖旎的情人名，浪漫得輕浮，不到一星期，這名字就在鎮上女人們的心口舌尖上打轉了。

他的技藝還不只彈琴。某天他敲響城堡的側門，詢問是否能到花園裡寫生：牆裡的藤本月季一直開到了牆外，美得實在讓人心癢……他本不該被允許進門的，但恰好開門的不是老守門人而是漿洗女傭，她像所有女人一樣，被那羅馬尼亞人用微笑和俏皮話輕鬆攻克。

他被帶到城堡的小女主人面前。玫瑰答應了他的請求，條件是讓她在一邊看。繪畫是她教育裡缺欠的一環，從小教她法語和詩歌的女教師把月亮畫得像番薯。他連續來了三天，完成了他的畫作。每天他到來之前，玫瑰要在更衣室花掉一小時，那些從巴黎寄來的藕色歐根紗罩衣、帶金釦子的奶油色塔夫綢裙、緞子鑲邊短披風終於派上用場。

她寫信給父親，要他雇傭這外鄉人做自己的美術教師，隨信附了塞巴斯蒂安為她畫的粉畫小像。她父親答應得十分痛快，由於心中愧疚，他對女兒有些怕，也常有諂媚之心。其實，塞巴斯蒂安早在回信送回城堡前就上任了。

沒人忍心責備這小孤女找一點樂趣，塞巴斯蒂安適可而止的殷勤、時有暗喻的詼諧，是所有女孩在這年紀都該享用的養分。她跟她臉上的紅暈、眼中的光亮每天就活在美術課那兩個小時裡，就讓她繼續以為誰都看不出來吧！春盡夏至，樹蔭日漸濃稠，三年的時限愈來愈近，人們愈來愈小心，不讓任何一朵玫瑰花進入大門，他們甚至砍掉了帶刺的枸骨樹和虎刺叢。她父親在信裡說，他會及時趕回來。

詛咒發出後的第三年，天空晴得蒼白，從早晨開始，管家就嚴囑玫瑰一定要在臥室乖乖躺著，什麼也不做，什麼也不碰。這樣難道還不能平安度過嗎？說不定玫瑰的亡母低估了自己的法力，也許詛咒不僅被更改，也被抹除了。

此時，那父親還在急煎煎趕回的路上，科西嘉情婦索要了一次過於纏綿的、床笫之間的告別，拖延了出發時間，而一條沖斷的橋又耽誤了行程。

城堡的臥室裡，玫瑰一直躺到太陽收斂光彩。起初她滿懷悲壯與恐懼，雙手把鑲嵌亡母肖像的金雞心項鍊捂在心口，但一上午過去了，一下午過去了，什麼事也沒發生。詛咒真的失效了？

她爬下大床，拉開窗簾，讓淡紫色和金色暮光灑入房間。再推開窗，甜淨鮮澄的空氣湧進來，像風送來無形花束。她分辨出其中苦楝和木香的花香，想起塞巴斯蒂安說明天開始教她用顏料，之前她一直在學素描。明天她打算穿那條帶荷葉邊的橘綠條紋棉布裙，配果綠色髮帶……她憧憬著明天。

門板上傳來鑰匙齒咬住鎖眼旋轉的聲音，她回頭，先進來的是放著雞肉沙拉、蘋果和牛奶杯的晚餐托盤，後面跟著的臉卻不是女傭，而是美術教師。

他把食物放在床頭，甜蜜一笑，「生日快樂，我的公主。」

人人都關心今天是詛咒降臨的日子，只有他記得這天還是她的生日，所以也別怪此人在女人堆裡所向披靡，他應得的。

她呀了一聲，雙手按住胸口。塞巴斯蒂安說：「什麼見鬼的詛咒，我從來沒信過，像你這樣的天使不活到九十九歲，簡直沒天理了。」她嘻嘻笑著，挽起裙襬，一跨步跳到床上，朝這男人靠近。

他坐到床邊，歪著身子湊過來說：「喏，這是我的生日禮物。」她明白那是個吻，他探頭速度很慢，留出讓女孩逃開的時間。但她毫不抗拒，反而雙手一攏，扣在他脖頸上。

這時她低聲告訴他：「我母親臨終前說，如果有個人肯愛我，給我一個飽含愛意的吻，詛咒就會徹底解除。」

他並不認為自己對她有這麼大的意義，不過為了湊趣，他說：「那就快讓我試試吧。」

他先吻在她雙眉中心，又像吃一塊珍貴乳酪一樣咬了她的鼻尖；她感到口中溜進一條濕熱的、沒有鱗片的蛇，身子一陣發抖，仍然迎上去。她的手順著他的脖子往下滑，手指勘探陌生皮膚的質感，好奇倒比欲望更多，先摸過脖頸盡頭的小坑，又玩一玩喉結，再滑到胸口上，忽然哎呀一聲，手指尖像被細小的牙齒咬了一口，是血脈通往心臟那根無名指。抬手一看，指肚正凝起米粒大的血珠。

她第一反應是他襯衣胸袋裡藏了條真的蛇。

不是蛇，是手絹，雜貨鋪老闆的女兒給他繡的手絹，首字母S繡在一朵鴿血紅的藥劑師玫瑰旁邊。今天清晨，她坐在店裡完成最後半片葉子，俊美的羅馬尼亞人進來買石榴。一番熱吻，她幸福得昏了頭，他離去時除了免費得到一袋水果，貼胸口袋還塞進一塊差半片葉子的手絹。那絲線拼疊成的花杆上留著一枚針，它以花刺的身分壓軸演出了詛咒裡最重要的角色。

手絹掏出來了，針也找到了，他飛快把針拔出來一拋。女孩看到了藥劑師玫瑰，心中如同明鏡。她驚懼極了，張大嘴卻叫不出聲，那張嘴的動作隨即轉成一個哈欠，困倦像墨汁滴進牛奶，她的頭顱在頸上軟綿綿晃動，身子向後倒在床上，眼皮如幕布徐徐降下。

血色從雙頰上急速退潮，嘶嘶的呼吸停止，一瞬間彷彿死亡贏了。但那胸脯忽然彈起，鼻孔張開，長吸進一口氣，接著便恢復了正常的一起一伏。

她睡著了。

這不是結局，幕布儘管落了，但只是漫長的幕間休息，死去的母親用生命接續了懸而未決的下半場。

塞巴斯蒂安木立在床邊，明白自己嘲笑的鄉野傳說已在眼前成真，誤打誤撞地，他竟成了執行者。有那麼一剎那，他想去完成那個吻的測試，但本能拽著他的腳後退，遠離床上那個被烏七八糟妖術把持的胴體。

他轉頭衝出房間，發足狂奔，在走廊裡踢到一樣東西，差點絆倒，是漿洗女僕橫臥在那兒，枕著一摞床單被罩睡得香甜。

這是詛咒的另一部分。他一路向外跑，看到女教師仰面朝天躺在圖書室門口，鼾聲像狗嗓子裡的哼哼；廚娘跟管家倒在一樓走廊裡，頭挨頭像一對老夫妻，管家的手還留在廚娘裙子下面；廚房裡，火爐上將沸的水在銅鍋裡翻滾作響，圍著桌子玩紙牌的男僕女僕趴在桌上睡著，一人手掌攤開，亮出牌面——一對國王王后、一對鮮紅桃心。整座建築像剛遭遇一場毒氣武器的屠殺，到處是躺臥得橫七豎八的人。美術教師邊跑邊用手掐臉頰，生怕睏意也令自己倒下去。

終於他衝出大門，一輛馬車停在通往正門的路上，馬站著睡覺，一個男人歪倒在車門外，倚著車輪。那是玫瑰的父親，他繞開斷橋日夜兼程趕回來，總算趕上了跟整個城堡與女兒一起沉睡的命運。

塞巴斯蒂安就這樣一口氣跑回他住的客棧，像有吃人老虎在後面追趕。人們看到他的臉色，以為他撞了鬼，紛紛圍攏到房門口詢問。他一面草草收拾行李，一面把上述故事講了一遍，然後提著皮箱撞開人群，大步離開。

從那之後，再也沒人見過他。

他逃過了沉睡的命運，因為詛咒限定的範圍僅是三年之前在城堡裡的人們，所有人。有一個溫室花匠請假在家照顧剛分娩的老婆，同一時刻他倒在家裡飯桌上睡著了，家人們怎麼叫也叫不醒。當時在城堡裡作客的人們也無人倖免，他們各自在遙遠的地方陷入醫學無法解釋的長睡不醒。

鎮民們誰也不敢走入那座著了魔的城堡。他們把這故事講給來此訪友、推銷貨物的外鄉人，「睡美人躺在城堡中等待一個吻解救」的故事逐漸傳出去，愈傳愈遠。

我所知道的，到此結束。

這時已近午夜，我和二十七慢慢走在路上。今天的月是下弦月，銀亮的一線，像絲絨幕布上一個缺口，透出舞臺另一邊的燈光。他用真誠的聲音說：「故事講得真好，謝謝你。」

我說：「也謝謝你肯耐心聽，把剩下的錢付給我吧，謝謝。」

他從口袋裡掏出一個獅頭幣，捏著它亮晶晶地懸在空中，說：「我還有問題沒問完。」

「你問。」

「這位玫瑰小姐長什麼樣？漂亮嗎？」

我哈哈大笑，笑得停住腳，雙手按在膝蓋上，撐住上半身。他悻悻瞪視我，只能不斷搖晃手裡的錢幣作警示。我說：「是的。她父親年輕時用一支舞就讓俄國公主傾心；她母親呢，人們說她的美貌本身就像種巫術，玫瑰小姐則集合了父母的優點。還有問題嗎？」

二十七問：「城堡裡的事你怎麼會知道這麼詳細？」

哈，他一定以為這個問題夠機智！然而太陽底下沒有新智慧，三號、九號、十四號、二十三號早就問過同樣的問題。我從容不迫地說：「那家廚娘是我媽的乾姊、我的教母。盛夏時他們全家出遠門去海邊，秋天他們要到弗萊堡探望玫瑰外祖父一家，那時我就溜到城堡後門去，大家總會給我開門，讓我進花園玩，每個迷宮我都走過不止一遍。」

他淺色的睫毛眨動一下。我說：「你不相信？」

「我相信，那麼複雜的故事和細節，你編不出來。」

我說：「承蒙你相信我的資格，我願意給你提供另一項更周到的服務。」

第二天早晨，我被敲門聲吵醒，打開一道門縫，二十七的一隻眼、半個鼻子露出來，半張嘴一咧：「嘿，我請你吃早飯？」

他住在查理旅館最好的房間，我住一樓雜物間。老闆娘之所以讓我免費占用那個小房間，第一因為我每次都能把外鄉人拉到她的旅館來住；第二因為她是我遠房表姑。我跟二十七往外走，他說：「湯姆，我猜你是個模樣挺好的小夥子，如果你肯好好梳洗一下。」

我轉頭看著他，把嘴邊的哈欠打完，他洗了臉刮了鬍子，臉色新鮮得像鮮牛奶。我說：「不用關心我的模樣，我又不用討美人歡喜。」

吃早飯時，我從口袋裡掏出幾張紙抖一抖，嘩嘩作響。他說：「那是什麼？」

「是保你能順利進入城堡和玫瑰小姐臥室的訣竅，一共四張，三十鷹元一張，我收你整一百，最後一張打三折，算饋贈回頭客。」

二十七沉吟之際，我再補上一句：「昨天你說過相信我的資格，對不對？要說進城堡的嚮導，這鎮上沒人比我更熟門熟路了。」

「湯姆，我覺得你以後肯定會發大財。」

我說：「我一直這麼認為，今天這種感覺格外強烈。怎麼樣？還是先付一半？」

紙是帳簿上撕下來的空白頁。第一張紙上列了四十九種植物和它們的拉丁文原名。（他說，這些從植物圖譜上抄來的東西就值那麼多錢？）

第二張紙上畫了三個迷宮的地圖。（他說，這太複雜了，我不背了，你帶路就行了。）

第三張紙上寫了一段樂譜。（他小聲哼了一遍，說，旋律真奇怪。）

第四張紙上畫了城堡的示意圖。（他問：這畫的是麵包片和來偷吃麵包的蛇嗎？）

進入城堡的最佳時間是夜晚。白天我們待在酒館裡，我喝了多得難以想像的麥芽酒。他問：「之前那些沒成功的二十六個人都怎樣了？」

我說：「不知道，如果我硬說知道，你會連我之前的話都不信。」

他笑了：「你們鎮上一點傳聞都沒有？」

「有，傳聞是他們也被巫術包裹進去，跟城堡裡的人一樣，長久睡在花叢裡。」我喝一大口酒，酒漿那種涼滑的慰藉穿過胃袋，把一股熱氣播送到血管四肢裡。

我問：「你為什麼要進城堡試圖吻醒睡美人？為了錢？看你的樣子家世應該不差。為了美女？可你都沒見過她，你會看一眼就愛上她麼？她睡了七年，嘴裡的口氣都能熏暈你，你真願意吻她？你長這麼好，就沒個心愛的姑娘？」

他淡淡說道：「你醉啦，你醉成這樣，還能不能認清路？要不我們明天再去吧，但是得從你的佣金裡扣一成。」

我從椅子上站起來，一手拿著空酒杯，一手抓起桌上的蘋果往天上一拋，迅速塌腰，後踢腿，腿和脊背拉成一條水平線，單腳轉一個穩穩的圈，再一伸杯子，蘋果噗的一聲掉進杯裡。酒館那邊傳來啪啪的拍掌聲，是紅鬍子老爹，我朝他鞠了個謝幕式的躬，悠然坐下。二十七看得發呆，我取出蘋果遞給他，一笑。他說：「真是想不到……」

我說：「沒有外鄉人來給我生意做的時候，我總得有點別的本事賺麵包錢。你瞧，我沒醉吧，你是不是該回答我的問題了？」

他把蘋果在手裡轉來轉去，像在研究上面紅斑和紅絲線的分布，半晌說道：「你猜錯了，我出身很糟，既沒錢又沒頭銜，我能不能再花幾個錢買你不再問這種問題？」

月亮升起之後我們就啟程了，腰間皮囊裡放著我幫他搜集的工具：一副鞣得極柔軟的手套、一把磨得極鋒利的短刀、一枝獾毛畫筆、一瓶用軟木塞封好的酒。

從磨坊出發，沿著一條幾乎被荒草和荊棘埋沒的小路走向樹林，路邊根根挺立的毛地黃像毛茸茸的長紡錘。林中暗極了，頭頂的枝葉交疊，針腳極密地織成一個海綿穹窿，把光吸得涓滴不剩。我被榆樹隆起的樹根絆倒過一次之後，他抓著我的手腕一起走，我們的手和腿彷彿在鼹鼠的黑天鵝絨皮毛裡划動。

大概走了兩個小時，逐漸接近林地邊緣，前面出現稀淡的、牛奶一樣的光。終於走出林子、跟光重逢的一刻，眼睛感到被擁抱了一下，他的手指也同時在我手腕上感歎地一握。

林外是一塊平原，城堡遠遠矗立在西方，整塊平原浸沒在水銀似的月光裡，本該讓人覺得安寧祥和的月夜，卻有種妖異的氣氛。

因為沒有聲音。

一絲鳥叫蟲鳴都沒有：沒有貓頭鷹那種哲學家似的怪聲咕噥；沒有烏鴉的菸嗓子蠢頭蠢腦地哇一聲；沒有狐狸或野獾的足尖踏過苔蘚那種燈芯絨似的聲音。巫術責令靜默統治一切，捍衛密不透風的酣眠。

我們繼續朝城堡方向走去，步幅並未減小，只是走得更謹慎。月光慘白如骨，四周仍然空無一物，雙腿卻愈來愈吃力，像蹚在齊膝深的透明膠質物裡。

西北方向忽然飄來一絲笑聲——也許是笑聲。我和他對視了一下，在彼此的疑惑裡知道那不是幻聽。他低聲說：「好像是個嬰兒？」

由於靜默的威壓，他已經把嗓音縮得很細，但那發出聲音的方向立即傳來回應，真是個嬰兒的聲音，像肋部或脖子被母親逗弄一下似的，嘎地爆發出一個笑聲，隨後是一串咯咯咯的快活餘韻，聲音竟然愈來愈近了。

那是一株藍鈴花，或者說是藍鈴花的魂魄，在距人頭頂半米的空中飄蕩，像一塊薄薄的紫水晶，又像剛浸泡在顯影液裡的照片圖像，不離近了就看不清。鼻端嗅得到藍鈴花的甜香味。它像剛睡醒的小孩似的，不斷晃動枝杆上的鈴鐺，每搖晃一下就脹大一點，又像十分高興生人到來、索要擁抱似的，張開兩條胳膊一樣的葉子，凌空迎過來。

我們的肩膀好像有重物壓著，身子沒法動彈。我問：「第一張紙上的東西你都背熟了沒有？」

他點點頭。

「藍鈴花的拉丁名是什麼？」

「Hyacinthoides。」

那名字的最後一個音剛結束，咯咯的笑聲戛然而止，半空中脹到一根手杖那麼大的花杆驟然炸成千萬點晶光，肩頭的重壓也消失了。

也就在同時，四面八方冒出了更多聲音，各種各樣的聲音：女童跟小狗之類寵物說話的奶聲低喃；男人醉醺醺的哼唱；變聲期少年鴨子似的嘟囔；老嫗乾澀的咳嗽；夾雜著調門不穩的笛子聲、口哨聲……彷彿這平原本來睡滿了肉眼看不見的人，如今都醒過來了。

二十七抓住我的手臂，拖著我向前邁步，走了兩步就不得不停止。手肘、膝蓋和腳踝像被繩子拴住，繩子另一端還有鐵錨紮在泥土裡，我們像沉在海底的人。花朵們的精魂猶如一眼望不到邊的水母群，從容不迫地從香茅草叢裡升起，向我和二十七悠然游動。

紅色蜘蛛百合揮舞尖梢上的爪子，皇冠貝母短裙一樣的花瓣在空氣中向上漂浮，像被水流托著；伯利恆之星歪著六芒星形狀的花冠，把中心那顆黑種子當作眼睛盯住我們；繡球莢蒾則像一顆真正的繡球似的，被高大的鳳尾蘭踢著，閃著雪白光芒一路滾過來。

我跟二十七用最後一點勁兒挪動成背對背的姿勢，然後兩股力量把我們壓在中間，像兩隻巨型手掌把昆蟲夾住。我逐個辨認花精的模樣，叫出名字：卷丹……鼠尾草……火燕蘭……石蒜……蛇頭鳶尾……

二十七負責呼出它們的拉丁原名：Lilium lancifolium……Salvia japonica……Sprekelia formosissima……Lycoris radiata……Hermodactylus tuberosus……

空中不斷閃爍晶光，他真的在短時間內如此清楚地記住了每一種花的名字，無一舛誤。到最後時刻，我認錯了一株花，他呼出葡萄風信子的原名，那只花精卻沒有消亡，它持續發出小男孩怕冷似的嘶嘶吸氣和呼氣聲，愈飛愈近。他動彈不得，叫道：「湯姆！名字是不是錯了？」

他的聲音變得悶悶的，花精已經飛撲到他臉上，歡快地叫一聲，葉片合攏，把頭顱包裹在中心。我努力側過頭，看見他的眼睛、鼻子被蓋在半透明的花瓣和葉子下面，只剩下半張嘴。

那種力量幾乎要把肉身碾入泥土裡。我猛然嗅到一陣獨特的麝香氣息，心頭打了個閃：啊，天哪，這是麝香葡萄百合！

他用半窒息的聲氣微弱地念出來：Muscari muscarimi！

那小男孩似的花精發出一絲哀歎，頃刻消散，像一片果凍融化在高溫裡。

我們頹然倒下去，仰面躺倒。四周再次寧靜下來，彷似海水在頭頂匯攏。過了半天，我才感覺到太陽穴那兒一直挨著一個汗濕的頭，轉頭去看，他額上閃著汗水的磷光。他莞爾一笑，月光在鋼藍色瞳仁表面鍍了層銀。

他說：「這真是我生命中花得最值的三十塊錢！」

我笑出來，笑得很淺。他說：「啊，是不是你在這裡有什麼回憶？」

我點點頭。

「以前這兒是什麼樣的？」

我斜眼看他，嘲笑道：「你已經開始幻想替玫瑰小姐重振家業了？」

「不。」他以平和的聲音說，「我只感覺這裡曾是個很美的地方。」

「是的，是很美，春天的時候，玫瑰的爸媽會在這裡舉行草地網球賽、門球賽，鎮民都可以參加、圍觀。」我用手指著，「那裡，那兒，會擺起長長的藍白條紋帳亭，鋪亞麻桌布的長桌子上，放著糕餅師傅做出來的粉藍粉紅的點心、奶油蛋糕、紅茶。草地上盡是花，藍鈴花、鼠尾草、鳶尾、風信子，白的像鹽，黃的像玉，紅的像紅嘴鷗的嘴巴……」

耳郭上持續吹著一道溫暖的鼻息，後面的話被他的目光攔截了，他眼角上的笑紋拉平，目光變深，那是個無聲的問題。我知道他想問「你到底是誰，為什麼知道得這麼清楚」。反正已經到了這一步，我也不怕他因疑慮而退回去了，他現在除了跟我合作，沒有別的辦法。我迎著他的眼睛堅持了足足半分鐘，才說：「等你驗證完剩下的錢花得值不值，再問問題，也不遲。」

我們彼此凝視，點點頭，他爬起身，彎腰伸出一隻手，把我拉起來。他的手仍然暖和乾燥，像是這巫術之夜裡的一個小奇蹟。他的手掌又無意識地拖帶著我走出幾步才鬆開。

又走了一陣，他忽然停住腳步，瞪大眼睛一動不動。我順著他的目光看，不遠處黑刺李叢中，躺著一個人。

那人沒死，胸脯均勻起伏，是睡著了，睡得很沉。他的一隻胳膊舉到耳朵旁邊，右腿放平，左腿支起來，姿勢很隨意很舒適。胳膊和腦袋之間、左小腿和大腿之間的三角區域，結滿了蜘蛛網，像索子極纖細的吊橋。微小的露珠結在蛛網上，長腿的小蜘蛛爬在上面，蛛網時而被風吹得微微顫動。

二十七臉色灰白地盯著那沉睡者，盯了很久。他低聲問：「你認得他嗎？」

我認得。這是第十九個冒險者，我認得那棕色天鵝絨衣領和深藍羊毛料子外套上的金鈕扣，鈕釦上鑄有獅紋，是他的家族紋章。當時我向他推銷我的故事，他哈哈大笑，用拇指按住一邊鼻孔，響亮而氣派地把鼻涕從另一個鼻孔噴射出去，然後雙手抓住我肩膀，把我身子擰了個個兒，又在我屁股上踹了一腳，踹得我踉蹌出幾米遠。我記得他在「藍獅」喝酒不給錢還打人，叫囂著等他吻醒睡美人，成了玫瑰小姐的丈夫，整個城堡裡的財富都是他的，他會把這間酒館買下來，讓老闆等人都滾蛋……那是一年半之前的事，他就在這裡睡了一年半。

單從他臉上已經很難認出原來的模樣。他至少失掉了三分之一的體重，皮膚猶如洩氣的氣球皮囊一樣，疲軟、打皺地掛在骨頭上，像是一件過大的衣服，處處往下耷拉，眼眶塌下兩片窪地，連鼻尖都小了一圈，嘴唇有條邊緣皺縮的陳舊傷口。

我和二十七悚然站立，眼睛不受控制地停留在那個沉睡者身上。就在這時，沉睡者像是做了什麼好夢，嘴角突然一動，那是個甜蜜且帶憧憬的笑，但從那枯敗的皮肉裡鑽出來，直讓人不寒而慄。睡眠一向是供人避難的安全島嶼，從未以如此陰森的面目呈現。

我扯一下他袖角，說：「走吧。」

他點一下頭。不過他的下一句話我真是怎麼也猜不到——「嗳，湯姆，玫瑰小姐不會也睡成這樣了吧？」

我哈地笑出來，再次笑得需要雙手按在膝蓋上，撐住上半身。他仍然悻然瞪我，沒瞪多久，跟著我沒奈何地笑起來。笑完我說：「這些吸人血的花精只能遊蕩在外，它們進不去城堡，所以玫瑰小姐不會變成這種活骷髏，你放心。」

說話聲在濕潤的空氣裡聽來失真，一字一字像水銀彈丸落地。邊說邊走，等走上坡地，距離城堡更近了，看得也更真切。那花崗岩構建的塔樓尖頂指向天空，錯落分層的建築四周縈繞著一種特異的光，像極淡的希臘烏佐酒——那種酒加了冷水就變成乳白。光像在護衛它，又像是禁錮了它。

城堡的下半部被厚厚的圍牆圍住，圍牆本來是鐵杆鑄成，如今上面爬著太多太茂盛的植物，像身披蒼翠的盔甲，又像身著毛皮厚衣。它背後的遠處是一片鬱鬱蒼蒼的樹林，更遠處，崗巒起伏。

藤蔓裡亂開著小朵小朵的花，花的季節也是亂的。被月光調過色，鐵線蓮的花變成血凝固在肢體裡的紺紫，葵葉蔦蘿羽毛狀的葉子成了鴉青色。我領頭走去，轉到城堡東面，一截牆壁下，枝葉裡露出一隻穿皮靴的腳，但我們都假裝沒看到。

轉過牆角後，我開始默數步子，在第七十三步停下，伸手向他要來短刀，握著刀柄把手探進厚厚的藤蔓裡，一直到肘部，那柔軟的枝葉拂著皮膚，猶如賽蓮濕潤的長髮。刀鞘磕碰在鐵欄杆上，發出咚的一聲，就像用一支船槳探入水中，擊打礁石。我朝前慢慢走，咚，咚，咚的聲音從枝葉內部持續傳來，聲音的節奏就是欄杆相隔的距離。他緊跟在我後面。這樣走了十幾米，節奏裡突然出現了一個空格。我停下來，抽出手臂，把短刀交還給他，說：「割吧，把這些藤都割掉。得戴上手套，不然它們會咬你的手。」

他照做了。像個理髮師學徒一樣，手攬住藤蔓的長鬚，刀刃刷刷掃去。細細聽，每著一刀，能聽到初生貓崽被宰殺似的尖細呻吟。逐漸露出來的是鐵柵欄上一個缺口，可容一人通過。

他把短刀收進腰囊：「為什麼不從正門進？」

我說：「門口有兩株一百多年樹齡的紫杉，太機靈，騙不過它們。這些藤本植物還是幼兒，沒什麼抵抗力。怎麼樣？覺得這個嚮導錢花得也很值吧？」

這就是迷宮的入口。橫亙在面前的是一個長滿小朵睡蓮的大池塘，綠蠟似的小葉片上托著已經閉合的花苞。水面猶如雲紋綢，月光的碎片在上面隨風跳著小步舞。水中間有一個吹海螺的赤裸男童雕塑，白色大理石上附著一層青苔。睡蓮之間有兩隻白天鵝、三隻綠頭鴨，都把頸子彎到背上，頭和喙藏在羽毛下面。池塘的弧形邊沿旁，躺著一個胖女人，四仰八叉地扯著小鼾，一個小籃子翻倒在旁邊，準備餵鴨子的蛋糕屑撒在毛茸茸的青苔上，還有一隻出來偷吃蛋糕的老鼠睡在旁邊。

他低聲問：「奇怪，為什麼蛋糕沒被螞蟻搬走？」

「因為螞蟻也都睡著了。嗳，你把那隻老鼠撿起來，收好。」

他彎腰捏起那隻手指長的老鼠，眼中露出厭惡，他沒把牠收進腰囊，只像對待一個容易爆炸的東西一樣，輕輕拉開外衣口袋丟進去。

我又問：「你會游泳吧？」

「會。要游過去？為什麼？」

「第一，要把身上的氣息洗一洗，這樣待會兒被嗅到的可能性小一些。第二，你沒見兩邊沙地都已經被天胡荽爬滿了嗎？」

這次他沒問「被嗅到」是什麼意思。我撿起地上一塊碎蛋糕，蛋糕落了一層土，但還能看出原本是乳酪色的，我把它往幾米外的天胡荽葉子裡一扔，猶如一枚銀幣落到一群小乞兒之中，落地處周圍的綠色小圓葉像孩子小手似的紛紛伸過來，蛋糕塊立即被淹沒了。但孩子們立即發現那不是銀幣，只是塊不值錢的白鐵皮，快快散開，蛋糕塊又露了出來。

我拍掉手上的蛋糕渣。「如果落在裡面的是你的腳，它們可不會那麼輕易鬆手的。走吧，下水。」

肢體接觸水的第一刻需要的勇氣最多，後面就容易多了。他跟著我慢慢滑進池塘裡，只露出鼻孔以上部分。水涼得像魚皮，我們像是渾身被化成液體的魚皮包裹起來。我輕輕撥開睡蓮葉子，划水向前。路過漂浮的鴨子，手指在水下碰到牠的腳蹼，牠仍然一動不動。天鵝和鴨子會做夢嗎？夢裡會不會夢到一條魚游過來，尾巴掃到牠的腳蹼？

泅到對面的池邊，他先爬上去。我雙手攀住石岸，身子斜向一邊，膝蓋夠著一使勁，腳跟著上去。就在第二隻腳離水之際，腳踝一緊，一條水草的枝子纏上小腿，我被它拽得仰面掉回水裡。

睡蓮生來睡性大，一旦太陽回到雲朵墓穴裡它就把花朵閉合起來，誰也吵不醒它。但我忘了池底還有水草，是枝條、葉子都像珊瑚一樣紅的血心蘭。被纏住的腳像沒穿鞋踩在雪地上，一陣寒意一陣麻痺。他一伸手沒撈著我，立即再次跳進池子。這時我已經被拖下水面，沒頂了。

冰冷的水從鼻孔灌進去，我在水裡咳嗽著彎腰，伸長右手，想夠著腳腕上的水草，把它解掉，但腿一直被往深處扯，手老是晚一步，左手胡亂撲騰，指頭觸到更多柔滑的草葉，又有一根枝條把左手也纏住了。水底漆黑，頭頂點點月光像星空那麼遙遠，一片死寂中，我聽到自己驚慌的咕嚕聲。

忽然胸口一熱，一個身體貼上來，我的腰被一條手臂摟住，遏住了下沉的趨勢。在極軟的水裡，那手臂的粗壯令人感到說不出的愉悅，連肋骨被勒得生疼都是種欣慰的疼。他另一隻手順著我的臀部往下摸索，膝蓋、小腿、腳踝，我模糊看到短刀的銀光忽隱忽現，縛住腳腕的血心蘭枝條被斬斷了。

我像所有溺水者一樣雙手緊緊抱住救援者的脖子，他攬著我，從紛亂和昏暗中升起來，升上水面。

他先爬上去，再把我拉上岸。兩人四肢著地，跪著，哆嗦著，咳了一會兒。他的短髮底下露出脖子和一小塊濕漉漉的後背，皮膚像上了一層釉。冷水和枝條留下的寒意仍附著在四肢上，我一邊嘶嘶吸氣，一邊噗噗地吐出嘴裡那氣味古怪的池塘水，伸手把抹布一樣搭在腦門上的頭髮抹到後面去。

他挪了兩下，坐到長著青苔的石頭池沿，在腰囊裡掏摸，掏出一塊手絹，擰乾，遞給我。雖然手絹也是濕的，不過我還是領情地接過來，搌一搌臉頰、額頭，再還給他。

我說：「酒。」

他從腰囊裡掏出酒瓶遞給我，我拔開木塞喝一口，再喝一口，遞給他。他猶豫一下，也喝了，「你沒事？」

我單手指指腦袋，苦笑說：「歇一下，我得把腦袋裡的水分控一控。」

他把濕手絹疊好，酒瓶塞緊，收回腰囊。「下一步不用這麼吃力了吧？進了迷宮，是不是只要照你寫下來的路線繞出去就行了？」

不，哪有那麼簡單。組成迷宮的樹籬數年無人修剪，紫杉、紅豆杉等形成一堵高牆，原先一人多高的平頂長得枝枝杈杈，參差不齊。入口處鐵柵欄門口的兩座石雕：一個是達芙妮，正在變成月桂樹的達芙妮，雙臂像鳥的翅膀般舒展開，閉著眼睛，臉上有種獲得解脫的夢中似的神情；一個是阿波羅，他在兩米外憂傷困窘地望著她，一手捫胸，一手無計可施地伸向她。

這時看去，雕像彷彿寓意著城堡裡的人們墜入夢裡，變成了植物。不過現在不只達芙妮，連阿波羅身上也纏繞了藤蘿，像要化身植物的模樣。阿波羅石像腳下有兩個花匠，一個上歲數的老花匠仰臥著，鼻鼾吹動花白鬍鬚一抖一抖；另一個年輕的學徒，橫躺在門口，帆布背包還挎在肩頭，開口處露出長柄園林剪。

我和他跨過花匠的身子，手握柵欄往裡張望了一陣。雲層裡灑下一片霧狀的光，猶如極薄的白紗帳幔，樹籬圍牆的上端露出遠處石頭涼亭的頂、雕像的頭，像是海浪中漂浮的幽靈船。

空氣中有種接骨木的香氣。我說：「進去吧，怎麼還愣著？」

他瞧著我，月光好像能滲進他皮膚裡，再從裡面透射出來，那張臉上有種奇怪的笑意和探尋，猶如祭司凝視卜者。

他伸出一隻手，說：「女士優先。」

我驚詫了兩秒鐘，那句話像一柄短小的匕首，把外殼劃開一道裂縫，我和我的名字倏地蜷縮起來，像軟體被碰了一下的貝類動物。他什麼時候看穿的？是池塘的水洗掉了我臉上作為面紗的塵土泥灰，又像髮油一樣把障目的亂髮撫平，於是我身體裡這個女人無所遁形……更有可能，我在水下緊貼著他，他的手摸索著割水草的時候，發現了某些部位的盈缺。

我和他彼此凝視，一言不發，眼神裡盡是揣度、疑慮、打探，以前漫不經心的，現在都不同了，變成微妙的較量。我在他的目光再次柔和下來之後側一側頭，然後當先彎腰鑽進去。

如果鳥懂得「觀看」，牠在空中俯瞰時會欣賞到迷宮的形狀，但身在其中的人只能看到四面八方無止境的綠，就像鯨腹中的約拿見不到鯨。人說綠色是希望的顏色，當你不斷碰壁、轉彎、再碰壁的時候，你會懷疑一切道路，痛恨一切綠，壓迫性的綠，作為監獄牆壁的綠。我和他走進第一個迷宮，走進玫瑰花萼中。

三個迷宮相互連接，入口是玫瑰花萼，每片花瓣間有小道聯通；由蝴蝶觸鬚通往第二個迷宮，進左翅，從左翅進右翅，翅膀有一個缺口通往腹部，再繞到頭部；豹的一隻前爪挨著蝴蝶翅膀，從前爪進去，繞完豹的四肢腹背，嘴巴就是出口。

在灰綠甬道裡往前走，聽著兩道深深淺淺的呼吸和腳步聲，四隻鞋裡都灌了水，每一步都發出像踩死一隻老鼠幼崽的聲音。他袖口露出的手腕有瘀紅，水草勒過的痕跡——要不就是我手指的痕跡？我剛才到底抓住他哪裡？我不記得了——不過這個澡泡得值，地上有從樹上垂下來的爬藤的卷鬚，碰到鞋尖都不感興趣地退開去。

月光把兩個黑影拋到眼前，影子先行一步，仍然是無性別的模糊樣子。月光也像被困住，白成了囚犯那種浮腫面色。

我們走錯了兩三次，走入死胡同，再往回折返。夜黑，雲來了，月被擋了一半；我的記憶不都那麼準確，畢竟距離上次到這兒來已經將近十年；而我和他的注意力也有點渙散。那種較量一旦產生就沒法抹除了，它明明白白地存在於兩個肩膀之間那塊空當裡，像個洞，洞裡又伸出無形的口器，從我和他身上吸取養分，滋養洞裡的怪物。

不過隔著那個洞，我們仍然交談，像是隔空喊話。他問：「為什麼不從正常道路進城堡？」

我說：「必須要走完迷宮，你會明白的。」

「如果還會遇到什麼地精、花妖之類的，提前給我個預告吧，行不行？反正這地方我跑不掉，瞎跑亂撞，肯定掉進妖怪藤裡，給吸成活乾屍。」

之前幾天都是我在絮叨，他從來不這麼話稠，由此我知道他也慌了。為什麼慌？我是男是女對他對這件事有什麼影響？這我可就不敢想下去了。

我腦子一亂，舌頭在嘴裡撞牙齒，磕絆著說：「還會遇到什麼，我也……也不是很有把握，自打詛咒實現，我就沒……進來過。」

我感覺到他笑了。月光不亮，沒有燈，但有一道猛然顫動的氣流傳到我這兒來。

無人修剪的枝葉把直角的輪廓弄鈍了，不過尚能辨認，我們轉了個彎，同時停下腳步。幾步外有一個供人休憩的圓頂涼亭，亭子中間有一張石頭長凳，一對穿僕役服飾的男女躺在凳子上。女孩仰面躺著，黑色頭髮垂到長凳下，衣襟敞開，雙乳滑到胸口兩側，裙子也撩到腰間，裙腰和自製的棉布鑲花邊筒狀內褲之間，露出一截雪似的腰肉。少年的下半身拖在凳子下跪著，上半身趴著，頭顱擱在女孩肚臍處，褐色打卷的頭髮像落葉撒落在雪上。

兩人的呼吸在同一頻率上，身子同時起伏。迷宮上鎖，成為禁區之後，方便了城堡裡的人來此幽會，厚厚的樹籬猶如天然隔音牆，因此我該慶幸這個凝固下來的畫面很美。有幾條爬藤爬到了他們身上，像散碎流蘇似的垂下來。精魅不能傷害被巫術管制的人，它們大概也只是覺得爬在軟軟的血肉上比爬在地上舒坦。

他一看清這景象就轉過臉去，嘴裡發出唔的一聲。

我笑了。他脫掉外衣，眼睛看著其他方向，過去把外衣蓋在女孩身上，說：「快，快走吧。」

我當然不會放過他這麼好玩的羞怯，甚至一時把我自己的羞怯都忘了，一邊緊跟著他的步伐一邊逗他：「你沒見過女人的裸體？」

「見過。」

「你給人家蓋衣服是幹什麼？」

「等那姑娘醒了，發現自己袒露著睡了那麼久，會很窘迫。再說，也許日後還有人進來……」

他說的「還有人」是他後面的挑戰者。

我裝作只聽見了前半截：「你以為給她蓋件衣服，她就不窘了嗎？這下她更確鑿知道有個陌生男人來過，還走到了她身邊……」

走出這段巷道，在一個丁字路口轉向右邊，再走十幾步，十字路口中間有一片圓形花池。花池裡擺放一只用粉色大理石雕出的夜鶯，有一人多高，四周開著高大的紫絨球。一株藤本月季在夜鶯脖子上像項鍊一樣纏繞，在它嘴邊開了一朵白花。

我看那花沐浴著月光，像玉雕成的，心裡忽然喜歡極了，跟他說：「能不能幫我把那朵花摘下來？」

他看我一眼，說「好」，眼睛和嘴角有點隱而不發的善意嘲笑。我知道他的意思：不裝男孩了？現在敢對花花草草表示興趣了？……但我只說：「留神別扎破手，否則可能會跟玫瑰小姐一樣睡過去。」

他跳到花池的邊上，踮起腳把那朵花摘下來，下來後朝我搖一搖。「怎麼樣？湯姆，想讓我給你別在禮服的釦眼裡，再請你跳一支舞？」

他的話停了下來，左右張望，我也覺得空氣有什麼變得不一樣了……原本鼻端只有淡淡的樹木氣息，但這時襲來一股濃重花香，愈來愈濃。我從他手裡把白月季拿過來，明知無答案，卻還是嗅一嗅，像護短似的塞進衣服口袋裡。他說：「湯姆，快看月亮！」

抬頭一看，月亮像蒙了一層磨砂玻璃，我忍不住揉揉眼睛。他說：「不，你眼睛沒問題，你看。」他伸手向一臂之外揮過去，手像拍打在一堵無形的牆上，發出一聲悶響。他試圖邁步，走了半步，額頭和腳尖也碰到阻擋的物體。

我說：「啊，是玫瑰！」

「是什麼？」

「是玫瑰迷宮的魂魄醒過來了。咱們被困在玫瑰花心裡了。」

「花精、樹精，迷宮也能成精？」

「是的，你記得吧，玫瑰的女巫母親曾經在迷宮中心舉行巫術儀式，這裡聚集的巫力足夠讓任何東西成精了。」

這時眼前像豎起更多層的磨砂玻璃，隨著花精醒來，很快能看清花瓣層層疊疊的形狀了。這是一朵直徑有一個臥室那麼大的玫瑰花，石雕夜鶯位於中心位置，像它的心臟。我們就站在花蕊生長的地方，腳下現出膝蓋那麼高的蕊叢，立不穩，不得不跳到花池的大理石邊緣上站著。遠處的樹籬變得愈來愈模糊，裸露的皮膚感到一種生澀柔軟的壓迫感，像被一塊巨大的濕透的綢緞捂住，布料一點點絞緊。

同時耳邊傳來一道悠長的歎息聲，聽起來像是個年紀還輕的男人。歎息的同時，花瓣掠過一陣顫抖，彷彿人被心裡隱祕的苦澀驚到，眨著眼睛打了個寒噤。

他說：「叫它的拉丁原名就行對不對?迷宮的拉丁名是什麼?紙上為什麼沒寫?」

「迷宮沒有拉丁名。你記得第三張紙上寫了什麼嗎?」

「記得，樂譜。」

「背下來了嗎?」

「是的。」

「那就唱出來!」

「但你只寫了旋律，沒寫歌詞。」

「歌詞得你自己填進去。」

「填什麼樣的歌詞?」

「能討它喜歡的歌詞。」

「……什麼歌詞才能讓它喜歡？」

「我不知道！我只知道它聽得滿意就會放開你。」

花香濃得讓人頭暈，濃到成了一種微臭。半透明的玫瑰花瓣進一步縮緊，這個被巫術統治的空間中的一切都微微變形。他開口唱道：

美貌無非鮮花一朵，
皺紋終將把它吞沒。
韶華不免歸於幽冥，
塵土合上海倫的眼睛。

聲帶需要預熱，誰也不能一開口就唱得好，他的歌聲由於焦慮而顛簸不穩，歌詞像海面上的浮冰，跟隨下方的海水晃動，但仍能聽出技巧、聲息都十分出色。

我們聽到一聲冷笑，花瓣又收攏一點，就像攥住甲蟲的手掌使勁捏了一下。我和他的身子立不住，往後退了一步，踏進花池裡，靠在石頭夜鶯的身上。我說：「這是什麼見鬼的歌詞？」

「是湯瑪斯・納什的詩。」

「它不喜歡這個，快換！而且你有兩個音沒唱準。」

我們伸手在身前抗拒著透明牆壁的傾壓，拖延時間。他嘴唇抿得鐵緊，鼻孔一張一翕。透明花瓣篩過的月光落在他臉上，他的表情是那種要掏出祖傳懷錶去賣了換救命錢似的咬牙切齒。

忽然，他嗓子裡發出一種輕微的古怪聲音，就像是機器內部一根鍊條和齒輪恰好扣上。

他唱道：

如果你路過維斯特城，
記得光臨鬱金香劇院。
在那兒你會看到蒂蒂小姐，
人人都誇她美如天仙。
她唱起〈迷娘曲〉，歌聲甜如蜜，
嫣然一笑，鐵漢也要頭暈目眩。
劇院門外排著如痴如醉的人，
從老人到孩童，哪個不為她瘋癲！……

唱過一段，他的喉嚨明顯放鬆下來，回到正常水準，那音色跟說話時不太一樣。他又把旋律減慢一拍，變得更舒緩。歌聲柔和得像一股糖漿色的溫熱水流，我聽得呆住，幾乎忘了自己還在一只要人命的精靈的手心裡。

奇妙的是，似乎它跟我一樣聽得出神，花瓣無形的緊縛鬆弛下來。

歌聲卻停了，他看向我，像演員初登臺贏得碰頭采之後的猶豫。我低聲說：「這個很好！接著唱！」

他便繼續唱道：

每天有十三個求婚者來送玫瑰，
高傲的蒂蒂看也不看。
卻有一晚她邀人進了化妝室，
是個雙眼碧藍的青年。
整個夏天和秋天，他們形影不離，
她歌唱時總是望著臺下那雙碧眼。
到冬季他哭訴了一百個離開的理由，
暮春時她送他登上回家的輪船。

每位美人都有命裡的冤家，
蒂蒂也不過多贏得幾聲長歎。
第二個冬天化妝室裡多了個男嬰，
雙眼像那離去的人一樣藍。

歌聲止歇，這時我發現月光又恢復明亮，擋在它和我之間的東西消失了。

再往前走時，他步幅明顯加大。轉過彎，就是一條由甜石楠和波索特薔薇組成的「蝴蝶觸鬚」，是連接第一個和第二個迷宮的通道，上面支起鑄鐵拱頂，一大片金銀花密不透風地簇擁在上面。

我在他身後亦步亦趨，我很想問蒂蒂小姐後來怎麼樣了？她還上臺表演嗎？那男人再也沒回來過？沒有父親的男嬰又怎麼辨？

更想問，那個嬰兒的眼睛是跟你一樣藍嗎？

但他始終把臉轉向另一邊，想藏起眼睛，不讓我有探究或提問的機會。其實我當然不會問，家裡有窗的人不會去砸別家玻璃。（他會不會意識到，這就是我的性別暴露後的感覺？）

不過，託迷宮精靈的福，我很快聽到了故事的續篇。他大概已經明白只有真實淒美的故事才能打動精靈，一路醞釀腹稿。因此，當那隻房子大小的蝴蝶出現在面前，他沒耽誤一秒鐘就開口唱道：

如果你路過維斯特城，
記得不要去鬱金香劇院。
人比花朵還不禁摧殘，
那兒的蒂蒂小姐已不再美豔。

她失掉了健康和快樂的神韻，
劇院的票開始賣得艱難。
帶著兒子，她做了闊佬的情婦，
闊佬的興趣是鴉片和皮鞭。

頭兩個男人給她毒癮和性病，
第三個拿走錢，把她留在客棧。
隆冬的寒風鑽進窗戶，
她以為是愛人在把她呼喚。

「你總算回來了，藍眼睛寶貝！」
垂死的嘴唇仍然笑得甜。
「容我梳梳髮辮，我們共進晚餐。」
那就是蒂蒂最後一句遺言。

她曾穿戴無盡的珠寶華服，
臨終身上蓋著破窗簾。
千萬人曾傾慕她美眸的顧盼，
此刻唯有愛子熱淚潸潸。

其實他尚未唱完最末一段，蝴蝶精已消失不見，但他還是完成了最後一句。我跟他在忽然沉寂下來的樹籬通道裡站著，耳邊似乎響著回音。歌聲是從胸口處捅個洞，一寸一寸抽出來的；現在歌收回去了，洞還在，還在汩汩流失不成形的祕密。他埋著頭，胸膛起伏，忍受那種失血似的痛苦虛弱。

這次是我先拔起腿，領頭走在前面，別讓他在並排走的時候費神躲我了，漲著淚的眼、不匀稱的呼吸，這麼多東西得藏，多吃力。

直到走出五六米，後面腳步聲才嚓嚓地跟了上來，但不再復位到我身畔，就一直那麼不遠不近地跟著。我在心裡攢下一句可以當安慰講的俏皮話：現在我知道為什麼你唱歌那麼好聽了……不好，這話也不好，這事沒法安慰，只能裝作剛才失聰了吧。

我們在蝴蝶翅膀上彎曲的花紋裡走，第二個迷宮是最簡單的一個，路徑我記得最清楚，一個轉彎也沒錯，就這樣走到最後一個迷宮。豹子與蝴蝶連接的地方是前爪，仍是一條細長、傾斜的甬道。這個迷宮的樹籬以灌木莢和紫葉小檗為主體，路邊濃紫色大麗花像大團大團瘀血凝成的，空氣猶如兌了酒的冷水，攪著被幽禁的枝葉花朵的氣味。

一切悄無聲息，有一種水底般奇怪的寧靜，彷彿月光化成棉花塞進耳朵裡。轉過彎就到達豹的腹部，是一片開闊的小空地，中間立著一塊石頭日晷。後背忽然傳來一陣尖銳的疼痛，像一隻巨掌拍打在我背上。我大叫一聲，身子已經飛起來，撞到幾米之外的樹籬上，滑落在草叢裡。

我和不遠處的他都目瞪口呆地看著，面前空氣裡一隻豹子迅速現形，身形有一隻非洲象那麼大，不太像豹，倒像是什麼神話中的怪獸。這傢伙比牠的兩個同伴聰明，懂得先捉到獵物再現身。牠踏足的地方，地上的爬藤植物都簌簌地自動躲開，讓出一片碎石地。

我爬起來一點，後背緊緊貼住一棵米心樹的樹幹，豹子逼近過來，在兩步外停下，雙眼熒熒。他舔舔嘴唇，嘴唇張一下沒發出聲音，第二下才唱出聲：

「如果你路過維斯特城——」

歌聲被打斷了，豹子吼叫一聲，往他那邊撲出一小步，前爪揮過去，幸好他躲得快，沒被傷到。我抬頭叫道：「歌對牠不起作用！牠需要肉，一點血肉就能引開牠。」豹子又轉回來，我低頭抱緊膝蓋，感覺肩頭被猛推了一下，像被貓玩弄的毛線團一樣滾出了半米。我稍抬一點頭，見它正抬起爪子舔血，抓緊時間說：「老鼠呢？」

他雙手往腰部該有口袋那地方一拍，臉上被同時出現的驚詫、悔恨弄得徹底失色。我也想起來了，路過那對情侶時，他把外衣脫下來蓋在那女孩身上，外衣口袋裡的老鼠也跟著留在那裡。

豹子晃動腦袋，朝我探過頭來，在我額頭前面停下，嗅了嗅，牠鼻孔噴出的不是熱氣，是冷森森的寒氣。牠應該還沒真正吃過人，之前那一，二，三，四……十九……二十六號沒能走到這麼深的地方。牠咬住我肩頭，把我叼起來，像扔玩具一樣甩在一邊。

我側過一點頭，從斜下方的角度望去，只見他把刀咬在口中，從腰囊裡掏出酒瓶，拔開塞子，把酒潑到左手上，再塞好放回腰囊，拿下短刀，背轉身迅捷地一揮。我在幾米之外蜷縮著，看不清，只見他再轉回身時像手裡捏破了一個墨水瓶似的，襯衣袖口染黑了。

豹子忽然像聞到什麼感興趣的氣味，轉向他的方向，喉嚨裡低哮一聲。他右手舉起一樣東西，喊道：「來，來吃吧！」——等豹子走過去，他立即轉身朝身後擲出。豹子奔過去。他則朝我跑過來，叫道：「快走！」

我當然不用提醒，早就從地上爬起來，扯動摔得生疼的雙腿往前跑。跟旅程開始時在密林中一樣，他再次拽住我的胳膊，帶著我跑，我被拽得幾近騰空。跑出十幾米，我回頭看了一眼，忍不住放緩腳步，他也不得不慢下來。我說：「快看！」

遠處月光下，那隻豹子伏在地上，像隻貓咪似的把腦袋擱在前爪上，居然像是睡著了。睡著的精靈，身體開始變回半透明狀，我和他呆立著，驚疑又詫異地望著。他忽然說道：「酒。」

「什麼意思？」

「那根手指上有酒，牠沒沾過酒，恐怕是醉了。」

我打了個寒噤。我真是嚇昏頭了，竟然忘了探究他剛才到底用酒和刀做了什麼。我搶起他的左手，眼前一黑，脊背上的寒毛都豎起來了。

他割掉了一根手指，最末尾那根。

我倏地張大嘴。在我叫出聲音之前，他的右手已經飛快地捂上來，把我臉上那個黑洞封住。

他臉色發灰，肌肉在本能地表達痛楚和理智地偽裝平靜之間撕扯，扯出一個半哭半笑的怪模樣，那歌喉像戲院臺柱子似的嗓子也在克制不住地顫抖。「別出聲……那怪物醉得很淺，你把牠叫醒了，我還得再割一根指頭。」

我的嘴在他手心裡合上了，光剩下身體在哆嗦。他鬆開手，才顧得上低頭把血手貼在胸前用右手捧住，佝下腰，像要窩藏那塊空缺。隨即他又轉頭看看我，說：「你的肩膀……」

我兩手攙住他胳膊肘，這回換我帶著他走了，他上半身交給我扛，下半身踉蹌拖著。轉彎有一座天使石雕，我讓他坐下，靠著雕塑底座，然後從他腰囊裡翻出短刀，把我的肥大襯衣下襬割掉一塊。他居然微弱地做了個搶奪的動作。我說：「你幹什麼！」

他說：「你的肩膀，也得包一下。」我發著突如其來的脾氣，皺眉說：「你別管了！等會兒我自己會處理。」同時又反省，這氣是哪兒來的？

他給自己截指之前已經澆了酒消毒，現下就不用了。幾條藤蔓鬼鬼祟祟地爬過來，我剛好需要發洩，一把抓起來，也不管藤條像長滿冰刺似的扎得手疼，一刀砍下去，對折，刀尖插進去再挑斷，把這一束碎屍撒到四周找機會偷襲的藤條身上，它們像被開水澆了似的縮回去。

他說：「你……該戴上手套。」

我把刀子放在旁邊，繼續把包紮這事幹完，手上不停，看一眼手，抬一下眼，目光使勁戳他一記，用眼睛問他：「為什麼你沒把我扔下，自己進城堡去？反正迷宮眼看就走完了。」

他當然懂。他困惑、微慍地抽動嘴角笑了一下，眉心一聳，眉梢一塌，意思是：「這種疑問不是在侮辱我嗎？」

「疼得厲害？瞧我這嚮導當的，把主顧拖累殘了。酬金你隨便扣吧。」

他眼神變得溫和，眉心抽緊，笑的性質也變了，說是寬容、縱容都行，還有一點對自己行為的嘉許。他嘴上說：「不太疼了。沒你的責任，是我自己忘帶那隻老鼠。沒事，這算什麼殘廢，只是以後不能彈鋼琴而已，反正我彈琴難聽得很，以後改練提琴好了。」

我心裡拚命回憶他手完好時是什麼樣。什麼樣呢？瘦、白，手指修長，指甲不像別的男人一樣長成大方塊，而是邊呈圓弧的長方形。那種清秀估計來自他的明星母親的遺傳，我記得他的手隨便地放在酒館的木桌上，齊刷刷並著，像一排擦得白生生的琴鍵，像是整間屋子整個鎮就那麼一件潔淨東西……

不過我嘴上說：「那倒是。咒語裡說玫瑰小姐需要吻醒，又不是要人彈琴把她彈醒。」

他半垂著眼皮打量我，像看我又像看別的什麼，六神無主，又或者只是失血和疼痛造成的倦意，喃喃說道：「我希望你知道，即使這豹子在城堡外出現，我照樣會這麼幹的。」

「在城堡外」意指他還沒發覺我是女人的時候。他並不因為性別對我有特殊優待，或是他想表示這舉動近似見義勇為、不摻「私情」？……我說：「伊阿宋和美狄亞渡海逃亡，也是用血肉塊引開追兵，你這一招挺古樸的。」說這種廢話，是因為我已經六神無主了。

他的眼睛被月光染了色，還是藍得驚人，無法被塗改的美。然後，他低頭去腰囊裡摸索，動作有點遲緩。我替他摸出酒瓶，說：「有件事本來該你做，不過這次我代勞了，把這口酒喝掉，瓶子給我。」

瓶子幹什麼用我沒說，握著瓶頸筆直往前走，要去打架似的。忽然感到後背上有一對目光，兩腿立刻不得勁起來，又走出在鎮上騙吃混喝的痞子湯姆的步伐，又覺得，嗨，現在他都知道我不是個真男孩，佯裝還有什麼用呢？……我就這麼像個頻道亂跳的收音機一樣，忽而邋遢忽而拘謹地走去又走回。回來時酒瓶裡多了一截乳白色，猶如液體的月光。我答道：「這是從那隻豹子乳房裡擠出來的奶。對，牠是隻母豹子。」

豹子的嘴巴就是出口。我帶他多拐一個彎，走到豹眼位置，樹籬映襯之下，有一個大理石雕像，是個在扶手椅上支頤讀書的婦人，穿著短袖高腰家居長裙，臉龐和肩膊豐潤，手掌張開、指尖支撐太陽穴和下頷的姿勢別致動人。雕塑沒有底座，就放在小花壇裡，四周圍繞著紅的、白的、黃的石竹花。石頭婦人對面還有一張空椅子，擺放得就像壁爐前一對老夫婦的座位。

他跟我站立了一陣。我說：「這就是——」

他打斷我的話：「我猜得到她是誰。」

我想他也猜得到那空椅子是給玫瑰父親留的，他思念亡妻時會過來坐。瞧他望得目不轉睛，我肚子裡又冒出一句俏皮話：「你是不是在揣摩玫瑰小姐的長相？」他卻歎一口氣：「我真希望我母親也能有一座這麼美的雕像。」

我心頭一緊。幸好還有「公事」可談，我說：「你把那些紅色石竹摘下來，收好。」

到達迷宮出口時，月牙已經往下沉了一大截，距離黑夜卸任還有兩個多小時。我仰望月亮，心裡算計時間的時候，他默不作聲地看著，接著推開柵欄門，門軸發出吱扭一聲，沿著慣性路線向外滑開。

走過出口處的忒修斯和阿里阿德涅雕像，再穿過一塊空白沙地，就走上通往城堡的路，路兩邊是歐洲山楊和大片的刺繡花壇，軸線上串著大大小小的圓形花圃。草葉和花像倒得太滿的酒，從邊沿溢出來，失控地到處流淌。我們蹚著綠浪往前走，這裡的植物沒經過迷宮裡的巫術開蒙，憨呆得多，不往人身上撲，只像被吵醒的人遲鈍地翻身，抖一抖葉片，等它們反應過來，人已經走過去了。最末一個花圃的弧形石凳上睡著一個胖姑娘，鼾聲如雷，手邊掉了本黃色封皮的小書。

走到中段，只見右邊那條道上停著一輛雙輪輕便馬車，馬兒站著睡，大鬍子馭夫歪在他的座位上睡。我拉著他走到馬車的另一邊，車輪上靠著一個黑衣中年男人，雙手手心朝上擺在身邊，像在長久表達遺憾之意。

這次他有點心思開玩笑了：「噯，玫瑰小姐長得更像母親，還是更像父親？」

我板起臉說：「等會兒你可以看著她的臉自己判斷——只要你不耽誤時間。快去拿東西，就在這位先生的襯衣內袋裡，摸一下就能找到。」

他彎腰，傷手擎起，右手探進去。摸出來的是個圓溜溜的袖珍嵌螺鈿紅木盒，打開，裡面有一雙瓷質粉色小手，捧著一枝帶綠葉的紅玫瑰花，釉彩鮮得像一顆剛剖出來的心臟。

我說：「收好它。走吧，咱們可以進去了。」

城堡的正門是鎖起來的，沒客人到訪不會打開。我領著他繞到側門，雕花橡木板上也覆著層層藤蘿。他給右手戴上皮手套，單手把藤條拽下來，踢開，然後試著扭轉花朵形狀的門鈕，竟然能旋動。一拉開門，先嚇一跳，一個人順著門扇裂開的縫隙倒下來，我唬得單腳往後一蹦。那人是酒窖男僕，坐著倚在門上就睡著了。

他把那人上半截身體搬進門檻，讓他以屁股為圓心轉了個半圓，輕輕放倒在牆根，我跟在他身後走進去，回手關上門，銅質鎖舌回到槽裡發出喀嗒一聲。

我們終於成功進入了城堡內部。

從這條窄廊往前走，間隔幾米有一盞玻璃罩燈，燈光熒熒，再走十幾步就到達大廳，上面是高高的拱頂；兩排柱子豎立在大廳兩邊；接近拱頂的地方有一圈狹長玻璃窗，上緣呈花朵形狀；牆壁上鑲著紅銅板，貼襯暗色皮革；地板用黑色花崗岩、青金石、煙粉色大理石等拼出紋樣。

有短短一段時間，我和他都忘了睡美人那回事，只顧跨過沉睡的人們走來走去，東張西望。一樓走廊裡躺著胖廚娘跟管家，頭挨頭像一對老夫妻，管家的手還留在廚娘裙子下面。他蹲下身，把管家的手從裙底抽出來。我在旁邊嘻嘻笑。我們又進了廚房，火爐上銅鍋裡的水翻滾作響，還沒燒滾，火也還旺得很。圍著桌子玩紙牌的人們趴在桌上睡得香甜，手邊杯子裡麥芽啤酒的泡沫還沒完全消散，一人手掌攤開，亮出牌面：一對國王王后，一對鮮紅桃心。

他圍著桌子轉一圈，翻看每個人手裡的牌，最後停在一個女僕身後，莊嚴宣布她是贏家，並替她把手裡的牌拿出來往桌上一擲。

我巡視了一下食櫥和灶頭，灶上還有一只小鍋在煮熱可可，剛煮到七分熱，旁邊有只焦糖醬罐子，是給玫瑰小姐的晚間飲品。我問：「嘿，要不要來一杯焦糖可可？」

他正忙著用窩成半圓的手掌把所有硬幣掃過來，堆在贏家手邊，聞言抬頭。「煮了七年的可可？喝完我會不會成仙？」

我從木櫥裡找出一套茶具，把鍋裡的熱可可倒進壺裡。壺身布滿小朵小朵的金色夕霧花，藤蔓在其間纏繞，並構成把手。他把兩張空椅子搬到一起，又從腰囊裡拿出那只舊錫杯，放在桌上。「我用這個，謝謝。」

我倒滿兩杯，坐下來喝了一小口，可可香極了，尤其對掙扎求生了大半夜的人來說。他也喝了一口，頗長地嗯一聲表達驚喜，又一不做二不休地探身把桌上一小碟司康餅也拖過來，瓷碟底子在木頭桌面上磨出歡快的長音。餅掰成兩半，一半遞給我，另一半已經吞落肚了。我的手指尖在餅的背面跟他的碰了一下，一陣激蕩傳遍全身。

室內鼾聲此起彼伏，夾雜在我跟他的說話聲裡。我和他像是要去打最後一場仗之前，蹲在壕溝裡小聲商量的士兵和排長……「再往前走，你會遇到一隻白孔雀、一隻黑貓、一個抱著嬰兒的女人。那是玫瑰的母親臨死前用巫術禁錮在這裡的幽靈，她把她能召喚到的力量分給它們，命它們守護在她女兒臥室門前，擋住了死神的收割。但是現在它們從保護者變成了獄卒，你要做的是……」

他在這句話半截點了下頭，節點不大對，暴露了實際上的心不在焉。我一走神，後半截的詞飛走了。為什麼？他忽然變得不起勁，比起剛來時那種興興頭頭，似乎有些東西跟手指一起失落在這個過程裡了。

他替我接了下半句：「我要做的是打敗它們？」

「不不，不用打，已經不用了，它們想要的東西你都已經拿到，不會……」

句子又在我嘴裡迷了路，這次他用連續的點頭替我解圍，表示意思他已經懂了。他臉上現出了平靜的笑，一種聽天由命的溫和。我把那個盛司康餅的碟子推過去。「把它裝上，走吧！」

白孔雀就在一樓的樓梯口。往上走的時候，我們聽到一個彬彬有禮的聲音：「抱歉，您踩到我的羽毛了。」

我一抬頭，就看到樓梯的木扶手上落了一隻白孔雀，兩隻爪子一前一後抓在扶手上，石榴籽大小的黑眼珠亮晶晶地俯視下來。

我再低頭一看，腳下樓梯板上有一朵蒲公英種子似的白絨毛，趕快撿起來，遞上去。白孔雀揚起左邊翅膀，絨毛自動飛離我的手指尖，匯入那皎潔的羽陣裡。它說：「非常感謝。」聲音有點尖，帶點異國口音。它高傲如王子，不過所有孔雀都像王公貴族，它也不例外。

況且它有資本啊——它美得猶如聖物。我從沒見過比這白羽更白的白，帶著令人震懾的神性和力量，像剛落到人間還沒互相壓實的蓬鬆的雪，隨時能跟風再次飄揚起來。垂下來的尾羽則像一段凝固的長長雪崩，以其大而無當造就了奢侈的美。

我一看出它在等我們先開口，立即鞠了一躬，「尊貴的先生，您好。」

白孔雀點一點小巧精緻的頭顱，頭頂那簇王冠似的直立白毛抖顫了兩下。「二位先生，你們好。」（讓一隻孔雀分辨一個男人髮型、男人服飾的人的正確性別，是太難為它了。）它挺起飽滿胸脯說：「我來自我介紹一下——我是奧斯曼宮廷花園裡的孔雀傑克。公主會叫我的暱稱『傑基』，她喜歡把茴香烤肉丁放在手心餵食給我吃。我有兩個棲架，一個純金的，一個純銀的。我還有兩個奴隸，其中一個專職為我捉活蟋蟀吃。王后接待貴客時，總會邀他們到花園，觀看我的飛翔和舞蹈。」

我和他異口同聲地說：「您真了不起。」

孔雀傑克的黑眼珠裡現出禮貌的笑意，看得出它接受過太多讚美，早就不當回事了。它的長脖子優雅地屈伸一下，說：「藍眼睛先生，既然你要從這裡過，你可知道我需要什麼？」

「是的，我知道。」

他取出紅色石竹花和錫杯，把花放進去，用刀柄搗爛；又撥開左手繃帶，按破傷口，滴一些血進去。白孔雀像主考官一樣冷冷盯緊每個步驟，滿意了，才從樓梯扶手上跳下來，站到高幾級的階梯上，尾巴順著樓梯的坡度鋪展下來。他單膝跪在樓梯上，用獾毛筆尖蘸足紅色花汁，開始給尾巴上每塊眼狀羽斑裡畫一隻眼睛。花汁濃度不夠，血是用來固色的。

我在一邊幫忙，像個稱職的侍僮一樣，雙手替他捧著比紙還白的羽毛。每畫一處，他用布條裡露出的手指尖按住羽毛，屏住呼吸，因為那羽毛如此輕盈，呵一口氣就把絨的經緯驚亂了。

畫到一半，孔雀傑克說：「為了感謝你，我給你們唱一首歌吧。是我家鄉的歌，宮中御前歌手們最愛唱的歌〈穆希比的情詩〉，『穆希比』是偉大的蘇萊曼大帝寫詩用的筆名，他喜歡寫詩獻給皇后許蕾姆。」

它先用英文把歌詞解釋了一遍，再用波斯語唱出來：

我孤寂壁龕的寶座，我的財富，我的愛，我的月光。
我最真誠的朋友，我的傾吐衷腸的夥伴，我的生命，我的皇后，我的唯一摯愛。
我的春天，我的面容快活的愛人，我的白晝，我的甜心，歡笑的葉子。
我的植物，我的甜蜜，我的玫瑰，這世界上唯一不會讓我傷心的人，
我的君士坦丁堡，我的卡拉曼，我的安納托利亞的土地，
我的巴達克山，我的巴格達和呼羅珊，
我的秀髮女，我的彎眉美人，我的眼裡滿是調皮的愛人，
我會永遠歌頌你，我，心受折磨的情人，滿眼淚水的穆希比，我很幸福。

唱完，它再次彬彬有禮地道歉：「我很久沒唱歌，都生疏了。」

我說：「不，您的歌聲非常動人。」

孔雀傑克眼裡閃出笑意。它說：「藍眼睛先生，我有個問題要問你，你認為這首詩怎麼樣？」

這時畫眼睛的工作已接近尾聲，他頭也不抬地說：「要認真評價的話，它的價值在於國王把妻子當成朋友和能傾訴的夥伴，這是愛和婚姻的最好狀態。至於『我的植物』云云，今晚在這裡見識了很多不可愛的植物，反正我以後是不會把太太比作植物的。」

我和孔雀傑克都笑了，氣氛居然挺溫馨。孔雀的笑聲有點像鴨子，笑完，它響亮地嗅叫了一聲。

他站起來說：「我完成了。」他是個細緻耐心的人，幾十隻眼睛，開筆和收筆一樣，一筆不苟。我看了看錫杯，花汁剛好用盡。

白孔雀晃一晃尾巴，歎出一口長氣：「太好了……我又能看見了。」

我說：「您的眼睛不是一直在嗎？」

「是，但眼睛能看到的東西很少。對我們孔雀來說，尾巴上的眼才是真正的眼。我從前那條尾巴甚至能看得到兩年後公主的兒子溺水身亡，看得到三千里外王國邊境的叛亂。」

他看我一眼，神色裡有了人們面對未卜先知、洞悉一切的通靈者的緊張，小心地問：「您能看到這座城堡明天早晨的樣子嗎？」

這其實是在卜問自己的命運。

孔雀傑克那石榴籽似的黑眼珠滴溜溜一轉，慢慢立起尾巴，打開了羽屏。一陣讓人眼暈的晶瑩雪光裡，閃著星星點點的紅花，是他的作品。那巨扇的柔軟邊緣向內捲起，被它自身的規模負累得微微抖動，定睛看時，紅眼睛竟像活了，裡面放出妖異光彩來。

不過這奇景只肯給凡人亮一下。屏風一折一折合攏，變回一束白羽掃帚似的拖著。白孔雀以輕柔的聲調說：「明天早晨這裡同樣會有美妙的秩序和陰翳。」

我偷偷從鼻子裡嗤出一股氣，天知道這話什麼意思，又偷偷瞥他一眼，看他的失望有多重。

孔雀像謝幕般一欠身：「請允許我表示感謝，遇到貓的時候，幫我轉告它『杓鷸以燈塔的輓歌為代價奪回貓頭鷹岬角』，好了，上樓去吧，祝你們成功。」

我們鞠躬道別，一前一後走過它身邊，踏著漆成鐵鏽色的木樓梯走上去。上了幾階，我冒著變成鹽柱的風險回頭看，孔雀已經不見了。

木板在腳底發出咯吱咯吱的聲音，旋轉上升的樓梯真長，總也走不到頭。他伸手摸一摸樓梯扶手，上面乾乾淨淨。一旁牆上懸掛著這個家族成員們的肖像，方形和橢圓形鍍金框裡有好幾版全家福：好幾位年紀相仿的、或威嚴或溫柔的父親，好幾個嬌俏地歪倚在長輩大腿上的女兒。哪幅畫裡都沒有外面睡在馬車旁邊的男人和大理石雕像婦人。他問：「為什麼沒有玫瑰的全家福？」

我說：「她母親去世後，所有跟她有關的畫像都摘下來了……」話沒說完，就看見了貓。貓在一個轉彎處的樓梯角上，懶懶地歪躺著，是隻黑貓，黑得像一片陰影，陰影前端亮著兩隻金橘色圓眼睛。我們照舊恭敬地說：「尊貴的先生，您好。」

黑貓瞥出冷豔的一眼，低下頭舔爪子，恍若未聞。

他說：「傑克先生請我轉告您，『杓鷸以燈塔的輓歌為代價奪回貓頭鷹岬角』。」

這話管用了，黑貓抬起頭，肅然琢磨一陣，點點頭，開口說話了，聲音是極好聽的男低音，讓人耳朵裡長了天鵝絨。「你的眼睛顏色真漂亮，我希望我也有一對藍眼睛，可惜，藍色跟我的毛色不太搭。能過傑克那一關，很了不起，不過你可知道我需要什麼？」

他答：「是的，我知道。」他從腰囊裡拿出小瓷碟放在樓梯上，又取出酒瓶，嘴巴咬開木塞，把裡面乳白的液體倒進碟子。

黑貓從蜷縮一團的姿勢裡立起來，走到盤子旁邊，低頭嗅一嗅，伸出西瓜瓤色的舌頭，先浸了浸舌尖，接著吧嗒聲頻率加快，很快那一點豹乳被舔得精光，碟子比洗過還亮。

它弓起脊背伸個懶腰，再次側臥下來，緩緩把身子拉成細長一條，說：「這麼幾年總算吃到點像樣的東西。可惜，裡面要是再摻些蜂蜜就好了。我有個問題要問你，如果能變化，你希望自己變成一種什麼動物？」

這問題問得前言不搭後語，貓畢竟不像在宮廷裡待過的孔雀那樣文雅圓滑。可他居然答得很快，像個無可挑剔的優等生。「天鵝，我會選擇變成天鵝。」

黑貓說：「好選擇，好極了。你可以往前走了，遇到悲痛夫人的時候幫我轉告她『水蛭懼怕鹽』，去吧，祝你成功。」

沿著螺旋樓梯繼續往上走，他悄聲跟我說：「如果沒滿足它，沒通過考試，那隻貓會怎麼樣？跳起來撓人？」

我冷笑一聲：「這麼快就得意忘形了？可別小看人家，它只是外形看上去像貓，實則是會吃人的妖魅。」

忽有嬰兒的哭聲炸響，哇的一嗓子，像尖銳的一錐子扎進這沉重得結塊的、黎明的寂靜裡。

我和他都悚然一驚，暫時停住腳步，哭聲啊啊地接下去，是從頭頂傳來的，但抬頭只能看到上面一圈樓梯的底部。我們一梯一梯地走上去，轉個彎，樓梯盡了，看到走廊和樓梯的交界處站著一個懷抱嬰兒的女人，長髮蓬亂，一身白布寬鬆裙袍，膝蓋以下部分有大片發黑的汙漬。不只嬰兒哭，那女人自己也不住抽泣，兩種質地不同、互為補充的哭泣猶如綿密的二重奏，走廊的天花板和牆壁上濺起些微回聲，更顯得孤立無援。天花板上一圈黃銅分枝燭臺的光，被聲浪帶得陣陣哆嗦。

嬰兒的啼哭不時被自己嗆住，母親架起手臂當搖籃似的來回晃動，歪頭看著嬰兒，嘴裡柔聲呢喃無邏輯的詞句，但這種慰藉像水潑到石頭上，嬰啼固執地持續，幾個短促不歇氣的啊後面跟著一個拖長的嘶吼。嬰兒是介於人獸之間的生物，那拒絕掩飾的怒氣原始得刺耳，讓人頭皮發麻。

貓口中的悲痛夫人必定就是她。其實她歲數很小，至多二十出頭，臉頰上那層少女的肥潤還沒徹底磨蝕掉，她呵哄一陣就哽咽不成聲，跑調跑得心酸。我和他呆站著，一整晚見的都是些異類、妖靈，這時面對一個同類，反倒不習慣起來。當然，她也不是真正的人類，她只是一縷不得解脫的魂魄幻化出來的，痛苦像大頭針釘蝴蝶標本一樣，把她的意念釘在了生命最後一刻。

我不知道怎麼打斷她，一捅他後腰，他開口了：「夫人，您好。」

終於，她抬起一張眼淚鼻涕交錯的臉，眼神被淚水沖散了，看人像在看雲霧。我忽然明白，她裙子下襬上不是汙漬，是乾涸的血。

他說：「貓先生讓我轉告您，『水蛭懼怕鹽』。」

她臉上浮起一個比哭還悽慘的笑，「謝謝。」

我甚至怕她只顧悲痛，忘了問那個問題，幸好，儘管鼻音濃濁，抽噎又把話沖得一截截的，她總算問了：「既然，你要過去，你可知道，我需要什麼？」

他答：「是的，我知道。」

他取出一只小盒子，玫瑰父親口袋裡那只嵌螺鈿紅木盒，擰緊盒底發條，再掀起圓形盒蓋，那雙捧著綠葉紅花的小手開始徐徐旋轉，音樂聲響起，奏的是布拉姆斯〈搖籃曲〉。金屬梳齒刮過圓軸上凸起的疙瘩，每個音符都薄脆得像一小片冰，伶仃地飄落下來，嬰兒哭聲竟隨之減弱了，那母親驚詫地看一眼捧音樂盒的人。他走到她面前，把音樂盒舉在嬰兒頭顱上方，瓷手與紅玫瑰有條不紊地轉動，彷彿那下面連著一雙看不見的手臂，有一個看不見的小女孩，因得到這朵花快活地旋舞。母親跟隨曲調低聲哼唱起來。

我始終站著旁觀，沒有走近，看不到嬰兒的臉，但他和那母親的表情猶如鏡子映照出嬰兒的變化。兩顆頭以同一角度歪斜著，眼神像陽光穿過透鏡似的，灼熱地彙聚在同一點，臉上也現出同一種鬆弛和欣慰。

發條將到盡頭，音樂盒的音樂變慢了，啼哭逐漸變成睡意朦朧的哼嗚，最終停歇下來。兩人仍保持那姿勢凝視一陣，直到音樂也歸於寂靜。

她抬起頭，臉像是被揉皺又鋪平的一封信。他把音樂盒的蓋子合起，垂下手，後退一步，站回我旁邊。

她說：「謝謝你，藍眼睛先生。唉，真抱歉，我光顧孩子，頭髮也沒梳，衣服也沒換……」她一面說一面把嬰兒往臂彎裡推推，單手托著，騰出一隻手撫摸鬢角、頭頂，手指沒壓過的地方，亂髮也平了，像有把無形的梳子在頭髮各處走動，再定睛看，她的長髮好好束起一個順滑的髻，裙子前襟的血漬也不見了。

她又用手掌抹抹腮邊，這時他問了句奇怪的話：「孩子的父親去哪兒了？」

她搖搖頭，用苦笑代替回答，不，那笑容裡甚至不完全是苦澀。

他說：「您是不是也有問題要問我？」

「是，我想問，該怎樣讓被父親遺棄的孩子活下來？」

他一動不動地看了她很久。最後一場考試的最後一道題目，竟彷彿是專給他設計的。我從側面瞧著他，看著藍眼珠表面凸起一層薄薄的水膜，但表情很鎮定。他像醞釀歌詞一樣提煉出答案，答案想好了，他走過去湊到她耳邊，小聲講了一段話。

我聽不到他說了什麼，只看到她嘴唇那條線一緊，只剩一道切口，嘴角抿出些紋和窩，睫毛像雨中的樹葉般垂下。他說了什麼呢？說他父親怎樣留下一個胚胎就登船遠走？說他怎樣在母親諸位男友們的臉色裡度過童年？說他怎樣一個人守盡母親最後一口氣，獨力給她換上殮衣，然後獨自掙扎長大？……

他說完，那女人朝懷中嬰兒端視一陣，臉上浮起一個真正的笑，這笑容舒暢多了。她翹起的嘴角開始變透明，像雪人從被照得最暖熱的地方融化，又像信紙投入火中，一塊一塊消失。

我最後聽到的是嬰兒夢中的一聲呢喃。

我跟他又朝空氣裡瞪視一陣，才明白，沒有了。

所有關卡都過完了，他成功了，不會再有第二十八號。我的任務完成了。

然而我喉嚨猛地一陣發乾，猶如真正的危機迫在眉睫。我說：「走廊盡頭倒數第二扇門，就是玫瑰小姐的臥室，可別認錯。」

他說的卻是：「什麼時候了？天快亮了沒有？」

走廊裡有窗戶，沉重的繡金邊紅簾遮擋著，直垂到地，他端著傷手走到最近一扇窗邊，撥開簾子，察看被天光兌得稀淡的黎明，自問自答地說：「大概還有一小時天才亮呢，還有時間。」窗邊立著一個黃檀木獨腿圓几，上面的花瓶倒了，象牙色風信子掉出來，他把花瓶扶起，花插好，牆上掛著小幅〈神曲〉題材的蝕刻畫，畫框有點歪，他又伸手給托正。

我留在原地，整個人空得淒然。看他不慌不忙地幹這幹那，那股積極又回到他四肢裡，我有種奇怪的感覺，從剛才那句話開始，他打定主意要做什麼重大事情了。

這時他站在那個臥室和我之間的中點，招招手。我走過去，這是整個長夜裡的第一次，他給我發指示。他就坐在那扇窗旁邊的地上，倚著牆，又拍拍身邊的地毯，示意我也坐下。

我就坐下。

他兩腿平放成一個銳角，頭往後擱在牆板上，面孔斜著向上，鼻腔與喉管和肺扯成一條垂直線，鼻子裡暢快地噴出一口長氣。

我也把腿擺成銳角，但腳尖碰到他踝骨上了，遂又折起腿來立著。這樣子是要說兩句話的，不說話就不像話。我說：「我的嚮導工作已經結束了，合作愉快，先生！」

我聽見我心裡有個人在哭，就像夢見宮殿的孩子醒來時的痛哭。

他說：「是的，佣金我會加倍付清。」

走廊裡的銅座鐘滴答作響。我又說：「看來你真是預言裡解開詛咒的人，現在就差你推門進去，嘴唇一碰啦。嘿，吻個姑娘你總會吧？」

他的頭以跟牆壁的切點為中心，朝我旋過來，歪斜地一笑：「嗯，我會。」

然後他眼睛望向別處，望著幾米外趴在那兒熟睡的漿洗女傭，一點不怕冷場地皺眉閉嘴。我近乎絕望地再撈起一個話題：「嘿，你的手怎麼樣？」

他說：「還好。」簡潔得非常不領情。

我跟他肩膀中間有道窄窄的縫隙，縫隙裡藏著那個黑洞。誰也碰不到誰，但身體裡有另一個身體鑽出來，糾纏在一起。空氣裡充滿了那種看不見、沒發生過，卻比存在更確鑿的東西。他的頭一直沒旋回去，眼珠又看到我臉上。我沒抬頭，只盯著他擱在大腿上的傷手、手上有點髒的裹布，但被他盯著的那半邊臉像灼傷了。

他說：「這一夜真長，湯姆。」

我小心地呼吸著，等著，在軀殼下縮成一團。真的，這一夜太長了，簡直長過了頭，太多意義無窮的褶皺、太多故意忽視的感覺，這時那些感覺沉澱下來，變得具體、龐大，無法忽視，宛如雕像從石頭裡脫胎而出。

我轉而去看那扇門，做最後一次努力：「你為什麼還不進去？你已經是被魔法選中的人啦。」

「我不進去了。」

一股熱浪沖到鼻子和眼睛之間的位置，我捏著拳說：「試都不試嗎？……那豈不是白丟一根手指？」

「不，當然不白丟。」

他的聲音柔和得能有一百種誤解。我轉頭看他，他的眼白是天將破曉的顏色，他的藍眼珠無可形容。銅座鐘滴答作響，捲走夜晚的碎片。我的心臟像胡桃夾子裡的一顆胡桃，鐵柄握在他手中。

等到手背發癢，我才知道落了淚。

「對我來說，魔法是跟你走完這一夜的路。」

眼前一黑，跟著是一藍，他的藍眼睛陡然擴大到無限大。胡桃夾子裡傳來硬殼破裂的一聲。始則腮頰相倚，作為眼淚的防波堤，隨後唇肉上感到蝴蝶腳尖似的碰觸，是蝴蝶令它珍重的東西變為玫瑰。我的淚湧得更凶。只有九根手指的一對手掌把我抱進去，抱進他身體構建的城堡。我的身子撞到他胸口發出咚一聲悶響，像什麼東西終於落了地。

得走過多複雜的迷宮，才能讓正確的修辭找到正確的人？才能讓錯誤的精靈聽懂誠實的歌詞？他吻得像一個溫暖的深淵，深淵底有火，也有湍流，我只想飛撲進去，不顧一切。他的左手很知輕重地擱在我後頸處，裹在那手上的明明是我自己的襯衫布料，卻有了助燃物似的異常觸感。我毫無怨尤地顫抖著，以沒章法的舔舐迎迓索取的嘴唇，品嘗這個片刻，那道天鵝絨傷口以巫術一般的開合，把我融為其中的肉和血。

過了不知多久，他挺直脖頸，看著我，微笑如一個謎底，如完成魔術的魔術師，手仍留在我手臂上，像魔術師握著他的鴿子。銅座鐘滴答作響如音樂。我動動嘴想說話，發現嘴唇變得陌生，是那種南瓜變馬車的陌生，它承擔了太多熱望，沉甸甸地充著血，我猜它現在肯定紅極了，他的凝視證明了猜測。

他伸手想撫摸我的嘴唇，指頭像看花人想碰一碰花瓣又在最後一毫米停下來。「你的名字不是湯姆，對不對？湯姆只是『tomboy』②的意思。我要你的真名，你的拉丁原名。」

我看一看不遠處的門，說：「你去吧，推門進那間臥室。」

他眼眶撐圓了一圈，我搶在他拒絕之前說：「不，不用獻吻。你不是一直好奇玫瑰長什麼樣嗎？你可以看一眼就回來。我希望你看。等你回來，我就把一切告訴你。」

我坐在那兒：疲倦、安寧、滿足。我望著他朝臥室走去的背影，即將發生的一切我都知道。他會轉動門鈕，拉開門，他會看到一張四柱上有鬱金色纏枝花葉的床。詛咒實現之夜的那一切都在，原封不動：朱漆衣櫃還在；床頭櫃上沙拉、蘋果和牛奶的晚餐還在，蘋果還新鮮，牛奶剛結起一層薄皮；枕下嵌肖像的金雞心項鍊還在；床前帶血的繡花手絹還在……但床上是空的。

玫瑰小姐不在那裡。坐著等他的就是玫瑰。

我將告訴他，在我十三歲之前我的女巫母親從未想過教我巫術，她本來期望我有平庸快樂的一輩子。在生命最後幾個月她不止一次對這決定感到後悔，那時我們已經沒時間了，她只來得及教會我一件法術：如何操縱人的夢境。好在這也夠用了，我跟母親齊心協力，讓這件事不再是氣息奄奄的被動等待，即使不得不陷入沉睡，我仍可以自己選擇，把主動權抓在手中。

我將緊緊擁抱他，告知他以放棄我的方式得到了我，如果他不曾選擇放棄推開那扇門，如果他沒有親吻「湯姆」，那麼他就會忘記這個夢，忘記所有進入城堡的訣竅。

我將告訴他真實的我在夢境之外等待他，等他用真實的吻把我喚醒。

我將為他念出初見面時，湧上心頭的但丁詩句：

碧空純淨，一直延伸到第一重，
彙集在晴朗的天色之中，
東方藍寶石的柔和光彩
南半球的天空

②假小子。

這景象又開始令我賞心悅目，喜不自勝，
而我不過是剛剛離開那死亡的氣氛，
那氣氛曾令我滿目淒涼，心情沉重。

我將對他說：你的雙眼就像那天空。

二

這天清晨，外鄉人史蒂文在客棧的床上醒過來，夢境剛逸出窗外，所有細節歷歷在目。夢的結局是他吻了一個起初以為是男孩的女孩，她在他耳邊輕聲說了一段話。

他起身，收拾行裝，準備去闖傳說中的睡美人城堡。他在腰囊裡裝了一副鞣得極柔軟的手套、一把磨得極鋒利的短刀、一枝獾毛畫筆、一瓶用軟木塞封好的酒，最後放進他母親留下的一枚戒指。

臨行前他走進小鎮賭場，照夢中人的囑咐，把身上所有錢都投下去，賭自己贏。

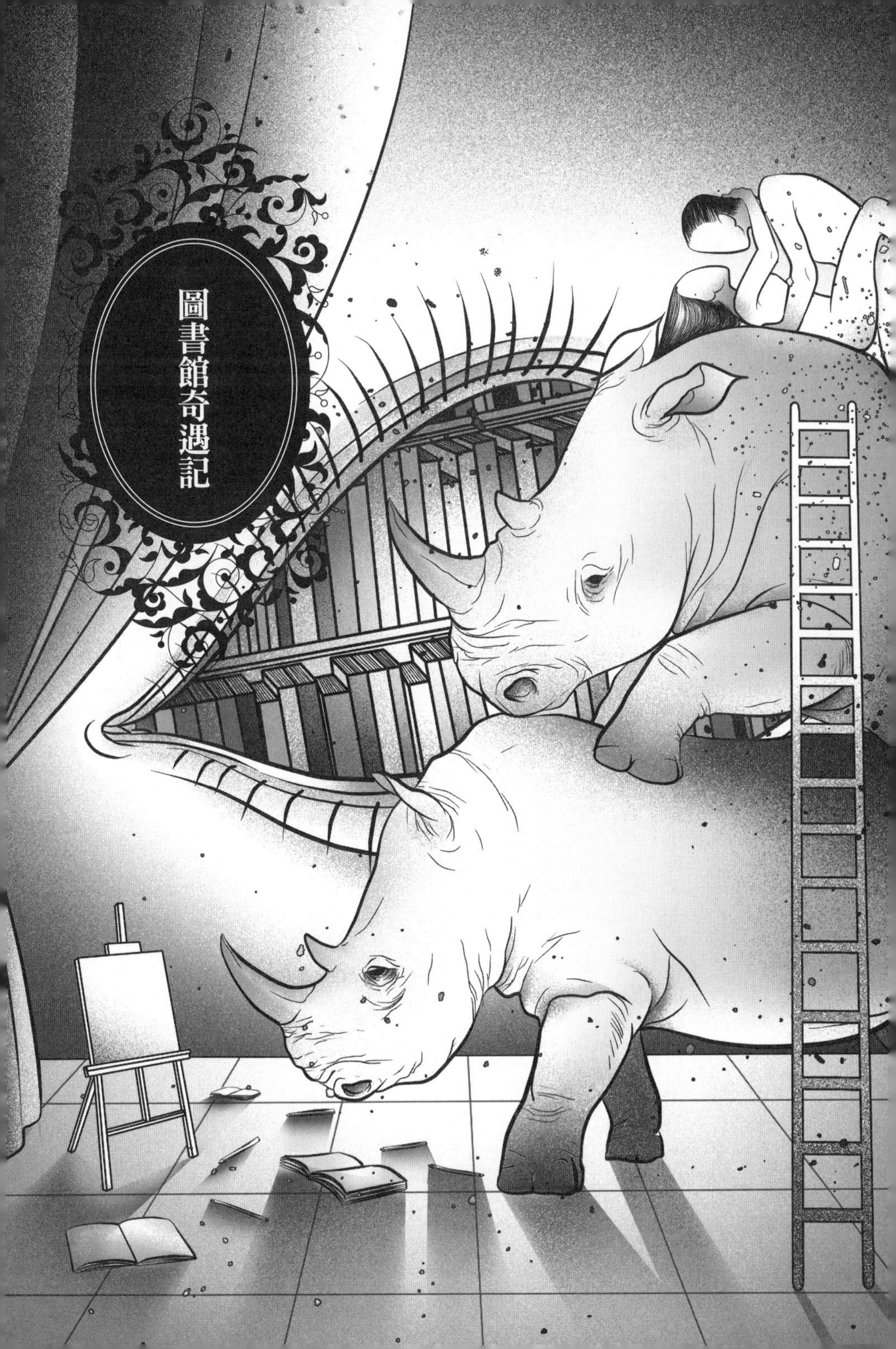
圖書館奇遇記

下午五點鐘，峽灣背著畫具回到幸運路十三號院。上週，她在琳琅閣公園賣了一幅水彩給一位日本遊客；這週生意倒也不算太差，只不過比上週少賣一幅。琳琅閣是清代藏書家建造的藏書樓，重簷歇山，脊獸俊美，乃本地名勝，也是滿城建築裡峽灣畫得最熟練的一座。

不過天冷了，園子禿了，遊客像窮人家的粥一樣愈來愈稀，畫也賣不出去。峽灣拽著腳走在通往十三號院的窄路，口袋裡裝著一塊既是午餐又是晚餐的夾心麵包。

十三號院是一幢老樓，原本是旁邊鋼鐵廠的職工宿舍。鋼鐵廠早就不復存在，職工也都變成了七八十歲的老頭老太太。有些實在老得沒法獨居的，便搬去跟兒女住，把這兒的老房子租出去。峽灣的房東就是一位搬到雪梨去帶孫子的老太太。她從道路兩邊一長串汽車構成的小巷走向十三號院五單元樓門，大多數汽車輪子上都蓋一塊小木板，因為老太太們養的狗愛往輪胎上撒尿，管你是保時捷還是瑪莎拉蒂都給尿出一對騷輪胎。

五單元一樓最靠外這間，是送飲用水的；另一間的租客在屋裡搞美容按摩，門上掛木牌，上寫「幽蘭境界」，路過確能聞見一絲怪怪的香味。二樓的一家是靠退休金度日的喪子老夫婦，平常沒動靜，也不開門，只有每週末孫子過來時有些聲氣。另一家剛生了二胎，每天垃圾袋倚牆排出三四個，嬰兒傘車、幼兒三輪車都陳列在樓道裡，配合室內時而傳出的氣勢磅礴的嬰啼。峽灣有時會遇到抱嬰兒出門晒太陽的安徽老太太。人家總是立即站住，臉上平地就起了一個親善極了的笑，說：「小寶快看，大畫家阿姨。」這種笑總是弄得峽灣抬不動腿，覺得不陪著聊一會兒，自己就是反社會人格。

樓上樓下的人都叫她「大畫家」。其實當街賣藝，不算畫家；給餐館牆上畫車輪大的鳳梨披薩，也不算畫家；要在正經畫廊裡參展並且賣出畫，才算。峽灣畢業第二年，就有兩張作品在城裡第二大的畫廊參展，有一個日本商人買了其中一幅。可惜又幾年過去，識貨如柴崎先生的人再沒出現過。

島礁是這麼安慰她的：「賣出一幅就行了，梵谷一生也只賣出一幅〈紅色葡萄園〉，所以就算你今後再也賣不出畫，美術史的某個段落裡照樣會稱你為畫家。」島礁是峽灣的合租夥伴，不是男友。當初很多人覺得跟一個單身男人合租，不啻開門揖盜，危險大來哉。峽灣卻一點都不在乎，被人擔心得急了，她就笑笑說，他跟我掰手腕都掰不過我！

其實她知道島礁只是讓著她。他是個頗有騎士風度的男青年，一起看房、交完定金之後，說好平攤房租，但他慷慨地把向陽的大間臥室讓給了她。

島礁在大學裡念的專業十分冷門，叫「圖書館學」——每次自我介紹都要跟上一大串解說的冷學科。現在他靠寫作為生，什麼都寫，書評、影評、藝術評論、小說，每類稿子的稿費都很微薄。他為自己確立的主業是寫小說，寫其餘東西都是兼職，為了養著寫小說的那個自己。他出版過一本短篇小說集，可稱為作家，但自我介紹時又不能自稱「我是個作家」，就像峽灣也不好自稱「我是個畫家」，只能彆扭地說「我是個寫小說的」、「我是個畫畫的」。記者是者、律師是師，都有個平易、和藹、穩固的社會位置，唯有作家、畫家，如果不成「家」，就只能飄忽而不確定地存在著。

有一回，某個編輯約島礁給一個極少主義藝術展寫評論。展覽主角是峽灣的大學教授，她雖畢業了，也被叫去，穿著旗袍站在門口，負責請嘉賓簽名。恰逢她那天剛得知，一筆插圖稿費又要被拖一個月才能拿到，心情奇壞，而島礁簽名時隨口開了一句封塔納③的玩笑，峽灣立即毫不留情地嘲諷他。展覽結束，兩人從美術館一路吵出來，都覺得必須一起吃頓飯接著吵。在一家小館吃完臘八蒜炒肥腸和糖醋帶魚，預先花掉那篇評論的稿費之後，他們已經決定搬到一起了。

就像福爾摩斯和華生一樣，他們開始搭夥生活。除了窮之外，他們還有非常多的共同點和互補之處，實在是彼此的最好選擇。例如，一個喜歡做飯一個不喜歡；作息都不穩定；都不喜愛貓狗等寵物……

峽灣有兩個姊姊一個弟弟，三姊妹依次相差一到兩歲，俗語叫「踩著肩膀下來的」。父母要求她們必須、至少、起碼要把弟弟買房結婚的事辦妥。大姊工作五年，給弟弟攢出一套房子的首付；二姊工作四年，給弟弟攢出一半彩禮。峽灣收入微薄，每月幫弟弟還房貸都很吃力，在家裡有些抬不起頭來。好在小弟雖然換女友如風車，但對三姊感情特好，當遊戲代練賺的錢儘管不多，給女友買耳環時還會想著給姊姊捎一副，十分感人。

島礁第一次聽說峽灣每月替弟弟還貸，平地跳起三尺高。「這！什麼爸媽！什麼弟弟！壓榨女兒！簡直！吸血鬼！」

峽灣坐著看島礁跳高，顯出一種深思熟慮後的平靜，「我還是愛他們的。再說我又能怎麼樣呢？跟家庭決裂？那我過年去哪裡吃年夜飯？世上除了他們誰還願意叫我的小名，知道我愛吃加糖的番茄炒蛋？」

貧窮利於營造齊心協力的心境，比什麼膠合劑都牢固。每個月峽灣搜腸刮肚地繳完房租和弟弟的房貸，總會陷入暫時的赤貧，只能由島礁承擔兩人的飯費。等到島礁的稿費延遲、沒錢吃飯的時候，他們就花峽灣賣畫的錢。

不過，沒有，他們倆沒發生戀愛關係。有一次峽灣半夜去衛生間洗澡，洗完發現忘拿乾淨衣服，就大剌剌走出來。剛好島礁失眠了，到客廳書架上翻書，兩人撞個正著。

連這樣難堪的時刻，他們也只是用一陣大笑把自己從中解救出來，風一樣跑回各自屋裡，隔空互相大聲揶揄，然後就那樣過去了。貧窮閹割掉的東西，不只是欲望。

在欠費停電的春夜，空調壞了沒錢修的夏夜，晚飯沒吃飽、餓得睡不著的秋夜，以及捨不得開電暖器、凍得睡不著覺的冬夜，他們盤踞在客廳沙發上，同休共戚得猶如一個孤島上的兩個難民。挨過漫長時刻的良方是講故事。島礁會給峽灣講各種故事：他讀過的、寫過的和順口現編的故事。比如關於琳琅閣，他的故事如下：

你一定知道琳琅閣的創始人是誰，對，蕭士鏑蕭閣老，此人當年躲避黨爭，辭官回鄉，

---

③盧齊歐・封塔納，義大利藝術家，「極少主義」鼻祖。

建了藏書樓。這樓名氣雖大，但幾乎是座死樓，常年鎖住不開。樓門口豎有禁碑，上面有七七四十九條禁令，書禁離樓，燭禁入樓等等。除了管理人員，族中男丁每年祭祖時可登樓一次，族中婦女則永久禁止入內。是啊，我也知道，太不合情理了。

不過在故事裡出現的禁令，肯定是留待打破的。

蕭氏旁支裡有一個女兒，嗜好讀書，自幼夢想上樓去翻閱善本典籍。她十七歲那年夏天的某個夜晚，就像你和我現在置身的這個夏夜一樣燥熱。古人沒空調、沒風扇，就算她家可以在屋裡放冰塊，也涼快不到哪兒去。這個女孩睡不著，起來找貓玩，但貓又不見了。她獨自出屋尋貓，溜溜達達到了後園，站在掛上粗鐵鍊子重鎖的院門外，凝望裡面重簷歇山的藏書樓，呆呆出神。

樓門前有個小水池，是防火用的消防池，此時月明星稀、靜影沉璧，琳琅閣就在十幾步開外，卻跟她永生無緣。就在感歎之際，她忽然看到水池中心無風起了一陣漣漪，漣漪中心竟然鑽出一個人影。

那個人影動作敏捷極了，濕淋淋地爬上岸，貓著腰飛快向藏書樓跑去，瞬間消失在濃重的芭蕉樹影子裡。

賊！她差點大喊起來，但聲音到了舌頭根又縮回去。她找了牆邊一棵大楓樹，三兩下爬上去，翻進院門裡——我忘記說了，這女孩平時調皮得很，爬樹登高靈活得跟貓一樣。青磚地上的濕腳印還沒乾，她循著腳印找到了偷書賊在琳琅閣牆根打的一個洞，一棵芭蕉樹倒在一邊，是盜洞的掩體，看樣子賊來過不止一次。

女孩毫不猶豫地一頭鑽進洞裡，順著洞爬了進去。洞壁被小偷弄得濕漉漉的，因此她進去時，頭髮上衣服上全是泥。那天是滿月，清亮的月光斜斜從窗口照進來，她看見那個偷書賊站在書架前，從一個皮口袋裡拿出火鐮刀一下一下打火，把火絨點燃，在那過程中他不時抬頭看她一眼，用一對漆黑漂亮的眼睛上下打量她，鎮定得令人吃驚。

火絨打著，他的半張臉被照得更清楚了，是個比她大不了幾歲的青年，濕透的黑衣服緊貼皮膚，顯得修長精悍，像一隻黑貂。

她問：「你是怎麼進來的？」

盜書賊不慌不忙地說：「這個湖下面與外邊河道聯通，我從小水性好，能閉氣，再用豬尿泡裝一口氣，中間續一次，就能進來了。你是蕭家的人？」

她點點頭。他面上浮起狡黠笑意：「那請多包涵吧，現在我要脫衣服了。」

她吸一口氣，半轉過身去，又倒退了好幾步。「你脫衣服幹什麼？」

「我的衣服上全是水，會把書弄濕。」他不客氣地把自己剝得精赤條條，只剩下身一條犢鼻褲，邊脫邊說，「我知道蕭家族規禁止婦女登樓，你肯定也是第一次上來，想看什麼書，你自己去看吧，咱倆互不干涉，你也不用謝我了。」

「你是來偷書的？」

盜書賊冷笑一聲：「不偷書，難道我專程上你家樓來看風景？」

「為什麼要偷？」

「不偷出去，外面愛讀書的人誰能讀得上這些典籍？我這是做善事，你懂嗎？」

她顧不得羞澀，轉過身面對著他，正色說道：「你不要偷，可以借回去抄一抄，再送回來，這樣琳琅閣沒有損失，你也不用背負賊的罪業了。」

盜書賊驚訝地看著她，哈地笑出聲來：「你這話好沒道理！有兩個書坊老闆已經跟我高價預訂了幾十冊，沒書我就沒錢拿，這個損失你負責補償？再說，你怎麼知道我把書拿走了，還會送回來？」

她笑一笑說：「你會回來的，我知道。」盜書賊剛要說話，嘴巴張開了合不攏，月光映照之下，他面前的女孩伸手解開泥漬斑斑的衣服，露出美好的身體。

他們在滿架經史子集、方志名錄的環繞之下，擁抱著躺下，躺在溫暖的櫸木地板上。夏夜的甜香從窗縫裡鑽進來，飄浮在距離地面半尺的空氣中。她仰頭問道：「你覺得，這個能補償你的損失嗎？……」

峽灣聽到這裡，也張開嘴巴合不攏：「這是正史還是野史裡記載的？」

島礁笑道：「當然都不是，是我編的。」

她又追問：「後來呢？後來偷書的人回來了沒有？」

島礁說：「後來？我還沒想好。」

之後，峽灣再到琳琅閣公園寫生或賣畫，常會想起盜書賊的故事。每到心情不佳的時候，她就要求島礁把故事講下去，又要他一定不能講完。在欠費停電的春夜，空調壞了沒錢修的夏夜，晚飯沒吃飽、餓得睡不著的秋夜，以及捨不得開電暖器、凍得睡不著覺的冬夜，盜書賊一次一次帶著謄抄完畢的善本回到藏書樓裡，那兒有懷抱火熱的姑娘在等待他。

她不止一次真心實意地對島礁說：「你有天賦，真的，你一定會成為受人認可的大作家。」

因此當她推門進來，看到島礁面朝下倒在客廳的書架旁邊，想到的第一件事是：完了！要是他英年早逝，那整理、出版遺稿的任務真要落到我身上？……

在跑過去的途中，她把肩膀上的畫架、背包卸下來扔了一路。她把他翻過來，一邊用力拍打他的臉頰，一邊喊叫他的名字，又擰開身上挎的水壺蓋，把冷水澆在他腦門上。

沒過幾秒，島礁悠悠醒轉。他定睛看了一陣坐在身邊喘粗氣的峽灣，虛弱一笑，說：「萬一我真的英年早逝，你一定得幫我出版遺稿……我的小說在E槽那個叫Neverland的資料夾裡，你知道吧？」

峽灣歎一口氣，不太笑得動，「我知道，等書印出來我會帶幾本去給你掃墓，燒化在墓碑前面，滿意了沒有？」

島礁抹著臉上的水，氣若游絲地說：「你還有沒有吃的？」

原來他是餓暈過去的。峽灣從口袋裡掏出那個巴掌大的夾心麵包，撕開包裝，剛放到他嘴邊，他臉上就出現一個黑洞，那個麵包猶如雪花落到火上，瞬間消失了，快得像一種魔法，只有餓得顧不上用餐禮儀的人才能掌握這種魔法。峽灣又扶著他喝了幾口水，等噎在喉嚨裡的麵包沖進胃袋，島礁的眼珠終於有了光彩，他抬手搭在額頭上，小聲說：「對不起，我剛才吃掉的是不是你的晚飯？」

「是咱們倆的晚飯。」

過了一會兒，島礁搖搖晃晃地站起來，躺到沙發上去。峽灣拿一只墊子讓他把雙腳墊高。島礁問：「你今天賣出畫了嗎？」

「沒有。」

「你身上還有錢嗎？」

「咱們徹底沒錢了，一頓晚飯錢都沒有了，一毛錢都沒了。」

峽灣說：「我記得你昨天收到一筆五十塊錢的稿費。」

「手機欠費，五十塊都充進去了，扣掉欠費，現在還剩十幾塊，取不出來的。」

「為什麼只有五十塊，那麼少？」

「因為那是發表在地方報紙副刊上一首詩的稿費，所以高不起來。原本是四十八塊，還是編輯好心給我湊了個整數。」

兩人看著對方的臉，一下一下眨眼睛，滿面狐疑，像大人說糖沒有了，小孩子不肯相信：怎麼可能？怎麼會一點也沒了呢？島礁又說：「你給《本市月刊》畫的插畫呢？不是應該上個月發出來嗎？」

峽灣說：「拖期了，上月沒發，這月也沒發，就算下個月發出來，稿費也要隔兩個月才能收到。你不是也有《本市週刊》上的專欄稿費嗎？我記得他們欠了你兩期的錢。」

「那家雜誌社休刊了——也就是倒閉了，我的責編還有一個月的工資沒拿到呢。」

「還有一本《本國小說年選》選了你的小說沒給錢，我記得你說一定得找他們要回稿費，怎麼樣了？」

「他們每次都說，要收集到所有作者的地址之後統一寄出稿費，但兩年了，據說還有三個作者找不到。」

他們木然沉默了一陣，開始覺得有點恐慌。

從前，他們也經歷過幾回彈盡糧絕，不過找一些東西去賣掉，總能扛過去。現在屋內還有什麼能賣的？床、書桌、折疊椅，這些基礎家具都是跟房子一起租來的，屬於房東，不能賣（那用腳踹才能關上門的櫃子、能當搖椅坐的椅子也賣不出什麼價錢）；租房時自帶的折疊小圓桌、簡易拼裝書架等已經賣掉了。衣服？他倆的衣服一向是快銷店裡的返季打折貨，賣不出去。書？經濟條件稍好的時候曾有一陣頭腦發熱，他們在買書這件事上花天酒地了一番：峽灣買了成套的大開本收藏版精裝畫冊；島礁買下好幾位作家的全集，整箱整箱地搬回家。那段時間，他們還湊錢買了咖啡機、空氣淨化器、加濕器，但這種繁榮通常都是其興也勃，其亡也忽。一旦進入漫長的、入不敷出的經濟嚴冬，畫冊和書都送到舊書店賣了，價格被砍到腳後跟；咖啡機、空氣淨化器和加濕器也陸續變成了房租、水電費、瓦斯費、衛生費、無線網路費……現在他們共用的書架上只剩一套島礁爺爺的遺物：《莎士比亞劇作集》，還有一套小開本《狄更斯全集》。

「不行！」峽灣斷然說，「那個不能賣。」島礁只好把那套狄更斯擱回書架上——那是去年他生日的時候，峽灣送給他的。

兩人的房間裡更荒涼，除了一床一桌就是大大小小的箱子，唯一的裝飾是牆上峽灣的畫作。不過島礁發現，某天自己拿峽灣的炭筆隨手塗鴉的一張畫，居然也貼在她臥室的牆上。

峽灣眼裡多了點緊張，解釋說：「我認為你這張畫的線條大膽，很有借鑑意義，所以沒有扔掉。」

她轉身站在牆上掛的一塊方鏡前，摸摸自己的短髮。鏡子也是老鏡子，就像老嫗的眼珠一樣，黯淡、渾濁，水銀老成了不新鮮的腐水。她歎道：「早知有今天，我幾年前就該開始留長頭髮，現在就能到假髮店去賣了。」

島礁說：「早知我有今天，我祖爺爺幾十年前該買塊金錶當傳家寶。現在我就能把它當掉了——給你買鑲寶石的玳瑁梳子。」

她短促地哈哈哈笑了笑，問道：「你……跟家裡借點錢行不行？」

島礁臉上的笑意沒了。他把頭擺到一邊，又慢慢地擺回來，牙齒咬緊，把那個動作重複了好幾次。「不行，我不能讓他們得逞，我不能授人以柄，我不能讓他們掌握逼我回家工作、嘲諷我職業價值的證據。」

他的科長父親、醫生母親始終寄望他獲得「穩定生活」。他自己選擇的這種生活，上一頓和下一頓之間往往露著一條罅隙，對不上縫，呼呼地往裡灌世態炎涼的寒風。而一旦危機過去，暫時的小規模暴富也不是好事，長久被壓抑的物質欲望會反彈，讓人在狂喜中渾忘節蓄。要這樣拋物線似的折騰上幾遭，年輕人才能嘴軟，才會承認「穩定」亦有其美感。

「穩定」的意思就是生活得油光水滑，沒有縫隙，也就沒有銜接、沒有疤痕。收入與支出的對接嚴絲合縫確是維持尊嚴的底線。那些縫隙以及它們痊癒後留下的瘿瘤，會慢慢改變生活的屬性。站在縫隙的這一邊，有時感覺自己面對的是一道天塹。

至於峽灣的家人——他們倒是無暇「judge」（評判）她的職業與生活——她兩個親姊姊各有兩個小孩和至少一位患慢性病、醫藥費如黑洞的公婆，不能再開口借錢讓姊姊擔心。至於其餘親戚，有人離婚後帶著自閉症孩子到處聽講座治病，辛苦奔波地生活；有人給鞋廠老闆當外室，幾乎跟家人決裂，辛苦恣睢地生活；還有在外地打工賺點錢又被傳銷騙子騙走，辛苦麻木地生活。

那麼，跟朋友借一點？他們打開各自的通訊錄，一個個排查。有一部分是各種聚會上碰碰酒杯，加個聯繫方式的熟人，耶誕節、元旦也會在手機上發個節日快樂，但還沒哪個熟到能腆下臉借錢的程度。友誼是一種植物，需要用吃飯喝酒等養料來澆灌，因此窮人的友情花園多半跟他們的帳戶一樣蕭條；另一部分由五年以上的朋友和老同學組成，是通訊錄裡的中堅和骨幹，感情上倒是張得開嘴，但青年藝術家的朋友、同學也大多是青年藝術家，經濟狀況都好不到哪兒去。

他們又在房間裡茫然轉了幾圈，一邊走動一邊四處看，最後又不約而同地回到沙發這裡。沒幾步路，卻是一趟從希望到絕望的旅途。心思和腦子經歷過一番激烈取捨，兩人都有點氣喘，動感情也是一種運動，前者還更累一點。峽灣在沙發上癱倒，歎一口氣，島礁跟她平行地躺在沙發旁邊的地毯上。兩雙手都扣在腹部，一隻摞著另外一隻，上面那隻手的手指抓著下面那隻手的手掌，用一種歉疚的、小心翼翼的精神來鎮壓和撫慰，說來也奇怪，明明最缺燃料的地方倒能發出最大的噪音。

上面扔下來一個靠墊，丟在島礁身上，靠墊拉鍊在某次被拉開的途中卡在半截，露出裡面白花花的人造棉，需要不時往裡搗一拳，把肚腸塞回去。島礁把墊子塞到脖頸後面。峽灣說：「講個故事聽吧。」

「還講盜書賊？」

「不。你有沒有主角跟咱們很像的故事？」

「那我講一個匈牙利的小說——從前有一家三口，全靠父親在工廠做工掙錢，他上班必須穿乾淨襯衫，乾淨襯衫又得用肥皂來洗，肥皂七個銅板一塊。母親和兒子花了一下午在家中到處找，到處找，翻遍了每個抽屜和衣兜，卻只找到了六個。太陽快下山了，黃昏的時候，一位乞丐到她家來討錢，她向乞丐傾訴她的窘境。乞丐拿出一枚銅板送給她，她終於湊足了買肥皂的錢。但這時天已經黑了，她沒有點燈的油，衣服還是沒法洗。這位母親笑呀笑呀，直到笑得咯出血來……」

峽灣慢慢從沙發上坐起身，兩顆大眼瞪得溜圓，像被打了一棍，又像阿基米德剛想通浮力定律打算去街上狂奔。

島礁看到一個俯視的她，像智慧女神雅典娜口吐神諭一樣，重複故事裡的一個名詞：衣兜，咱們的衣兜。

他們的衣服都收在紙箱子裡。峽灣搬進來時帶了個可拆卸衣櫃，骨頭是空心鋼管，皮是牛津布，島礁幫她裝起來。幾個月後又幫她拆開，作為二手貨賣掉，然後兩人只花幾塊錢在收廢品的老太太那兒選了幾個紙箱子，拿回來，島礁說箱子也仍然是「可拆卸衣櫃」。峽灣用剩下的水彩顏料給箱子畫了新塗裝，蒙德里安抽象色塊是鞋箱，馬蒂斯剪紙小人是冬衣箱。

她把蒙德里安和馬蒂斯從客廳角落拽過來，撕掉封口的透明膠帶，掀開蓋子，一腳踹上去，箱子立仆，衣服嘔出一地。

島礁說：「你知道這像什麼？抄檢大觀園，『晴雯兩手捉著底子，把箱子往地下盡情一倒』……」峽灣跪在地上，衣服、褲子從她手裡紛紛飛出來，很快在空地上集合起一個小山包。她又說：「你的箱子呢？快去拿呀。」

島礁的每只衣服箱子外殼都貼著一塊白紙，標註內容：開衫乘二，黑、白；長褲乘四，磨白牛仔、黑牛仔、灰運動褲、黑運動褲。這是「圖書館學」的本科教育給他留下的分手饋贈：一種科班性質的井井有條。兩人一共有二十二件帶兜的上衣、褲子。從冬天的羽絨服口袋裡找到三個一毛錢硬幣，還有一張超市小票，是當時找零之後隨手塞進去的，兩人像挖到了金礦的礦苗，哇哇歡叫了一陣，往空中揮拳。接著更專注地開採，每個口袋都被捉著底子，往外盡情地一翻。

然而，再沒有別的收穫了，一毛錢也沒有。

失望比飢餓更讓人手腳發軟。他們拖著腿蹚過地上淤積的一層衣物，再次回到沙發旁邊，照剛才的姿勢躺回去。

躺了一陣，島礁說：「我又想起來了，你的床腳底下還墊著兩個硬幣。加上咱們剛找出來的三毛，就有五毛錢了。」

峽灣不說話。島礁說：「其實五毛錢真的不算少。你知道現在的作協主席是誰嗎？主席女士當年寫過一篇小說，小說裡的女主角能用五毛錢辦出一桌席。真的！她先花五毛錢買了一塊帶皮豬肉，單割下豬皮煮幾個小時，煮出一鍋黏糊糊的湯汁，再放上醬油、蔥花，等它凝固，第一盤葷菜：豬皮凍兒；剩下的肥肉切丁、裹麵、油炸，蘸花椒鹽吃，又是一盤葷菜：炸水晶肉；再剩下的瘦肉，摻上黃花菜、木耳炒，第三道菜：木樨肉；這女人又花兩分錢買一塊山楂糕，切絲後跟白蘿蔔絲拌在一起，這是涼菜；最後沏了一碗蝦皮醬油湯，二涼一熱，四菜一湯！但這個『五毛二分』的席是上世紀八十年代的價格，現在分幣幾乎絕跡了。咱倆想用五毛錢解決晚飯，菜單是這樣的：街邊攤的包子一籠十個，六塊錢，但只按整籠賣，想要單買一個，不知道行不行得通，得跟賣包子的說說情，萬一能買回來，我吃包子皮，餡兒讓給你吃，我占便宜，因為包子的褶兒上有個麵疙瘩；寵物商店裡的狗糧，最便宜的十塊一斤，五毛錢能買半兩，據說狗吃一段毛都不亮了，但是它頂飽，咱倆肯定能吃飽；超市和便利店裡，一根棒棒糖五毛錢，把它扔在鍋裡，多加水，煮成一鍋熱騰騰的糖水，連湯帶甜點都有了……」

峽灣說：「我當然記得床腳下面的硬幣，你列的菜單我也早就想到了，我甚至還可以給你補充。但這幾樣東西能提供多少熱量？一根棒棒糖十克，大約兩百大卡，你我平分就是一人一百大卡。天這麼冷，咱們穿好衣服下樓，走一大段路去買棒棒糖，那得消耗多少熱量？遠不止一百大卡吧？如果要去寵物商店，還得多走兩個路口。」

島礁說：「你的意思是咱們就躺著挨餓？」

峽灣說：「是的，照我的經驗，躺著不動反倒更節省體力，你再講一個故事轉移咱們的注意力，就不餓了。不過這次不許再講那種『笑出血來』的了，引發傷感情緒也很費體力。」

島礁說：「好吧，這次你想聽什麼樣的故事？」

峽灣說：「我要一個幸福快樂的故事，故事裡要有香噴噴的羊肉、牛肉和炸豬排的油脂味兒，還有吃飽了的人們。」

島礁說：「那好辦！」他將手在胸前優雅地向外一展，做了個即將表演似的動作，開始講道：「從前有個年輕女人，她從小鍾愛畫畫，母親教她烹飪的時候，她就用番茄汁在麵餅上畫自己想像出來的花朵，每塊餅上的花都不一樣。後來，她得到一枝奇妙的畫筆，是精靈贈給她的。精靈說，你可以選擇用這枝筆畫普通的畫，也可以選擇用這枝筆畫一些能吃能用的東西。

她問，我能給自己畫一個丈夫嗎？這話本來是半開玩笑的，但精靈先生和藹地說，當然可以！

「於是她就畫出了一個丈夫，那個男人立即從畫布上跳下來，摟住她，叫她『親愛的太太』。他就像所有好丈夫一樣，高大溫柔、關心房價、準時上班、每週健身。

「第一天，她的丈夫說，親愛的太太，今天我想吃烤羊腿。於是她畫出了一條肥美茁壯的羊後腿，又畫出最飽滿的洋蔥、大蔥、番茄、胡蘿蔔和大蒜，一切都像顏料一樣乖巧地擺放開，等著她。她先抽出後腿裡的骨頭，再在肉上塗抹橄欖油，細細撒上鹽和胡椒，羊骨頭跟洋蔥、大蔥、番茄、胡蘿蔔以及調味汁一起咕嘟咕嘟熬成汁，也淋在羊肉上，放進烤箱。在等羊腿烤熟的時候，她坐在廚房的檯子上哼了首歌兒。丈夫回來之後，他們滿足快樂地吃了一頓羊腿。

「第二天，她的丈夫說，親愛的太太，今天我不想吃肉了，我想吃麵食。於是她到市場買了一袋麵粉，以及南瓜、紫薯、火龍果、草莓、菠菜。她先把這幾種蔬菜水果研磨成泥，或絞出汁，然後把幾種顏色揉到麵裡，捏成花朵的形狀：金黃色葵花、紫色鳶尾花、粉水仙、紅玫瑰、綠荷葉。等待麵食蒸熟的時候，她坐在廚房的檯子上哼了首歌兒。丈夫回來之後，他們滿足快樂地吃了一頓麵做出的花園。」

這時峽灣插嘴說：「為什麼她不直接畫出那些做熟的食物？」

島礁說：「因為……精靈說過只能畫食物的材料！你不要插嘴！……好，我接著講了。第三天，她和丈夫希望有個小孩子。於是她畫出了一個男嬰，像瑪麗•卡薩特畫裡的小嬰兒一樣可愛而蠻橫，而且他長得特別快，嗅一嗅早餐的香味就長大了，兩個小時之後他長成了滿地亂跑、頭髮蓬亂、兩手髒兮兮的小男孩。丈夫說，親愛的太太，今天我們要慶祝，我既不想吃肉也不想吃麵，我想吃你烤的蛋糕和點心。孩子說，親愛的媽咪，我呢，我想要一盤子動物園，要有獅虎山，有熊貓館，有白熊。

「這次她幾乎畫出了半個菜市場。她烤了核桃酥、話梅餅乾、乳酪奶油蛋糕，然後開始做『動物園』。她把馬鈴薯搗爛，團成團，捏出獅子、老虎、熊貓；用蒸熟的糯米捏出白熊；用紫菜貼成獅鬃和熊貓身上的黑色部分；用炸馬鈴薯條做出圍住動物的柵欄……」

峽灣說：「這麼壞心眼折騰媽媽的小孩，想要動物園，買張票讓他在裡面野一天就行了。」

她等著島礁繼續講完故事，但沒等到聲音，以為他又餓昏了，趕快探頭去看。只見島礁的兩眼睜得像兩個鈴鐺。他慢慢從地上坐起來，臉上彌漫一種如夢如幻的表情，動作也像夢遊的人。他說：「咱……咱們有錢了，我想起來了，咱們……有錢了。」

他緩緩轉頭，眼眶裡目光像探照燈似的掃過來。峽灣有點害怕，小聲咕噥道：「什麼錢？」

「剛才你說到動物園、買票，我想起我之前辦過一張動物園的年卡；又想起，兩年前我在另外一個私人圖書館辦過閱覽卡……當時我付了三百塊錢押金。」

兩人互相看著，一下一下眨眼睛，那種睜著眼做夢的表情像飄移的雲朵一樣，從島礁臉上擴散到峽灣臉上。

三百塊。那豈止是一頓晚飯？那是一整個星期的牛肉燉馬鈴薯、平底鍋裡滋滋作響的炸培根……

島礁說：「穿上你最好的衣服，等咱拿到錢就去西餐館吃牛排。」

衣服都在地上，好找。峽灣撿了條包臀長裙，彎腰把腰圈放低，兩腿依次跨進去。她柔聲細氣地說：「牛排太貴，吃碗拉麵算了。錢最好還是計畫著花，畢竟稿費到底什麼時候下來，誰也不知道。倒是你，當初怎麼捨得拿那麼多錢繳押金？」

「當時我還有點錢，跟人合作寫書，預支了一部分版稅，而且寫書要的資料只有那個館裡才有。」

「閱覽卡呢？找出來，讓我見識一下。」

島礁選了一件最乾淨的襯衣換上。他說：「卡丟了，可能夾在哪本書裡，不小心一起賣掉了……不過沒關係，我當時登記了姓名、住址和身分證號，一對身分證就行了。放心吧女士，我有預感，咱們一定會肚子吃得飽飽的、開心得像神仙一樣回家來。」

「等等，現在已經晚上七點多了，那個圖書館不打烊？我是說，不關門？」

「不，它收錄的圖書題材特殊，所以是二十四小時營業，整夜都有人值班。」

「『題材特殊』？什麼題材？」

島礁慢吞吞捏著鈕釦往釦眼裡認，不太樂意說的樣子：「哎呀，也沒什麼特殊的，就是某種生活中常見的娛樂活動而已，到了你會知道的。」

峽灣大聲說：「現在就告訴我！不然我不去。」

島礁抬頭瞟了一眼牆紙圖案，說道：「性愛。」

「什麼?!」

「那是個收集世界各地性愛圖冊和書籍的圖書館。我是為了寫書找資料才去的，不是為了獵奇。你瞭解我的人品，對不對？再說，性確實是生活中最美好的一種娛樂活動，你對性沒有偏見吧？」

在他的講述之中，峽灣已經從最初的震驚中恢復過來。她點點頭說：「我當然承認。我是畫畫的，對性愛當然沒有任何偏見。而且這個圖書館幫你理財，我簡直想給它三鞠躬謝恩。等我有錢了，我要給他們送一面錦旗，上書四個大字：雪中送炭！」

島礁不動聲色地用鼻孔鬆出一口氣，笑嘻嘻道：「我猜到你會這麼說的，你要像別人那樣，我早跟你生分了！」他朝門做了個邀請的手勢，「好，現在可以出發去拿咱們的錢和晚飯了麼？」

鐘敲七點，兩位藝術家走下了幸運公寓的臺階。地鐵票漲價之後他們就沒再坐過，公交卡裡也早就沒錢了。島礁說：「不要緊，那個圖書館不算遠，一小時就能走到。」

此際月明星稀、晚風拂面，正是飯後百步走的好時辰，不過這句俗話的重點在於「飯後」，因此並不適合兩個胃加起來只有一塊小麵包的人們。兩人並肩走過大街，路過賣火腿、醬豬肘子的店鋪，十分默契地把頭轉到另一邊。而另一邊，很不幸，是個燈光更輝煌的糕餅店，櫥窗裡擺放著兩排雪亮得耀眼的奶油蛋糕，還用金黃色桃子和紅櫻桃裝飾著，猶如戴了一頂鑲紅寶石的金色王冠……他們迅速地瞟了一眼，就足夠看到那麼多東西，接著同時長吸一口氣。

只能抬頭往天上看了。兩人仰起頭，峽灣感歎道：「今天的月亮真圓，真黃。」

島礁說：「圓得像一個黃油烙餅，你讀過汪曾祺的〈黃油烙餅〉嗎？挖一大塊黃油，加一把白糖，兌點焙粉……」

峽灣說：「我覺得不像烙餅，像一顆黃油硬糖，那種含在腮幫上能甜幾個小時的『黃油球』，你小時吃過沒有？」

島礁說：「當然吃過，那時過年的什錦糖放在果盤裡，黃油球最多，底下黃澄澄的一片，不過誰吃糖都會先挑酒心巧克力、大蝦酥和花生烏結，實在沒得吃才會吃黃油球。」

繼續往前走，路過一家裡面人頭攢動、外面還有兩排人坐著等位的餐館，他們駐足了一會兒，因為餐館牆上掛著峽灣的畫作，能透過窗戶遠遠看見。島礁說：「你那張風景畫畫得真好。」但兩人的目光其實都在打量每個餐桌上的菜。

峽灣說：「要不咱們還是趕緊回去把那套狄更斯賣了吧？等你下次生日我會有錢再送你一套的。」

島礁說：「賣什麼也不能賣它，你讀過那套書沒？」

峽灣面露慚色：「沒全讀完，不過我看過《孤雛淚》的電影。」

「只要我給你講一講狄更斯，你一定會愛上他，你知道狄更斯寫什麼寫得最好嗎？」

「什麼？」

「食物。」

峽灣有點猶豫，不知道這個話題是否適合現在談論，但嘴巴已經像往常一樣說出了應和的話：「是嗎？」

島礁說：「狄更斯的書裡全是好吃的——葡萄酒啦、鯷魚醬啦、熱奶油烤麵包啦，他的人物隔幾頁就要坐下吃點水果和蛋糕，再喝一杯糖酒。比如說《孤星血淚》吧，一開頭，匹普給藏在墓地裡的逃犯送吃的，他送了麵包、乾酪、白蘭地、帶肉的肉骨頭、豬肉餡餅……」

「咱們離那個圖書館還有多遠？」

「不遠了，還有四五條街。我還沒說完呢！再比如說《小氣財神》，他是這麼寫的：食物堆積在地板上，樣子就像一個寶座，有火雞、烤鵝、野味、家禽、醃豬肉、大塊腿肉、整隻乳豬、一長串一長串香腸、碎肉餅、葡萄乾布丁、一桶一桶牡蠣、熱烘烘的栗子、臉蛋紅紅的蘋果、飽含汁水的橘子、甘甜芳香的梨、特別大的蛋糕，那香甜的蒸汽弄得這間屋子朦朦朧朧的。哎呀，最後這一句最厲害！你想想如果你站在那兒，看著山一樣的好吃的，是不是嘴裡冒出了口水？是不是眼睛裡也感動得淚水盈眶？所以『朦朦朧朧』不光是因為食物的蒸汽。他寫市場裡的榛子是這樣的：一堆一堆的，棕褐的顏色，生了青苔，散發出的清香讓人想起樹林裡古老的小路，以及在埋沒腳踝的枯葉之中拖著腳走過去的愉快；無花果，是水滋滋的，肉厚厚的。還有，還有《小杜麗》裡面，他寫菜館裡的菜是這樣的：盛滿了肉汁的鐵容器裡有一條烤豬腿，上頭撒著鼠尾草和洋蔥，旁邊盤子裡放著一塊油膩的烤牛排和冒泡泡的約克郡布丁，切得薄薄的夾心小牛肉片，還有一個火腿，剛切去一片又冒出油來……啊！如果那塊油膩的牛排的油，或者火腿的油從我嘴角流下來，我一定暫時不擦掉，要讓它在那兒舒舒服服待一會兒，你怎麼樣？你想把嘴角的油擦掉嗎？」

他停下了，因為峽灣伸手捏住了他的手臂，掐得很疼。她帶著慍色說：「你為什麼把這些東西背這麼熟？」

島礁狡黠一笑：「別的我也背得很熟，這是天賦。你可以反擊嘛，你也可以說點好吃的，讓我難受。」

「這是你的專業領域，我哪兒說得過你？我統共就記得《水滸傳》裡武松被發配了，枷上掛了兩隻熟鵝，他拿左手撕著吃。」

「哎呀，那個鵝就是煮熟的，不好吃，要說《水滸》裡最好吃的東西，應該是宋江要來醒酒喝的酸辣魚湯——魚是張順親自挑選最鮮的上等金色鯉魚，也就是白居易所說的『魚鮮飯細酒香濃』了；還有魯智深，用蒜泥蘸著狗肉大口吃……」

他正想繼續說牛羊肉，挨著峽灣那邊的肩膀被打了一下，又連續被重重地打了好幾下。峽灣說：「閉嘴！快閉嘴！你這是落井下石，這是別人光著身子蹲在雪地裡，你還要照頭澆一桶水。再講這種東西我就跟你絕交，我就從房子裡搬走，讓你下次自己餓死在屋裡。」

島礁一下子蔫了，歎一口氣，閉緊嘴巴。他們沉默地走了兩條街，一直沒再說話。峽灣用緩和一點的語氣問：「現在你在想什麼？」

「我……在想《孤雛淚》。」

峽灣回憶一下，覺得《孤雛淚》沒什麼關於吃喝的描寫，問道：「這個故事倒可以談論一下，你在想？」

島礁說：「我在想小奧利弗的一句話。待會兒在飯館裡，我要像奧利弗那樣，跟上菜的服務員說——『先生，我還要一點！』……」

在這樣的氛圍裡，他們終於到達了那家私人圖書館。

該館其實是一座小小的二層住宅。主人一生愛好收藏，晚年整理藏書，修葺宅邸，開闢成一間圖書館，以饗世人。島礁走上臺階按響門鈴。須臾，門扇開了，一個戴眼鏡、披著駝色毛線披肩的中年婦人探出頭。島礁說：「您好，我有貴館的閱覽卡，現在想辦理退卡手續。」

他們跟在婦人身後，走進位於一樓的辦公室。木地板有些舊了，邊緣磨得發白，但擦得很乾淨，東牆懸掛一面琵琶，窗臺上擺著兩盆茉莉花，星星點點的小白花，香得十分醒腦。婦人坐到辦公桌後面，說：「請把您的閱覽卡給我。」

島礁說：「對不起，我搞丟了。」

「那很抱歉，沒有卡就不能辦理——」

「不不，您聽我說！我記得卡的編號，當時也登記了我的姓名、住址和身分證號，您只要查一查登記簿、核對一下身分證，就能明白我絕對是貴館的標準、模範讀者，毫無疑問！」

婦人和善的眼睛一閃，「您帶了身份證件？」

島礁點頭點得像痙攣，嘴唇抿進去不見了。婦人向他和他身後的峽灣認真看一眼，瞭解地微微一笑。那一眼似乎把他們的窘境都看穿了。她拽一拽肩頭上的披肩，起身到櫃子裡去找登記簿。島礁重重鬆一口氣，肩膀垮下去。

就在押金——也就是晚飯錢——無限接近的時候，門扇上傳來兩聲敲擊，進來一位戴椒鹽色呢便帽、同色馬甲的老先生，細長鼻子細長眼睛，兩條灰色眉毛不濃不淡。他彬彬有禮地說：「兩位讀者，晚上好。」

婦人說：「這是本館的館長芹先生。」

島礁和峽灣轉向館長，說：「您好！」芹館長把兩隻手插在呢子褲的口袋裡，朝讀者們點點頭，就轉向婦人，說：「米師傅在做晚飯，麵條的澆頭你想要茄丁五花肉加豆瓣醬，還是蝦仁青豆雞蛋？」

這段充滿色香味的話猶如背後射來一簇子彈，島礁和峽灣差點被掃倒在地，他們趕快互相扶住手臂，像受輕傷的人攙著傷勢更重的戰友一樣。婦人說：「我要茄丁五花肉，您肯定要蝦仁青豆吧？讓米師傅晚會兒煮麵。等接待完這兩位讀者，我過去切菜碼。」

芹館長說：「那我來接待，您去切菜碼好了，本來您值班的時間也到了。」

他向島礁說：「本館二十四小時為您效勞，有什麼需要找的書或者資料，我可以幫您找。」

島礁說：「不，館長，我是來退卡的。」

「哦，那您的卡片請給我看一下。」

「抱歉，卡丟了。不過我帶了身分證，您可以核對當時登記的資訊。」

館長的兩條眉毛一拎，又落下，搖著頭，真心實意地遺憾著，「不，沒有卡，光有身分證也不行……」

島礁的肩膀又聳起來了。館長繼續往下說：「不過要退清押金另有辦法，這事不是無章可循的。來，二位，我帶你們去看看本館創始人制定的規章吧。」

那本厚厚的館規有中英法三個語言的版本，皮面精裝，怎麼看都是一本長篇小說的模樣。島礁張著嘴把中文和英文的那一條都看了一遍，又看一遍，還是難以置信——「如果遺失閱覽卡，需用以下方式證明自己確為本館讀者：演示館藏某一本典籍中某一頁記載的內容，由館長與副館長核對無誤……」

芹館長說：「副館長就是剛才接待您的那位女士，她姓香。」島礁雙手按在紙頁上，遲遲不抬起頭來，他沒力氣跳起來大叫一聲「太荒謬了」，然後拉著峽灣走人。如果不考慮館藏圖書的題材，這個要求其實不算太過分，你丟了書包到傳達室去找，傳達室大爺也會讓你講講書包裡頭裝了什麼。館長極耐心地坐在對面的椅子裡等待，臉上一丁點異樣表情也沒有，以公事公辦的平靜面色表達一種善意的體貼。

島礁抬起頭，「一定要這樣？」

「是的，讀者先生，這是規定，不能違背。或者，您願意回家再去找找閱覽卡？」

島礁轉頭看看峽灣，也從峽灣眼裡看到自己，他倆的臉色現在都像一塊洗得過多的牛仔布，這半天裡在失望和絕望兩頭折返跑，像在一張硬紙片的折痕上來回彎曲，再折一下就是百上加斤，肯定會斷掉。如果離開圖書館時身上不能帶著晚飯錢，他們是沒力氣走回去了。

他在峽灣眼裡看到迫切的央浼，還有一種願為共謀者的期望。這讓島礁的下一句話變得順暢了一點：「那個，演示的內容該怎麼選擇？任意選都行嗎？如果是雙人的姿勢……」

他說不下去，臉終究燙起來，補充了營養不良造成的缺乏血色。芹館長更平靜和藹地說：「是的，任選，您隨意指出一本您記得的藏書即可，規章的那一條下面有補充註腳：如果選擇雙人式，可隨意找一位合作者。」

他和藹的目光轉向峽灣，替人遺憾又替人慶幸似的，眉毛朝額頭心提起來，笑一笑。島礁也跟著他看了峽灣一眼，又覺得這一眼很不該看，倒像有圖謀有歹意了。他說：「館長，請讓我和我的朋友商量一會兒，好嗎？」

等到房間只剩他和峽灣，島礁第一件事是拿後背找牆，靠住牆，他深深吸一口氣，吸得又長又深，看時間久得那口氣都能深到盆腔裡了，然後再慢慢噴出去。峽灣那深棕色瞳仁像兩顆桂圓核，面色忽陰忽晴，最後變成一笑。

她說：「你不要打腹稿怎麼說服我，我不用說服。我就是你現成的搭檔，只要待會兒能吃上飯，你想到什麼姿勢，咱們就扮什麼姿勢。我整個人都是你的。」

島礁咬住牙不出聲，眼神頗悲壯。

隔一陣，他柔聲說：「《聖經》裡的以掃餓肚子的時候，寧願拿長子繼承權換一碗又熱又香的羹湯，凡是嘗過挨餓滋味的人，都不會責怪他。」

又過了幾分鐘，島礁打開門，門外的芹館長和副館長香女士正像手術室外等待的人一樣站著。島礁問：「請問我們應該去哪個房間，或者就在這裡……？」

他指定了一本館藏圖書，是十九世紀奧匈帝國宮中供人玩樂的小冊子，內頁有三十首詩，配以各種雙人極樂的姿態，且有詳細的分步圖解。圖冊封面鑲嵌蛋白石和綠松石，十分珍貴，當時島礁也只能在館中翻閱，不能帶走。雖然離閱覽已歷一年零兩個月之久，他還是記起了那本書的名字：《神賜予凡人的極樂之歌》。

他們再次跟在副館長身後，去往三樓一個特定房間。香女士不得不暫時擱置切菜碼的事業，面色略有不快。該房間方方正正，十分寬敞，沒有窗戶，頂上吊著一盞鈴蘭花苞樣式的玻璃燈，光像綢子似的柔和，地下鋪著軟綿綿的肉桂色地毯，厚得能埋掉腳趾，牆邊放著絲絨長沙發和兩只單人沙發。四面牆中，有一面牆是鏡子，另外三面牆壁整面畫著畫兒，畫中大朵大朵粉紫色雲彩，層層疊疊，雲上有赤身嬉戲的男人女人，姿勢各異，體態都健美可愛。雲氣繞著三面牆壁盤旋大半圈，站在屋子中心，彷彿能嗅到人們皮肉中散發出的熱騰騰的氣息。

這些畫讓峽灣覺得親切，一下子倒忘記緊張了，她走到牆壁前端詳一陣，轉頭問副館長：「這些畫真好，是誰畫的？」

副館長肅然答道：「是本館的創始人，他業餘喜愛繪畫。」

島礁獨自站在房間中心，伸手把一邊袖子推上去，不斷上下撫摸皮膚，像要把寒毛磨平，他看著峽灣的背影說：「喂，你還記得自己不是來看畫展的吧？」

峽灣嘴裡哦哦有聲，小步跑回他身邊，主動對副館長說：「我們要怎麼做？」

副館長伸手往那面牆上的鏡子一指：「那是單面鏡，我和館長會在另一邊的房間，對照書頁內容。放鬆一點，你們就當完全沒人旁觀，就行了。」

門以頗有暗示性的輕悄一聲閉合。兩人看著對方，意料中的狼狽和窘困居然並未出現。島礁嗽一下喉嚨，開始低聲講解記憶中的姿勢，他要怎麼托起她的臀部，怎麼把她抱持在腰間，讓她的腿掛上來……

峽灣打斷他說：「先別講太多步驟，我記不住，咱們從最開始的地方做起，然後你一步一步說。」

不料第一步就受到阻礙，峽灣上身穿著白綢緞襯衣，下面是包臀窄長裙加絲襪。她試著抬腿，抬到離地幾十釐米的地方，被裙襬拽住了。她把裙子往上拎一拎，再多抬起幾寸，但這樣就到了這條裙子的極限。

島礁抓住她的腳踝往上扳，只聽裙子的接縫發出喇的一聲。兩人怔了一會兒，峽灣小聲說：「恐怕我得把裙子脫掉。」這時她想起裙底下絲襪的腿根部分有一大段跳絲，又說：「乾脆我把絲襪也脫掉算了。」

島礁先是受驚似的後背一聳，但隨後說：「脫吧，絲襪也滑得像魚皮似的，不好做動作。」

峽灣彎腰把絲襪推到腳腕上，笑道：「而且我身上這些景觀，你上次都參觀過了嘛，我也沒什麼顧忌的。」說歸說，她從腳尖上扯掉絲襪時，大腿上還是起了一層雞皮疙瘩。島礁臉色也有點發白，往那面鏡子牆上看了一眼。

鏡子那邊靜寂無聲，就像另一邊根本沒人在看似的。

峽灣選定了雲朵上一個人的卷髮，打算全程把目光託付給它帶著光澤的旋渦，接著把雙手搭在島礁肩膀上，說：「咱們開始吧。」

島礁搓一搓雙手，讓手心暖和一點，一隻手托住峽灣的臀部，另一隻手扶著她脊背。峽灣先用一條腿勾住他的腰，身子往上一縱，把全部體重掛上去。忽然島礁驚恐地哎了一聲，手臂驟然無力垂下，峽灣不由自主地往後掉落，但攀在他肩上的雙手並沒鬆開，導致島礁也跟著摔倒，兩人在地毯上雙雙做了滾地葫蘆。

鏡子那邊傳來芹館長的聲音，充滿關切：「兩位沒事吧？也許這個姿勢太難了，要不要換一頁？」

島礁吃力地撐起身子，頭顱仍然軟綿綿地耷拉著，胸膛起伏。他臉色慘白地向峽灣說：「對不起，你摔壞了沒有？」

峽灣迅速搖頭。隔壁房間裡的聲音問：「您到底怎麼啦？」

島礁苦笑道：「我實在太餓，沒力氣了。」峽灣朝他望了兩眼，轉頭對鏡子說：「我們一整天沒吃飯，他下午已經暈過去一次了。」

鏡子那邊靜了一陣，館長的聲音說：「也許，咱們可以共進晚餐之後再繼續，如果兩位願意？」

晚飯在圖書館一樓盡頭的小餐廳進行。餐廳連接著小廚房，以便食物能在口感最好的時候及時送達嘴邊。

頂上吊燈灑下最淡的紅茶的那種顏色，整個餐廳像浸泡在溫熱的茶湯裡。灶臺和流理臺貼著牆壁，樟木方桌放在中央，鋪著白麻布，圍繞桌子有一圈六張木椅子，每張椅面上鋪著一塊繡花棉墊。

島礁和峽灣像兩個被熱情的主人挽留的旅客，身上披著不存在的風雪，小步走進來，走到灶臺前，跟戴著套袖正在揉麵的廚子米師傅道了聲晚上好，再回到桌邊，小心搬出椅子，坐下，像最規矩的客人一樣腰背挺直，雙手謹慎地按在大腿上，只讓一對眼睛四下張望。

香女士脫掉披肩、紮上圍裙，一邊走向砧板，一邊摘掉手上的墨玉手鐲，然後掂起精鋼菜刀，切菜聲立即像密密的鼓點一樣敲起來。她的白手扶著刀，每次只離開砧板幾毫米，不像切菜，倒像是手跟刀子受了驚、一起顫抖。刀不疾不徐地推進，以刃為界，身後留下一朵極細的蘿蔔絲。青蘿蔔絲之後，是紅蘿蔔絲，青紅二絲整齊碼放在白瓷碟子裡，擱在一碟鵝黃飽滿的黃豆旁邊。館長又親執笊籬，從沸水鍋裡撈出焯好的白菜絲。

旁邊灶頭上，茄丁五花肉鹵、蝦仁青豆雞蛋鹵正在鍋裡咕嘟咕嘟，正如島礁印象深刻的那一句狄更斯小說——「香甜的蒸汽弄得屋子朦朦朧朧的。」

等麵下進鍋裡，煮好，過了一遍冷水，用一只藍邊搪瓷盆裝著，兩種麵鹵也盛出來：一盆金黃雞蛋、翠綠青豆與淺粉蝦仁；另一盆勾了亮芡的茄丁鹵上撒了蔥花。人們各自解掉圍裙、套袖，在椅子上坐好。

茄丁和五花肉冒著厚重的葷腥油香，蝦仁散發俏皮鮮香，青紅蘿蔔絲有一種鮮辣的氣息，白菜之淡香溫存敦厚，麵條又徐徐吐出糧食的香氣，混合起來就是一支摧毀一切理智的氣味聯軍。峽灣在桌子下面掐著島礁的大腿，以防他在這熏風裡昏過去。

芹館長站在搪瓷盆邊，手執公筷，給島礁和峽灣每人夾了三四箸麵條，裝了半碗，解釋說：「麵碗留一半空，好放鹵和菜碼，不是怕你們吃多。」

兩人齊聲說：「明白。」

又等到所有人眼前都有了麵，館長說：「好，咱們吃吧。」

裹著鹵、夾雜菜碼的第一口麵進入口腔，島礁的眼淚差點掉下來。那一刻他覺得眼睛看不見，耳朵也聽不見了。所有感官一起斷了電，所有神智集合在味蕾和口腔內部的黏膜上。他清楚地感覺到第一口食物猶如一團火光，帶著毛茸茸的光芒，從喉嚨愉快地一路翻跟頭下去，擦著食管的內壁，落進空曠無邊的胃，像掉進一口空井，激起四濺的回聲。

一碗熱麵下肚，島礁甚至不記得誰幫他盛了第二碗，他喃喃地說了聲謝謝，就繼續埋頭吃，比高考學生答卷還全神貫注。

第三碗吃到一半，他逐漸恢復了耳聰目明，覺得自己很久沒這麼舒服過了。他轉頭朝峽灣看了一眼，她臉上也有一種午睡過久進入深睡眠、醒來之後的怔忡。

這時他發現芹館長、副館長女士和米師傅早已把麵碗推開，另用小白瓷碗盛了麵湯，小口抿著，微笑地看著他和峽灣。

芹館長說：「吃完了？自己去添一碗湯。麵湯要喝一點的。」

香女士說：「我父親不管煮餃子煮麵，最後都一定要喝碗湯，每次都念叨一句……」

人們異口同聲地說：「原湯化原食！」

都笑了。

米師傅拈起一顆黃豆放進嘴裡，說：「這豆子是用桂皮、八角、小茴香煮出來的，香不香？」

他們說：「香！」

米師傅說：「年輕人，再多吃幾顆吧。黃豆是好東西，以前困難時期沒東西吃，餓得把手指頭上的皮都啃著吃了，我母親的腿腫得上下一般兒粗，街道就發給她黃豆吃。後來，我不管什麼時候都在廚房存一袋黃豆。你們也該儲蓄一點。一顆豆子一碗飯。」

島礁和峽灣說：「好的，我們記住了。」

像所有的模範客人一樣，他們站起來收拾碗筷，並搶著洗碗。三個長輩亦未堅拒，香女士泡了一壺茶，米師傅拿出瓜子。他們喝著茶，討論今年的南瓜子炒得不夠透，口感差了些。

芹館長轉頭朝水槽旁邊的島礁說：「真的不是非要讓你們幹活兒，我猜你們肯定都吃得特別飽，不活動活動，等會兒的事情不好做，是不是？」

島礁頭也不抬地大聲說：「沒錯！」他負責洗頭回，峽灣負責洗第二回，沖淨泡沫、擦乾、收回碗櫃裡。

館長又問：「要喝一杯茶嗎？」

「不喝了，剛才麵湯已經把胃裡的縫隙都填滿了。」

館長微微一笑，「那咱們是不是可以繼續啦？」

他們回到那個滿壁雲朵的房間裡，門再次關閉。兩人一回生二回熟飛快地扒掉身上衣服，島礁蹲下來把衣服疊整齊，放在沙發上。

他們光溜溜地站在地毯上，面對面，平坦的腹部各起了一個小小的鼓丘。峽灣伸手撫摸島礁的肚皮，笑道：「麵條。」

「來，把你的腳腕給我……這樣腿舒服嗎？不會拗得疼吧？」

「不疼，還挺舒服的。」

「不疼就行。你的柔韌度真好。」

「我小時練過幾年藝術體操。」

「那條腿也給我吧，盤在這裡。你不要動，我會慢慢彎下腰去……」

「呀，你的手臂滿有力氣的嘛，肌肉還挺大塊的！哼，我就知道那次掰手腕你是讓著我的。」

「啊啊啊，你的腿不要動……你摔疼了沒有？」

「……沒有，不疼，地毯很厚。沒事，我已經知道失敗的原因了。咱們再來，你手的支點再往前挪一下，從我屁股的東部往西部遷移兩釐米，這樣受力就均衡了。」

「好的。」

「咱們需要這樣搞多久？」

「那頁書上一共有五種姿態，你也聽到館長說的了吧？至少要正確地演示出某本書的某一頁。」

「你為什麼不挑其他頁碼？」

「因為……其實那本書我只看了那一頁，只記得那一頁。當時我寫書要用那幾個姿勢的梵文名字，寫完就把書合起來還掉了。」

「好吧。下一個姿勢是什麼樣的？」

「嘿，你怎麼不說話？……不說話真是怪怪的。你再說點什麼好不好？」

「唉，說點什麼呢？說什麼好像都挺怪。」

「說你最拿手的吧——講故事。」

「哪個故事？」

「盜書賊的故事。上次你講到他第十三次回到了琳琅閣裡……」

這時已經是冬天了，池子上東一塊西一片地結了薄薄的冰。原本她說冬日不再見面，怕他凍僵在寒冷徹骨的水道裡，但他再三表示能勝任。於是第十三次，她提前帶了銅爐和木炭進樓去，再從盜洞裡爬出來，用木棍搗碎岸邊的冰層，最後在樓宇的陰影裡坐下來，抱膝等待。天晴月圓，她在陰翳裡仰起臉，想起手指抓在他手臂、後背、圓溜溜的臀部肌肉裡的感覺。她經常在他身上掐出紅印，愈用力，感覺就愈真切，他的肌肉像被擒住的一隻活獸，蠢動著要從指尖下逃開。另外一些肌肉是用整個身體去感受的，彷彿天地間只剩下那些肌膚貼合的感覺。在那些黑暗裡發著光的時刻，身邊盡是十幾年渴望翻閱的善本圖書，但她一頁也不再感興趣。

但即使是極快活的時候，也免不了一陣悽惶無地，以及孤寒。

忽然，小池中泛起了一陣預料之中的漣漪，一個頭探出來。她立即衝過去，那頭卻又消失了，落回水中。她伏在池邊，手臂伸進水裡，終於感到有兩隻冰冷如鬼魂的手抓住了她。他被她拖上來，凍得臉色泛著死魚肚白。她連拽帶抱，把他順著盜洞弄進樓裡，剝掉他身上的濕衣服，點起炭爐讓他烤火。他顫抖得說不出話，她解開衣襟，讓他把雙手按在自己溫暖的乳房上，又把他雙腳抱進懷中，放在小腹上。

後來他們終於摟抱著暖和過來，炭火嗶嗶剝剝，時而一響，在銅爐的鏤空縫隙裡閃光。她的長髮散開在他脖子上肩頭上，像一張纜索黑亮的漁網，把他罩住。他說：「不要留在這個地方了，你跟我走吧。」

她毫不猶豫地說：「好。」

答得這麼乾脆，倒讓他愣了一下。他說：「那我得告訴你，到外面生活會苦一點，不過樂趣是多得多了。」

「留在這兒是心裡苦，不如去外面，跟你在一塊兒，苦也苦得痛快。」

「外面也沒有你家這樣的藏書樓。」

「這樓又有什麼好處呢？書本該流通在讀書人手裡眼裡，才是活書，像這樣把書藏著鎖著，書就死了，這樓不該叫藏書樓，該叫埋書樓。我在這兒讀到的最好的一本書是你。」

「喔，那我是一本什麼樣的書？稗官野史、警世恆言、民歌時調，還是怪力亂神？」

她忽地一笑：「我拿一本給你看。」

是一本圖冊。內裡每頁都有一對男人和女人，海棠樹下、金魚塘邊、紅茸氈上，繪圖的人畫得精美用心，每張臉都透出甜蜜與愉悅，並不顯得猥瑣。她笑道：「要不要按這些法子來玩一玩？」

他先哈哈笑了一陣，前幾頁還饒有興致地凝神端詳，後面就都是敷衍地翻過去了。最後他把那本圖冊丟到一邊，仰面躺倒，「別人的法子是別人的，我跟你的是我跟你的。」

他們用他們自己的法子相擁睡去，直至炭火燃盡。

不，沒有炭爐失守、燒盡藏書樓、人與書同歸一燼的結尾。春日到來，池冰消融，某一日，蕭家的人們發現那個偏僻院落裡獨居的女孩不見了，正門和側門的守門人都沒見過她走出去。於是她的失蹤變成了家族裡代代相傳的神祕傳說，還有她的白貓蹲在她平日喜歡爬的大柳樹上，嚴肅地遙望遠方，像尋覓，又像目送。

等故事講完，島礁與峽灣發現肢體交織的姿勢不知何時已經變化了。變成了他們自己的「法子」。

在館長辦公室裡，他們緩慢地整理圍巾、扣大衣鈕釦，乍一看像是被失望弄得懶洋洋的模樣。芹館長搖著頭，真心實意地遺憾著，他用左手握著右手的前半部分，每說半句話，左手就用力攥一下。「真遺憾，由於兩位後來的演示跟書頁上完全不一樣，所以照規則，我沒法把閱覽卡的押金退還給您。實在太遺憾了……」

島礁和峽灣抬起頭來，臉上沒有半點遺憾的樣子，反倒笑嘻嘻的，雙頰緋紅，眼裡多了奇特的神采。島礁說：「不不，館長，我們現在沒那麼急切需要那筆錢了！不要緊。感謝您招待我們度過了如此精彩的夜晚，尤其請代我們向米師傅致謝，他做的麵條太好吃了。」

他們並肩走下圖書館的臺階，月亮已經升得更高，更亮。峽灣說：「你現在還覺得月亮像黃油烙餅和黃油球嗎？」

「不，現在我覺得它像一個六便士硬幣，像一個吃飽了的胖子的笑臉……嘿，我的預感是不是特別準？」

「什麼預感？」

「離家之前我就說，咱們肯定會肚子吃得飽飽的、開心得像神仙一樣回家，是不是？你敢否認你現在不是開心得像神仙似的？」

他趁機抓住峽灣的手。峽灣斜瞟他一眼，說：「不，我不否認。」她也沒有甩脫他的手。

他有些沒來由地提起一個舊話題：「如果你不想再憋屈，想跟你家人坦誠地攤一次牌，那就去談吧，不要擔心鬧崩了沒地方吃年夜飯，大不了以後都去我家吃。」

她毫不猶豫地說：「好。」

寒風呼呼吹拂，但他們渾身都洋溢著奇異的熱力。走出半條街，她回頭遠遠望向那座小樓，目光猶如留戀一個新認識的可愛朋友。「咱們什麼時候再來這個圖書館？」

「送錦旗？」

「……不，你的押金到底還得來退呀。」

「下次！下次餓肚子餓得挨不住的時候。」

性盲症患者的愛情

自幼無法分辨性別的青年，將在二十七歲那年某個下午四點半的公園湖邊見到他眼中唯一一位女性。

在他四歲時，父母發現了他的缺陷。他們搬家後的新鄰居家有一對雙胞胎姊弟：一個叫琥珀，一個叫鑽石。兩個十歲孩子總是打扮得一模一樣：蓬鬆金髮剪成同樣齊耳長度，穿統一購置的帽衫、褲子和帆布鞋。當然，大家都認得出姊姊和弟弟，在相同的眉弓形狀、眼睛大小與顏色之上，有一層已初步成形的性別薄霧籠罩著，就像真正的琥珀與鑽石的區別。弟弟有姊姊的柔美，姊姊也不乏弟弟的英氣，但誰也不會認錯。

唯有他認錯，而且總是認錯。在兩家已經相識近一年、多次一起外出野餐釣魚之後，他仍會把琥珀和鑽石叫混。在兒童樂園，姊弟倆帶他去廁所，他經常尾隨著琥珀走向女廁。起初大家以此為笑料，但某天他認真地告訴大人，他真的看不出女琥珀和男鑽石有什麼區別。

經過一系列羅夏墨跡④、顏色卡片、心理問答等檢查，醫生的結論是：他缺乏對性別的感知力。

敏銳地感知性別是生物種族賴以繁衍的最普遍能力。即使不借助衣飾、氣味、身體特徵的提示，只看一張沒有頭髮的臉蛋，人們也能輕而易舉地分辨出同性和異性，並於瞬間判斷此人是否能為自己生兒育女，從而決定對待她或他的態度。性別荷爾蒙由各種極細微的途徑發射出來，就像一種無線信號，而他身體中恰好沒有接收系統，因此無法總結出父與母、兄與姊、少年與少女之間的共同差異——性別。

這種症狀前所未有。很多男嬰還不會爬行，就懂得專向搖籃上方年輕姣好的女性面孔發笑。醫生說，無法分辨顏色的症狀被稱作「色盲」，這種缺陷或可叫作「性盲」。又說，這也許是一種發育延遲，可能會在性成熟後自行趨於正常。

於是，在被動等待「正常」到來之前，他只能靠死記硬背。這倒也不難，人從嬰兒成長為社會成員，要背的規則成千上萬。他像背誦火是熱的、冰是冷的一樣——長鬍鬚的是男人，胸口隆起的是女人；個子高、骨盆窄、頭髮短而單調的（多半）是男人，個子矮、臉上和頭髮上花樣冗餘的是女人；聲音沉悶、頻率低的是男人，講話唱歌聲音尖細、表情誇張的是女人；平駁領西裝、黑色德比鞋屬於男人，蕾絲裙、花朵紋飾屬於女人。

後來，他的男性性徵順利發育起來，喉結凸起，腋毛和胸毛逐年成形，十五歲時身高躥升到一八三釐米。他的性器官會在晨間勃起，他也會用自瀆的方式解除器官充血，但他對這件事的態度類似牙疼時吃止痛藥，背癢時伸手撓癢。

然而，「性別」意識始終沒有在他的知覺中萌發。所有陌生人對他來說都是謎題，有時是位置靠前、一目了然的輕鬆題，有時是位置靠後、解題過程複雜的大題。夏天的時候好辨，觀

④經典的投射法人格測驗。

察人們爭相炫耀的胸脯形狀就能輕易過關。冬天則會難一些，遮擋髮型與臉型的帽子、圍巾抹掉了大部分可靠線索，能指望的只剩衣服、鞋子的款式與顏色，因此他還要不時地留心男士與女士的當季時尚服飾。

藝術家們讓人頭疼的是他們會故意模糊性別，因此，在性盲者的試卷裡，難度星級最高的題目是搖滾樂團——男主唱披著齊腰卷髮，塗指甲油，眼線描得像埃及豔后，四肢纖細瘦削；女歌手則剃鍋蓋頭，身穿皮夾克，腳踏野戰靴，渾身雄赳赳的髒話文身。

另外一道五星級難度的題目是：短髮胖子。胖女士往往因惰於清洗而不留長髮，又因找不到合適尺碼的女裝（以及放棄修飾外貌）而穿得跟男人一樣；很多胖男人胸口的脂肪規模又往往雄偉到媲美內衣模特的程度。

Boyfriend Style⑤的女性衣著也讓他失誤過幾次：一個瘦得像掃把棍的女人穿著寬大的蘇格蘭絨襯衣、舊球鞋，襯衣淹沒胸口的曲線，棒球帽又把短髮壓得緊緊的……他過去問路時叫人家先生，那又怎麼能怪他？

他還吃過一次電影的虧：中學時，老師要大家分小組看電影，討論「政權與革命」。大家約在某個男孩家裡看《V怪客》，他疏忽了，沒事先瞭解一下影片，又晚到半小時，進門見牆上投影著一個穿橘色囚服的秀麗平頭青年，脫口說道：「男主角是個囚犯嗎？」

人們都不解地轉頭看著他：「什麼？你看不出這是女主角？」

從那之後他又多了一項功課：背誦各種電影的故事提綱。後來，甚至進一步背誦著名與非著名演員的面目、名字和性別，以便在任何性別混淆如奶昔的電影裡認出他們，讓《絲絨金礦》⑥這樣的電影不再成為陷阱，陰險如《魂斷威尼斯》⑦派出一位理應迷戀蘿莉塔的老男人，也無法騙他稱讚那個穿水手裝的長卷髮美貌「姑娘」了。

在人生前十幾年，他嘗試過一切令自己變正常的方法。他請父親幫他訂閱色情雜誌，一箱箱地訂，毫無興趣地一頁頁翻，猶如狗面對著貓薄荷。有一陣，他轉而懷疑是不是性取向問題，但他對同性也沒有任何性衝動。

十幾歲時他懼怕被孤立，為融進男孩群體而披上種種偽裝。青春期男孩們的話題相當簡單：女人、自瀆、性愛。他不得不事先準備一些謊言，當夥伴們忽然談起「乳房的觸感」、「昨天花了身上所有的錢讓隔壁女孩給我看她的乳房，看到的一刻心裡只有一句話『太值了』」等話題時，能發表適當意見。科幻作家儒勒．凡爾納一生足不出戶，描寫異域風光全靠閱讀各種旅行家的記載，倒也能做到栩栩如生。有時他也被迫像凡爾納一樣，敘述他不曾感知過的性愛景致。

反覆考慮之後，他選了繪畫作為終身職業。德國作家徐四金的小說《香水》的主角是一個

⑤男友風。
⑥影片男主角常著女裝踩高跟鞋演出。
⑦影片中有一位形似少女的少年塔奇奧。

天生沒有體味的人，偏偏又有超人的嗅覺，最後靠提煉處女的體香彌補了這一「缺陷」。他想，也許在畫室裡度過描摹男女性徵的若干年後，某一天「性別」也會像波提切利的維納斯一樣從他眼中冉冉誕生。

而且，畫家是一個不需要與陌生人交流的工作。

對性吸引毫無認知的人，又怎麼能創作出性感、吸引人的作品？很簡單，他做了一名卡通畫師，為電影公司繪製動畫片。在這個廣告畫也要暗藏性暗示的人類社會中，專為兒童製作的動畫片已經是性意識最稀薄的淨土了。小孩子暫時專注於衣櫃裡的怪獸、黑屋子、難吃又不得不吃的青椒和蘿蔔，感興趣的是太空牛仔和恐龍，而無暇思考性這種小事。

有些色盲者的世界裡沒有粉色，但這並不耽誤他或她有可愛的粉紅色雙頰。同理，性別無法召喚作為性盲者的他心中的潮汐，但對別人來說他可是個性感的傢伙。他十五歲就擁有一副高大俊美的外表：帶有精緻褶紋的、無可挑剔的眼睛，目光安寧，像嬰兒又像聖哲；謹慎的嘴唇線條裡，總有一點兒預備著要蕩開的溫和笑意。

十七歲時，他從持續給自己寫情書的女孩中選出一個，結束了處男生涯，隔天又跟始終暗戀他的男性好友來了一次同性性愛。

他曾對初次性愛寄望甚高，在各種語言的原始傳說中，破除處子之身都有奇妙魔力，如同鑰匙刺穿鎖的身體，釋放被禁錮的東西。然而令他失望的是，無論與異性還是同性的性愛都未奏效，除了一點兒像洗掉皮膚上肥皂沫一樣淺表的快感，別無所獲。

按佛洛伊德的理論，人類一切社會活動都源於性衝動。如果去掉人類在吸引異性方面的努力，整個文明說不定會轟然坍塌。克麗奧佩脫拉女王那長長的鷹鉤鼻肖似男性，如果安東尼將軍能向性盲症患者借一點兒遲鈍，現行歷史書的後半截便要撕掉重寫，而宗教、藝術、法律乃至各國風俗也必然不是現在這個模樣。

如今，人們不再羞於研習如何吸引異性的注意力。成千上萬的出版物、電視節目不厭其煩地討論、傳授相關經驗，彷彿人生最重要的事業之一就是捕獲一個伴侶，然後長年看守。

而所有這些，對他來說都是白色雜訊。

二十六歲那年，他的想法進入第二個階段：不僅接受了性盲症這件事，而且開始為之欣幸，認為自己靠這種缺陷達到了一種世上傑出靈魂所嚮往的境界。

作家毛姆曾談過：「人們由著一種更加敬虔、更加幽靜、更多思考的生活而得到的好處就是不會被很多事情分心，他們的思想和情感都放在一件事上面，他們感情的全部湧流和力量都朝著一個方向。他們所有的思想和努力都集結在一個偉大的目標和計畫上，這使得他們的生活渾然一體，並且自始至終與自身保持一致。」他還安排《月亮與六便士》中的思特里克蘭德說：「我不需要愛情。我沒有時間談情說愛。這是人性的弱點。我無法征服我的欲望，但我憎恨它，它囚禁了我的靈性；我希望將來能擺脫所有的欲望，能夠不受阻礙地、全心全意地投入到創作中。」而在另一本書中毛姆乾脆稱情欲為枷鎖。

就像在一個人人屁股後面拖著一條沉重尾巴的世界裡，性盲者由於天然無尾而跑得更輕快，難道一定要說這是缺陷和災禍？

性盲者的世界異常平靜，尼泊爾的僧侶們要靜修十幾年才能擁有那樣的心境。他一年四季穿灰色衣服：鴿灰、炭灰、藕灰、銀灰、鉛灰、鐵灰、蓮灰，款式則是最簡單的襯衣、呢外套、皮鞋，他沒興趣穿複雜的東西。他的社交跟衣著一樣極簡。他有幾個畫家朋友，有規律地聚會吃飯喝酒，談論一些清淡話題。他只有一個女性友人，是個女同性戀設計師。

別人用於討好異性所花費的時間和心思，他可以騰出來聽音樂，讀書，慢跑，畫畫，練習魯特琴與鋼琴，整夜觀測星體運行軌跡，製作太空船模型……假期則出門做短途或長途旅行，他最喜歡人跡罕至的地方，不過伊斯蘭國家和西班牙的天體海灘也讓他覺得輕鬆。

多年來他早已嫻於掩飾，人們根本不可能察覺出他的異樣，只會隱隱覺得此人有些不同，太鎮定、太淡漠……或許，太得體了。

由於拿捏不準尺度，他對所有男人女人都採用完全一致的語調，彬彬有禮的態度，剔除掉了一切親暱、欣賞和隱含的對外貌的傾慕。這種一視同仁反而更加誘人，女人們在背後談論他，爭論該如何攻陷他，甚至開了盤口、落了賭注。

某年，他所在的公司請了當紅性感女影星為新動畫片中一隻雌伶盜龍配音。她駕臨公司配合製作那天，整層樓都轟動了，年輕的男畫師們擠在走道裡等待美人經過。恰好那部動畫由他所在的小組負責，女影星臨走前，特地走到他面前，低聲問他要聯繫方式，他微笑婉拒了。

（以下是他不知道的故事：那晚女影星跟密友打電話，大惑不解地說：「今天我遇到了一個對我完全無動於衷的男人。」

密友說：「肯定是裝出來的，你兩歲時男人們就搶著抱你了。」

「不，他那種無動於衷裝不出來。喝咖啡休息的時候，他一直埋頭改畫稿，我故意說，看我多笨，居然把咖啡灑在了胸口……」

「天哪！灑咖啡這招你只對摩洛哥王儲用過，現在居然用在一個卡通畫師身上？」

「摩洛哥王儲當時可盯著我的胸看了好幾秒！這個畫畫的只是頭也不抬地把紙巾盒往前一推。」

「你不是一直想找到一個能無視雙乳、直奔靈魂的男人嗎？」

女影星思索著說：「不，我現在才發現那並不快樂，性感也是我的一部分，而且是比較好的那部分……」）

正如所有城堡和噴火龍都在等待騎士，所有沉睡在荊棘叢中的女人和變成野獸的男人都需要一個披星戴月趕來吻醒他們的人，性盲者當然也終會遇到打破他們平靜生活的人。

由於需要畫一部以飛禽為主角的動畫片，二十七歲零三個月那天，他到公園去觀察人工湖裡豢養的天鵝和赤頸鴨。春日的午後不冷不熱，風吹拂的力度不軟不硬，陽光不刺眼又不虛弱，一切都剛剛好。某個雜交蔬果研發公司的職員們正在湖邊做廣告，公司標牌是一個蘋果一根香蕉拼在一起。有兩名宣傳人員穿了絨毛布料製成的蘋果和香蕉玩偶裝，站在灌木叢旁邊，戴白手套的手托著一只塑膠盤，邀請路人品嘗盤中的水果丁。

那只毛茸茸的巨大蘋果中間，露出一張臉蛋。

他沒有看到那人其餘任何部分，甚至看不到一根頭髮，心中卻陡然大叫起來：那是個女人！是女人！

他終於認出了一副面孔的「性別」。世界發生了劇變，他腦中翻捲起滔天巨浪，每朵碎沫都是一幅奇異畫面。他明白了為什麼接吻時總有人雙手捧著對方的下巴，為什麼性愛期間人們要互相凝視……記憶中儲藏的上萬幅畫面忽然從蒼白變得斑斕。

他走過去，一步一步地走過去，每秒鐘都感覺到愈來愈清晰的召喚，而且是那種「野性的召喚」。他恍惚聽到湖中天鵝鳴叫了一聲，又一聲。最終他走到「蘋果」面前，睜圓眼睛盡情地看著這張面孔，像是被豢養在熱帶的愛斯基摩犬第一次見到雪，從未見過，卻確切地知道：這就是。他不僅在用眼睛看，而且還用全身表皮細胞感知、吸收那種渴望已久的氣息。

陽光鍍在那張面孔上，映照著女性的柔美眉弓弧度，顴骨與面頰的圓潤銜接……那女人用塑膠叉子挑起一塊切成拇指尖大小的蘋果，送到他面前，微笑說道：「『伊甸果園』新產品，歡迎品嘗。」

他呆愣愣地接過來放進口中，咀嚼兩下。果實的清香汁液在口腔中四下濺開，像一次微型的煙花綻放。他喃喃道：「啊，你是女人，你是女人……女士，你好。」

她又笑了，這次的笑跟剛才的工作式笑容不同，是向異性表示興趣的微笑。

她說：「你好。」

他說出了自己的名字，她也答道「我叫伊娃」。

就在這時，他往四下飛快掃了一眼：穿高領毛衣、高防水厚底鞋的矮個子與穿條紋板球毛衣、牛津皮鞋的高個子走在一起，卷髮編成兩條辮子的人推著嬰兒車，車裡的小人穿粉藍連體服，含著奶嘴……不，他還是分辨不出，性別並沒有像節日彩燈一樣一連串地在人群裡亮起來，他沒有變「正常」。四周仍然是黑沉沉的謎一樣的晦暗混沌，只是希羅點燃了燈塔裡的火炬，里安德得以斬破達達尼爾海峽的波濤游過去。世上唯一的光亮，唯一的希羅。

要讓伊娃愛上他完全不費力氣。僅僅在他等待伊娃結束工作，幫她從玩偶裝裡脫身的時候，她就已經是他的了。而這時他才看到她的全貌，一個從蘋果裡誕生出的手腳纖細、長髮垂腰的女人。

當性盲症患者決意要獻出他的愛時，沒人能頑抗。

沒花費多少天，他和她就進入裸裎相對的階段。夜裡，房間只點了一盞落地燈，她站在蛋黃色的光傘下。他全心全意地看著，她襯衫上的褶皺都像活了，一起一伏地呼吸。他點點頭，她便從容地脫掉長褲和絲質襯衫。光傘變得更璀璨，她自身的光芒讓光焰成了烈火烹油。她伸手拆散頭頂髮髻，栗果色長髮猶如山洪崩落，像給她又披上一件短衣，光暗了。她莞爾一笑，舉臂把頭髮收到背後去，光又亮了。那是個邀請的笑，他應邀走過去。

所有死記硬背過的條目被她賦予了意義，所有他從裸體模特身上拓到紙面上的陰影在她身上復活。他吻了她。

從前，他總不能明白具有性吸引力的血肉會是什麼感覺，猶如紅綠色盲無法想像鮮豔的聖誕樹。現在，他知道原來每分每寸肌肉脂肪的安排都有奧妙，飽滿與短缺都在冥冥中遵循那種召喚。他抱住她，用虔誠的吻填補所有凹陷，又以吞吃的口埋沒所有凸出。

二十多年來，他把跟人相處的方式調到同一個溫暾的頻道上，從未有過這種程度的冒犯。他也第一次切身明白，這種冒犯在眼下的情境裡指向快樂，且是通往快樂的唯一路徑。

她躺下來，悅納他和他的冒犯，宛如叢林悅納籠柙中長大的虎。

第二天早晨，他在自己家中的床上醒來，那是平常練琴讀書的鐘點，他卻頭一次對它們失去興趣。燈亮過再熄滅後的黑暗更黑。他只想見到伊娃，而當他站到鏡子前時，第一次感到男士服飾與香水廣告都別有價值，他希望自己在伊娃眼中是好看的、可愛的、充滿吸引力的。他第一次為可能失去吸引力而擔憂起來。

這種擔憂很新鮮，別有趣味。

從此他有了情人。他像貓依戀壁爐一樣依戀她。他喜歡跟她走在人群之中，像小男孩得到雨靴後愛在雨天裡奔跑。當四周都是一具具沒有性別的身體，他格外能感到伊娃在他身邊源源不斷地輻射出女性的香氣與暖意。

終於有一天，他忍不住把自己的祕密告訴了她。伊娃的驚詫比他料想的還多。她說：「對你來說，世界上只有我一個女人？」

他愉快地答道：「是的，在遇到你之前，我眼裡的人不分男女。」他以為她會為此感動，擁吻他，興致勃勃地把宿命等詞彙援引到他們的關係裡。

但伊娃肅然思考了很久，臉上出現一些不祥的陰翳，疑慮、迷惑與憂心忡忡糾纏心頭。最後她問：「如果我扮成男人，你還認得出我嗎？」

這成了兩人之間的新遊戲：他們在電話裡約定一處地點，如新年之前爭相搶購的亂哄哄商場，羅丹雕塑作品巡展時人滿為患的美術館……她會穿男人的衣服，打扮得像男人一樣混在人群中，他的任務則是找到她。

他總能找到她，雖然她的偽裝愈來愈複雜，對男性的模擬愈來愈維妙維肖：臉上貼刀疤、黏絡腮鬍、戴墨鏡、穿層層疊疊的衣服以覆蓋身體的線條；或者戴假髮、畫眼線，穿戴成對他來說最難辨別的搖滾樂團主唱的樣子……但他總能找到她。他穿過人群，徑直向唯一的光源走去，像磁鐵滑向磁場中心；像被趨光性驅使的昆蟲飛向篝火；像踏著雲和霧，走向另一朵雲。

每一次遊戲給他的獎賞，是牽著偽裝過的她回家。在所有人眼裡她都是男人，只有他知道她的真實性別，就像他總算贏了世界一局。然後她在床邊站著不動，讓他動手一層層剝除所有偽裝，剝出這個臥室和這顆星球上唯一的女人。

伊娃生日那天，他們相約在海洋生物館見面。他在玻璃甬道內外來來回回，找了整晚。電鰻從頭頂成群游過，孩子們把臉和手擠在透明牆壁上等待海豚，大人們心不在焉地用拇指刷手機螢幕。但他沒找到她。深海魚在頭頂為自己點著燈籠，而他世界裡的那一點亮光消失了。

從那天起，他再也沒見過她，她的電話號碼有預謀地變成空號。伊娃不告而別。

事後，他想起生日前夜她鄭重地提出一個問題：「在你眼中，世上只有一個女人，你完全沒有選擇餘地，那麼你愛我是因為我，還是因為別無選擇？」

他誠實地回答：「我不知道，因為確實還沒有第二個選項出現過。我想我愛的是你，如果真有辦法，我會樂於證實。」

她說：「好，我會幫你找到證實的途徑。」

當時，他錯過了追問、理解這番話的機會。他不肯相信伊娃是這樣用離別當「證實」方法的人，這太缺乏尊重了。他也不願相信自己獻出的愛被隨意遺棄在一個未完成的遊戲裡。難道別無選擇的選擇，竟然是錯的？

一年過去，兩年過去，他幾乎把所有業餘時間用於混跡在各類人群中。因為他總恍惚覺得遊戲還沒有結束，伊娃仍然在某個地鐵站或動物園裡，臉上黏著假絡腮鬍，手臂上帶著假文身，苦苦等待他認出她。

伊娃離開的第七百零三天，黃昏之際，他從公司回家，看到一個陌生人坐在他公寓門口，雙頰青白，沒有蓄鬚，栗殼色長髮在腦後束起，穿淺淡的珊瑚色襯衫和黑緊身褲。

外表與衣飾上沒什麼供他分辨性別的線索，然而就像一眼認出蘋果裡的伊娃一樣，他在心中說：這是個男人，是男人！

那人雙手撐一下地面，慢慢站起來，挺直腰身，向他微笑，雙手合在一起壓在嘴唇上，彷彿要靠那個動作壓制失控的表情。直到這時，他才認出那五官都是伊娃的，所有的好看和熟悉都屬於伊娃，只是一些無形的、像氣味和顏色的東西修改過了。

他一時喘不過氣，每一根神經與血管都瑟瑟發抖，連身子周圍的空氣都跟著顫慄起來。

陌生人柔聲道：「你好，我叫亞當。」

伊娃的雙唇裡，徐徐吐出了亞當的、男性的聲音：「從前，我對你的意義，只是你眼中唯一的異性。但我一直沒告訴過你，我從小到大的夢想就是變成男人。現在我終於完成變性手術了。你能不能看著我的眼睛回答我：『你還愛我嗎？』」

本文靈感來自我的先生小薛，他曾對我說過一句情話：「在遇見你之前，我眼裡的人都不分男女。」我把這篇小說獻給他。

影子寫手

那天晚上我妻子在醫院值夜班，女兒到外省去參加野營活動，家裡只有我一個人，我把三明治碟子拿到書桌上，一邊吃一邊看出版社送來的新書校樣。吃到一半，聽見小巷裡傳來汽車引擎聲，上好的引擎的聲音。我撥開窗簾，探頭往下看，看到一輛肥碩的勞斯萊斯豪華轎車卡在巷道裡，就像一條不自量力的蛇吞進一隻麋鹿，鹿屍在腸道裡艱難挪動。

四周有開窗的聲音，不少住戶都探身出來看。車停了下來，車門開了，司機下車，像是早就知道我的窗口位置，仰起頭對準我喊道：「B先生，我是來接您的。」

我下樓，上了車。有人會不上車嗎？有人能抵禦好奇心和這種傑克的豆莖似的奇遇嗎？沒有。豪華轎車在街道裡行駛，平滑得像蛋糕刀劃過奶油。車裡有那種上好皮革的淡淡香味，座椅舒服得像坐在妙齡女郎的結實大腿上，手邊有旋出來的微型吧檯，檯面凹槽裡嵌著香檳瓶子和笛形杯。我拿起酒杯，轉動一下，發現杯沿的金邊下有隱約半片唇印。這裡有唇印不奇怪，有我才奇怪。我只是個不太出名的作家，甚至不是女作家，這勞斯萊斯是怎麼會跟我扯上關係的？

車子在一幢白色房子前停下。門口有高壯的俄羅斯裔保鏢，耳朵上塞著耳機，一粒紅光不住閃動，他過來開車門，引我走上臺階，又給我推開厚重的栗色木門。

我走進去，裡面是個燈光明亮的大廳，一道螺旋樓梯通往樓上。保鏢說「請在這裡等待」，然後他一轉身，像阿拉丁的燈神一樣無聲消失了。

不旋踵，樓梯上傳來履聲，一個人走下來，走到半截，朝我和善一笑。我驚得怔住，那是一張在報紙頭版和電視新聞裡常見的熟面孔。

不，不是敬愛的首相或大臣，但也是舉足輕重的人，就簡稱他為A吧。此人經歷頗為傳奇：他曾在由激進黨領導的上屆政府中擔任職務。一場不大不小的政變之後，激進黨倒臺，人民黨上臺，一朝天子一朝臣，激進黨人遭到大肆清洗。然而A是極少數職位不降反升的上屆政府官員。

從這麼近的距離看他，感覺仍不像真人，又覺得是自己變成了報紙圖片框裡一個彩點印刷出來的影子。我依次打量頗眼熟的一頭茂盛灰髮、瘦削多皺的臉頰、一條鷹鉤鼻，還有像鷹隼一樣發亮的眼睛。他似乎剛參加完一場晚宴，還穿著黑禮服，領帶上別了一枚羽毛筆形的鑽石領帶夾——記者們通常認為，根據他每天不同領帶夾的樣式顏色，可以猜出他的心情。

他走下樓梯，來到我面前，向我伸出一隻手：「B先生，您好。」

我滿腹疑竇地伸出自己的手，跟他一握：「您好。」

像所有做慣決策的人一樣，A簡潔地說：「請跟我來。」

我隨他上樓，進了一個房間，是個風格簡約的書房，書架前有相對擺放的沙發與茶几。A示意我坐下，他坐在我對面，說：「今天我是請您來，特地向您道謝的。」

不等我提問，他拿起茶几上扣放的一本書，向我晃一晃，笑道：「您還記得這本書嗎？」

一眼就能看出，那本書印刷品質非常差，跟這個書房的富貴格格不入，像是誤闖入權貴府邸的鄉下人。一旦看清封面：《歐洲名瓷簡史》，我突然想起來了，那竟然是我的書！

不會錯，是我七年前寫的書，不過「作者」處署的名字是A。

七年前我在一家銷量一般的報社當副刊編輯，約不到什麼名家寫專欄，有時還需要自己換筆名寫巴掌文章填空。閒置時間我喜歡寫議論時政的文章和風格近似布考斯基的詩，發表在一個網路論壇上，還挺受歡迎。那論壇搞了一次詩歌朗誦會，我跟後來的妻子在會上相識。她把我自印的文集帶回她醫院的職工宿舍去，徹夜讀完。第二天，她從朗誦會組織者之一、我的大學同學C那裡得到我的電話，打過來說想跟我見面。當時我跟人合租，住在一套房子中的一小間，她乘地鐵過來，我跟她一起喝啤酒、吃外賣披薩。後來，她帶著嘴裡的起司和蛋黃醬香味，跟我吻了一兩回，就宣布自己是我女友了，要給我生半打跟我一樣，寫一手辛辣漂亮文章的孩子。

不久後我們結了婚，她從宿舍搬進我的單間裡，我的經濟條件並沒怎麼改善。幾個月後，那個被期望繼承我的才能的受精卵在她子宮裡生了根。兩人過日子怎麼都能湊合，多個嬰兒就完全不同了。嬰兒需要的空間跟一個國王需要的一樣大，需要的人力則相當於照顧兩個全身癱瘓的病人。自從發現懷孕之後，妻子把要給嬰兒準備的東西列在一個本子上，不管是嬰兒還是這些物品，眼下這個小房間都無法承載。我答應她會儘快找一套更寬敞的新房子。但是，租一套體面人住的體面房子，得預繳一筆租金，而我的存款猶如寡婦的性生活一樣荒涼。隨著肚皮隆起，那個本子愈寫愈滿，妻子打量房間的臉色也愈來愈淒涼。

簡言之，我急需錢用。

戴上萬聖節面具搶運鈔車、從屋頂上倒吊下來偷珠寶、編個程式把銀行儲戶的存款零頭抹掉存進自己帳戶裡，這些暴富技術我統統不會，我只會寫書。好消息是一本書的版稅也勉強夠用，現寫是來不及了，我只能整理一下手頭存貨——那些令我妻子愛上我的「辛辣漂亮」的議論文章，數量是不少，可惜都是批評嘲諷執政黨及其黨魁、抨擊其荒謬政策和腐敗黨員的，政治色彩太重，報紙雜誌不給刊發，出版社也不敢公開出版。

胎兒留給我的時間愈來愈少，我挨個拜訪城裡的出版社，厚著臉皮攀交情。在某個出版社的電梯裡遇到了我的大學同學C。

我跟他坦白了自己的困境。他脫口而出：「你缺錢用？太好了。」

接著，他解釋道，「太好了」是說他手頭恰好有一樁賺錢的買賣。政府剛剛頒布一條法律：入獄服刑的犯人如果有書稿出版，可視為給社會做貢獻，減刑九十天。法律條文一出，獄中湧現出很多想為社會做貢獻的人，遺憾的是他們不會寫書。不過，這個小小的遺憾完全可以用他們的錢來彌補。

書必須真的是書，幸好錢也真的是錢。據C說，這門生意迅速蓬勃壯大，掮客們的觸鬚正伸向大學教授，他們那些乏人問津的研究成果總算可以派上用場。接手「生意」的小出版社們已提前拿到全部書款，印數很少，是出版物印刷規定的最下限。客戶的唯一要求就是盡快交稿。

C說：「我已經接到好幾個律師報來的高價了。」

我問：「有多高？」

C說：「是你不會拒絕的那種高。」

他料錯了，我打算拒絕。可是我妻子說：「難道你怕玷汙你的名聲？這書又不會用你的名字出版，為什麼不寫？」

我說：「我認為我馬上就能找到肯出我文章或詩集的出版商了，只要再等一等。」

我妻子說：「我給你講個老笑話：有個特別虔誠的教徒，洪水圍住他的房子，眼看要把他淹死。但小木船、救援艇、直升機來了他都不坐，他搖頭說，我要等，上帝一定會來救我。最後他淹死了，上了天堂，質問上帝為什麼不來救他。上帝比他還生氣，『我已經派了船艇飛機去救你，你這混蛋就是不上，我有什麼辦法？』……聽我說，這個政策、這樁生意明明就是上帝送來拯救你們這些窮鬼的，你不上船，難道真要等著淹死？」

在戰爭結束之前，誰也不知道戰爭到底什麼時候結束，於是我給C回了電話。

C給我派了第一單活兒。據他說，這是特別照顧我，把目前報價最高的一單給我了。題目自擬，唯一的要求是至少七萬字。

前一星期我一個字也寫不出來，只是圍著書桌走來走去。第八天，C帶著給新生兒的禮物來看望我妻子和我，其實就是來檢查書稿進展。他參觀了一下我那像北極雪原一樣的電腦文檔，說：「你應當把作家那一面暫時收起來，把這事當作體力活，而不是腦力活。」

我說：「怎麼當體力活？寫一百遍『All work and no play makes Jack a dull boy』⑧，那你得給我租個沒人住還帶樹籬迷宮的旅館才行。」

C在屋裡背著手、皺著眉頭踱步，屋子很小，他往窗戶走兩步就碰到餐桌，得左轉；左轉走兩步又碰到衣櫃，再往右轉；右轉走兩步又被書櫃阻擋住去路，最後他在餐桌邊坐下。我親愛的洪水，不，我親愛的太太在廚房泡茶，用了家中最好的那套塞福爾瓷器，是她一位有錢閨密送的結婚禮物。她曾說只有美國隊長來喝茶她才會動用這套瓷器，不過C顯然並不是克里斯・伊凡。

茶端上來。C問我：「你的博士論文是什麼題目？」

「題目是《坦尚尼亞民間傳說研究》，已經出版過了。」

「碩士論文呢？」

「碩士論文是跟導師合著的，他也已經拿去出版了。」

C面對細瓷茶杯和茶杯裡的水汽瞪了一陣眼，說：「坦白跟你講吧，這種書不會有讀者，審查機構的人也早就拿到好處。只要你不交空白文檔，只要你像砌磚頭一樣砌出七章每章一萬字，只要裡邊的磚頭砌起來像本書的樣子，只要人們像翻連續畫片一樣撚翻書頁的時候看到裡面滿滿都是字，就沒有人會阻攔它變成一本書。你懂了嗎？」

他用拳頭鑿了幾下桌子，精美的黃水仙釉色塞福爾茶杯在茶盤裡跳動，叮叮直響。他說：

---

⑧電影《鬼店》裡，傑克・尼克遜飾演的作家住進一個無人旅館寫作，日漸瘋狂，他的太太發現他每天在打字機上只反覆打這一行字「All work and no play makes Jack a dull boy」。

「這本書沒有人會讀，你懂了嗎？」

C走之後，我開始從新角度去構思這本書。我給文檔的每一頁都設置了網底：「這是一本假書！沒有人會讀！」

那乾脆就寫瓷器吧：從塞福爾瓷器開始寫，第一章講一七三八年凡森瓷窯裡出產的第一只花瓶；下章先寫塞福爾為女資助人蓬巴杜夫人特製的一款粉紅釉色花瓶，取名「蓬巴杜玫瑰」；再扯上一大段路易十五與蓬巴杜的風月史；接下來一章寫寫這位國王的另一位情婦杜柏麗夫人……這樣東拉西扯地胡亂寫了六天，完成了約定字數的五分之一，不過我快忘記自己是個會寫真正的書的作家了。

第七天晚上，我接到一個編輯的電話。我把尋求出版的那本散文集的文檔也寄給了他一份，他以前操作出版過幾本題材頗為敏感的書，經過巧妙改動，都得以正式出版。因此，他是我寄予最大希望的一位。

他在電話裡說：「你的文章我讀完了，很犀利、很不錯，但是……你還是寫一點別的吧。」

我掛掉電話，自己打開那本書的文檔讀了一遍。跟以前一樣，我仍認為每篇都寫得非常好，正在逐年衰老懦弱的我可能以後再也寫不出來了。把它跟我正在炮製的「假書」並排放在一起：一個是花朵，一個是狗屎，但前者永遠只能做硬碟裡的胎兒，後者還沒寫出來就已註定能拿到出生許可。我看著它們兩個，痛苦在心中升起，猶如把喜馬拉雅山從海底崛起的過程以一億倍的速度播放。

我轉頭看看靠在床頭讀書的妻子，燈光照在她輕微水腫的顴骨和眼皮上，照在鼓脹的肚皮上，她像所有孕婦一樣不自知地帶著期待與平和的幸福感。那個胎兒很可能資質平庸，但無論日後他命運如何，只要能接觸到真實世界的光和空氣，就已經是幸運兒了。忽然，我想到了摩西，想到了他的身世和他的母親，想到那位女性是如何在法老的暴政中保全了自己的嬰兒。

啊，我為什麼不照此辦理呢？

我立即動手，把我「可憐的愛兒文章」分成一段一段，複製到「假書」的七章章節骨架裡，像給沙發靠墊的棉布套子裡塞棉花，又像把真人的血肉一塊塊臠割，填進無生命的娃娃的橡膠四肢空殼裡，只等咒語念響，娃娃就能轉動眼珠，彈動腳尖手指，代替另一個死嬰活起來。

拼貼好之後，七個章節都已有了可觀的篇幅，一本書居然已接近完成。不過，這些言詞激烈的段落還需要一些偽裝，就像電影裡的間諜混跡人群中，至少得戴帽子、豎起風衣衣領，再黏一臉大鬍子。

我在每章前面加上兩頁關於幾個著名瓷器廠家的介紹與描述，當作帽子；中間再把一些瓷器圖片和器型、釉色鑑賞作為「鬍子」亂紛紛地黏進去。

全部完成後，書呈現出一種奇趣效果：上一句是「這座白裙少女擁抱獨角獸在水仙花叢中入眠的瓷人偶，充分展現出西班牙雅緻瓷器的現代自然主義風格，有別於皇家道爾頓人偶的是，雅緻人偶具有一種沉靜夢幻的獨特氣質」，緊跟著下一句則是「古羅馬法學家塞爾蘇斯說：法乃善良公正之藝術。我們在這條新法案中看不到善良公正卻能看到藝術，然而，是巧妙維護一小群人利益的藝術……」

我把稿子傳給C，等了十五分鐘，他打來電話，語氣愉悅輕鬆：「好極了！稿子我已經拿給出版社了，他們說這個月就能印出來。你瞧，這活兒一點也不難，對不對？我馬上讓那邊把稿費給你。」

那筆錢在收到之日就變成了一套三房公寓的整年租金，以及帶珐瑯欄杆的嬰兒床、嬰兒監護器，等等——記事本上的物品清單落了地。在臨產前兩個月，我和妻子搬進了新房子，她還來得及搬著肚子走來走去，把即將到來的新客人的房間——嬰兒房布置好。一切都順利極了。我秉著從未有過的溫柔心腸，給她買了昂貴的產婦長袍和前胸有巧妙開釦的哺乳衣。她則頗花心思地手工製作了請柬，邀請她的朋友們來新居，開了一場成功的迎嬰派對。

分娩那天我在產房陪產，親眼目睹了最後羊水洶湧而出的場面，感到洪水沒頂那一刻終於降臨，旋即又慶幸自己總算搭上了一條小舢板。

不久之後，我去參加一個當紅作家從國外領獎歸來舉辦的宴會。城裡大大小小的作家們基本都到了。我站在靠門的位置，仔細打量走進門來的人們。一直被患有地中海貧血症兒子的醫藥費拖得苦不堪言的老D居然有了笑容，抽的菸斗也換成了帶防風蓋的石楠根菸斗，他哪來的錢？從沒寫出過暢銷書、被出版社惡意拖欠稿費、鬧到借錢請律師打官司的E穿了一身一看就貴得要死的衣服、皮鞋，他哪來的錢？……他們給哪位有錢的犯人當槍手寫了書？

同時，我覺得他們也在打量我，並互相打量，帶著恍惚的、淒涼的自得神情。

女兒降生後的幾年，我的精神和肉體都徹底被那位小尼祿統治著。我繼續當我的副刊編輯，用一個新筆名在報紙專欄裡回答女人們的婚戀問題，狠下心罵她們，話說得愈來愈毒，慢慢養出了一點名氣，出了兩本雖然算不上暢銷但也能再版的情感書。

C最後一次來拜訪，跟我閒聊，當笑話一樣給我講了那條法律創造的「奇蹟」：一個因貪汙巨額公款進監獄的部長，出版了腓尼基語言方向的學術著作，而且是三部曲，三本書中破譯了十三篇腓尼基烏加里特古城出土泥板上的文字；一位因醉酒鬥毆，持槍把人打成重傷的橄欖球明星，連續出版了《動物園籠舍建築設計》、《珠寶鑑定》、《比利時賽馬史》和《油畫修復技術漫談》四本書之後，又出了一本科幻小說和一本烘焙食譜……但他始終不告訴我，我的客戶的名字，就像是死者家屬不能得知器官捐贈的去向。我也沒再去打聽我那本《歐洲名瓷簡史》。人民黨上臺後，「出書減刑」同其餘很多激進黨的愚蠢政策一樣，被廢除了。

這就是我的回憶。七年後，當我看到那本書的書名，往事瞬間湧上心頭，我明白了A就是我當年的客戶。

A向我點頭，微笑：「是的，賴有您的妙筆，我節省了九十天寶貴的生命。謝謝。」

我說：「當年稿費已經結清，您不必再謝我了。」

A說：「不，您不明白，您的書對我後來的政治生涯產生的價值，遠遠超出那九十天減免掉的刑期。」

他翻動那本書，以一種同謀者之間似笑非笑的表情盯著我，一張嘴，竟然背出了裡面的一句話：「古羅馬法學家塞爾蘇斯說：法乃善良公正之藝術。我們在這條新法案中看不到善良公正卻能看到藝術，然而是巧妙維護一小群人利益的藝術……」

我再次怔住，隨即竟覺得一陣激動，一陣窘迫。沒料到他真的讀了這本書。

A搖搖頭：「不，當時我在獄中並沒讀您的大作，書稿被送進來，我的律師安排了另一個犯人替我手抄一遍，拿去付梓。我的刑期本來不長，減免兩次就出獄了，此事對我的仕途影響也不大，出獄後幾乎算是官復原職。後來嘛，後來的事您當然知道，激進黨垮臺，人民黨上臺。我自忖肯定要被我們敬愛的領袖清洗出局。然而我萬萬沒料到，黨內某位資深人士F站出來，為我說了幾句話。他說：『A雖然有激進黨黨員的身分，但他其實是難得的、反對激進黨的進步人士，有書面證據。』」

這時我已隱隱明白了。

A再次朝我一笑，在那本《歐洲名盜簡史》上拍了拍：「是的，F提出的證據就是這本書，他對敬愛的領袖說：『這本書中隱藏了大量批評激進黨及其黨魁、抨擊其荒謬政策和腐敗黨員的文章，言詞激烈、字字見血，足以證明A從未與激進黨人同流合污。』」

我的嘴巴不知什麼時候張開了一條縫，感覺自己像在夢裡。

A說：「這才是我今天要向您致謝的真正涵義，命運真奇妙，是不是？好了，您可以下樓去了，司機會送您回家，車座上有一只皮箱，請您帶回家，作為我為您追加的書稿稿費。再見，B先生！祝您寫出更多真正的好書。」

我邁著夢遊似的步伐，走出書房，走下樓，仍有那個燈神似的保鏢為我開門。門在我身後關閉。我站在臺階上，那輛勞斯萊斯像碩大的黑魚般駛過來。車門開了，我多年未見的舊友、掮客C走出來，像半小時之前的我一樣滿面疑惑。

他也立即認出了我，我們面面相覷。

我走下臺階，他朝我露出故人重逢的笑容，牙齒從嘴唇裡露出來。我暗暗分開雙腳站穩，右手攥拳卯足了勁兒，一拳揮出去，狠狠揍在他臉上。

重逢的
三個晝夜

第一天

在分別了五年一個月零十天之後，奧利，我將於一九五〇年十月二十三日十六點四十三分與你重逢。

而你對此一無所知。

就算上帝讓我專門挑選一天，也不會比今天更好：空氣清新得像薄荷酒，日光質感如水，雲朵彷彿浸透了漿果果汁，車站外的天空是淺藍色羼著紫丁香色——日後如果我要把這一刻的天空畫下來，就會選這兩色顏料。

一切都像是善意而完美的成全。我像所有普通旅客一樣，款步走上火車站月臺。十幾米外，你正坐在候車長凳上，栗色頭髮修剪得很短、很整齊，深灰色厚呢外套、同色長褲，左腿疊壓右腿，褲腿底端露出黑襪子包裹的瘦長腳踝，圓溜溜的踝骨像皮膚下藏了一塊小石頭，一只邊角包金屬的舊牛皮箱擱在旁邊地上。

從七歲到二十七歲，你的腿一直細得像個姑娘。你在抽菸，修長的右手食指和中指前端微微彎曲，夾著菸身，交到嘴唇之間，就像是在輕吻手指尖。接著你挪開手指，撮圓嘴唇，吐出一縷悠長的煙。從七歲到二十七歲，你做什麼事都是這副從容不迫的優雅姿態，無論是跟姑娘們在舞場裡跳舞，還是潛伏在林中高地狙擊納粹。

我靠著十五米之外的一根燈柱，遠遠地凝望你——今年三十二歲、身高一米七五的奧利弗‧芮夢德‧米切納。

你對你的名字也一無所知。

咱們要搭乘的那趟慢車二十一分鐘之後才到。我有時間，有的是時間。所以我耐心等待，等到雙手和膝蓋不再哆嗦得像犯了瘧疾，等到淚膜從眼珠上退下去，才站直身體，提起行李箱。

幸好這天有風。萬一你覺得我的眼睛和鼻頭發紅，你會認為：哦，是來車站的路上被風吹的。

然後我向你走過去。跨過生和死，跨過漫長無望的日子，跨過無數噩夢與午夜的熱淚，跨過來不及挽回的舛誤，向你走過去。

我在長椅邊剎住腳，開口對你說了重逢之後的第一句話：「對不起，先生，能借個火嗎？」

就像所有在火車站萍水相逢的兩個陌生人一樣，誰也看不出這裡面有問題，絕對看不出。就算把夏洛克‧福爾摩斯叫來，他也沒法從我這個表情和臺詞裡找出別有居心的跡象。

你抬起頭來，友善地一笑，將菸叼在嘴裡，右手從口袋裡摸出一盒火柴，遞給我。我接過火柴，說聲「謝謝」，放下提箱，順勢在你左邊的空位上坐下來。

光是跟你並肩坐著，就讓我的眼淚又暗地裡來了一次衝鋒。

我低頭掏出香菸盒，在手心裡磕一磕，用牙拽出一根，再用你的火柴點燃。你看著我的香菸盒，「您也喜歡切斯特菲爾德菸？」

「是。」我向你微笑，笑得有氣無力。我所有的力氣都用來按捺四肢，阻止自己撲上去擁抱你。

「真奇怪，這個車站商店的切斯特菲爾德香菸都賣光了。」

一點兒不奇怪，兩個小時之前，它們全都被我買了下來。我說：「您只吸一種牌子的菸？」

你點點頭，笑一笑，「有點古怪？」

「不，不怪。我也只喜歡切斯特菲爾德。」我只吸它，是因為你從十四歲開始就喜歡這個牌子。

這時你那根菸燃盡了。垃圾筒在我這一側的長椅旁邊，你低聲說著對不起，探身掠過我胸前，用右手把菸蒂丟進鋼筒。我努力把後背貼緊椅背，但那一瞬，我恍惚看到，我的心臟從肋骨後邊蹦出來，帶著發燙的血撞到你身上。幸好這一刻非常短暫，你迅速地收回身體，在原位坐好。

你空蕩蕩的左衣袖跟隨你的動作，在我膝蓋上拂過來，又蕩回去。

我看了一眼那只袖子。你當即發現，仍答以一笑，但你的目光在我臉上帶有探察意味地打了個轉，看我有沒有露出驚怪、無禮的神色。我想我通過了這個小小的考試。

我神色如常地說：「很遺憾。現在還會疼嗎？」實際上，我積攢了一噸關於那條手臂的各種問題，但我只能挑一個最普通的問。

「當然不，是五年前的事了。」

一個忍不住，我還是多說了一句，「平時一定很不方便吧？」

「啊，我說服自己是生下來就少一隻手，日子就好過多了。不過繫鞋帶還是個問題，所以我只能總穿不用繫帶的僧侶鞋、吸菸鞋。因為這鞋，我又總想吸菸。剛才我抽完了身上最後一根，倒楣。」說完，你自嘲地咧嘴一笑，滿口白牙像有一道光射出來。

在你的世界裡，一切都不會鈍化，不會渾濁，永遠新鮮清澈，永遠是這樣。

我掏出自己的菸：「這盒送給您。別推辭，我還儲備了好幾盒。」

你有點詫異地一揚眉毛，接過菸盒，表情變得更柔和，「非常感謝……您要到哪兒去？」

我說出了自己的目的地。

你詫異道：「這麼巧？我也去那裡。」一點兒都不巧，我是探知你的行程之後才訂票的。

當然我也做出驚奇的表情：「那您的房號是多少？」

你說：「二等鋪，九號房間。」

我抬手扶住額頭：「我也是九號房間，A床位。」

「我的床位是B！天哪，這真是太巧了。」不，一點兒都不巧，我以三倍的價錢從一個土耳其人手裡買下跟你同房間的鋪位。這世上只存在你不知道的、隱祕的苦心孤詣和踏遍歐洲大陸的痛苦尋找，沒什麼事真是湊巧的。

你明顯地鬆一口氣，雙眸熠熠生輝，「太好了，行程有三天，我一直擔心同房的是個……」

「是個什麼？」

「是個不像您這樣文雅和善的紳士。」

我並不文雅和善，我也不是紳士，我是個軍人。我殺過人，很多人。

你友好地向我伸出右手：「真幸運，咱們會做三天室友。您好，我的名字是普林斯・揚。」

我的嘴巴把那個名字重複一遍，但我的心下一秒就把它忘了。你只有一個名字，你是奧利弗・米切納中士，生於美國芝加哥的奧利。

你是我的奧利，不管你記不記得。

握手的時候，你無名指上的婚戒觸碰到我手心。我說：「很高興認識您，我的名字是勞倫斯・戈林。」

二十年前，我跟你第一次在校園裡相遇，你打跑了搶我東西的高年級惡霸，把我從沙坑裡拽起來，我說：「你真能打。很高興認識你，我的名字是勞倫斯・戈林。」

列車員吹響了哨子。哨聲悠長，咱們那趟車要進站了。我和你同時站起身來，我搶先提起你的皮箱。你一伸右手，搶了個空。我立即說：「我堅持。」

你直起身子，再次笑出聲：「戈林先生，我已經預見到，未來三天咱們一定會共度得很愉快。」

當然，當然會很愉快。因為我愛你，奧利。我們有三天時間，在那個狹窄的鐵盒子裡朝夕相對。只有三天。或者說，有三天那麼多。另幾條軌道上，有車進站，有車出站。火車汽笛長鳴，蒸汽繚繞。列車員揮舞小旗，人們在月臺擁抱惜別，親吻臉頰。我跟在你身後，踏上我們的列車。

一踩到車廂裡鋪著的硬毛地毯，我的心忽然安寧下來。乘客們剛剛上車，車廂過道裡堆著未及安放的行李，後面的人得等先上車的人把箱籠搬入房間安置好，才能通行。帽針上鑲珍珠的老婦大聲向女兒發令，還有嬰兒哭聲、母親的呵哄聲……兩個乘務員夾在人群中忙裡忙外，根本顧不過來。

我們的房間在車廂中部靠後位置。跟著前面的人慢慢挪動時，你轉頭看到打開的廂間裡，一位矮個女士正踮著腳，努力想把一個大行李箱弄到行李架上去，一個小女孩坐在對面的鋪位上，口含手指，看著母親發呆。

你主動探進頭，溫和地說：「要我幫忙嗎，女士？」

那女人不回頭地說：「謝謝！請來搭一把手吧。」

但等她回過頭看到你左邊的空衣袖，立即呆住了，「哦，對不起，先生，我剛才不知道……」

你笑得非常可愛，「不要緊，您可別小看剩下的這根胳膊，因為平時活兒全靠它幹，它的力氣也能頂倆呢。」

你說著單手把那個皮箱提了起來，我立即伸手托住箱子，即使只是剛剛說過不到十句話的陌生人，我也絕不可能乾看著。我低聲說：「請讓我來。」你卻不肯鬆手。我跟你一起把行李箱托到架子上去。那女人連聲致謝。你說：「我和這位先生在九號房間，您找不著乘務員幫忙的時候，儘管來找我們。」

我的感動不僅源於你永遠有一顆這麼好的心，而且源自……你稱呼我和你為「我們」。汽笛聲響起，車廂像忽然醒來似的顛簸了一下。火車緩緩駛離了暮色中的車站。

我看著你拽開房間角落裡的盥洗室拉門，從箱子裡一樣樣取出洗漱用品放到盥洗臺上。你回頭說道：「我給您留出了一半地方。」

「我沒什麼要放的。他們不是提供了毛巾、肥皂嗎？」

「可是剃鬚刀……」

「哦，我倒沒有每天一定要剃鬚的習慣。」

你很熱心地說：「如果您需要，可以用我的。」

我點點頭。即使在艱苦的行軍途中，你也會盡最大努力每天做好個人衛生，馬丁最喜歡調侃這個：「奧利，你幹麼每天把臉刮這麼乾淨？怕晚上親吻姑娘的時候扎著人家嗎？……」

掀開的箱子裡，換洗衣服和日用品擺放得整整齊齊。你見我在打量你的物品，微微一笑：「不是我的功勞，行李是我太太給收拾的。」你邊說邊把一本書拿出來放在枕頭旁。「在那次事故之後，」你指一指左邊衣袖，「這還是我第一次長途旅行，本來她要跟我一起來。出發前一週，小蒂朵——我女兒，淘氣得像個男孩兒——爬樹掉下來，把胳膊摔斷了。簡直沒辦法！她媽媽捨不得出門，所以……」你聳聳肩膀。

你的妻子叫艾莉西亞，一個溫柔恬靜的好主婦，你四歲的女兒叫蒂朵，一個月前我就知道她們的名字了，所以此刻我還能保持微笑：「聽上去怪可愛的，小孩子活潑一點是好事。」

「唉，我們家的狗和貓可不這麼想。她媽媽每次打她都會嚇唬她：你再這樣下去，將來沒一個男人願意娶你。」

「您有一個幸福的家庭，真讓人羨慕。」真讓人絕望。

「這半天我總在說自己家的事，您肯定聽煩了。我還沒好好認識一下您呢，您的孩子肯定也不小了？」

「我還沒結婚。」

「啊，那真是太奇怪了。」

「有什麼奇怪的？」

「您肯定很受女孩們歡迎……」不，奧利，在咱倆之中，受女孩歡迎的那個一直是你。

你繼續說下去：「……戰爭結束之後，我們鎮裡的人都迅速地結婚，從前線回來的軍人的太太們都在第二年生了小孩。總算迎來了和平年代，大家都想趕緊多享受人生和家庭之樂。連鎮上當了十幾年寡婦的女人都再婚了。」

我不置可否地笑笑：「我的情況嘛，算是工作太忙，耽擱了。」這也是實話，在你離開之前，我忙著跟你在一起；你離開之後，我忙著找你。

「您的工作是什麼？」

「猜一猜？」

「我猜您可能是個電影演員，或是歌唱家。」

我笑出了聲：「不是的，為什麼這麼猜？」

「因為您的相貌這麼出眾，聲音也很好聽……」

我說：「要讓您失望了，我只是個政府部門的小職員。」

奧利，我根本不可能是個好演員，只跟你演了這麼一會兒陌生人，我已經感到疲憊極了。

我站起身，「乘務員大概不會主動過來了。我想去找他要一支柑橘酒，您需要點什麼？」

你善意地撇撇嘴，「還沒到晚餐時間您就開始喝酒了嗎？我只要一杯熱水，謝謝。」

我在過道裡拖著雙腳走出一段路，停下來，雙手扶住過道窗戶的木欞，頭頸像斷了一樣垂下去……一個人身上是怎樣藏著好幾個世界？那些破損的、成灰的、早就不再呼吸的東西，當聽到熟悉聲音的一句召喚，所有碎片就從心的各個角落裡飛回來，自動拼回一整個完全的圖景。我還沒決定，我該怎麼決定？我正站在一個處於混沌與成形之間的命運的邊緣。我不能把這當成一場賭博，一閉眼把骰子擲下去，等待它自己骨碌碌滾出一個點數。

我回來的時候，一手拿酒，一手拿水，胸口裡是那顆努力振作起來的老心。你正靠在窗邊借著落日餘暉看書，光投在書頁上，又反射到你臉上，像要流動又像要凝固，連你顴骨上一層薄薄的絨毛都被照得清楚。

人到了三十歲之後，總有些悲歡憂患，在眸子和眼角強行留下痕跡，尤其在這戰爭年代。只有心中沒有往事包袱的人，才會有你那樣一張沒有憂慮的、光滑舒展的面孔和澄澈的眼睛。

我把酒放在桌子上，手伸到窗邊一試，「您那邊的窗戶有縫隙，漏風很嚴重。咱們最好換一下床位。」

你接過那杯水，向我道謝，搖頭表示不用換。然後又迅速把目光收回到書上去。

看來我暫時不受歡迎了。於是我拿出寫生本和炭筆，裝作在畫畫，而不是悄悄享受著與你近在咫尺的時光，幸福得頭腦有點昏沉。不過我也確實畫了點東西。我一邊喝著那瓶柑橘酒，一邊給剛才那個車站畫了一張速寫，作為日後回憶的資料。拱形穹頂、進站出站的列車、巨型時鐘、一把長椅、兩個坐在長椅上抽菸的男人……

大約一小時之後，我聽到你低聲說了句「糟糕」。

我抬起頭問：「怎麼了？」

你的表情充滿遺憾，但那個答案真是出人意表：「我把我的書讀完了。」

我一聽明白就開始笑，你還在解釋：「出門時，我猶豫好久是帶一本還沒開始看的書，還是帶一本已經看了一半的書。最後捨不得看到一半的情節，把後者放進箱子裡。麻煩的是第一天才剛開始，我就把它讀完了。唉。」

你不斷搖頭，認真地懊惱著。願意為這些瑣事煩憂，說明你過得很快樂：平靜的湖面，投一顆小石子也有長久不息的漣漪，而在危險動盪的大海上，只有滔天風浪才值得一提。

「為什麼不把兩本書都帶上，或者多帶幾本？」我剛問出這句話就想到了原因，「哦，對不起，我知道了。」

你笑著點頭，歪歪下巴向左邊袖子示意，「是啊，我沒法負擔更重的行李。」這時你的目光投到了我手中的寫生本上，「您帶書了嗎？我可都指望您了。」

我從枕頭下邊摸出一本舊書，晃一晃，「我只有一本《雙城記》，您肯定早就讀過。」

你現出驚喜的樣子，「您也喜歡狄更斯？」

「是啊。」不是的，但我知道你喜歡。多奇妙，果然你的一切口味都沒有變化，從香菸到小說。

「《雙城記》我讀過很多遍，不過什麼時候重讀一遍都不是壞事。」說著，你就順口背出了一段，「每個人對別的人都是個天生的奧祕和奇蹟。我曾趁短暫的光投射到水上時，瞥見過埋藏在水下的珍寶和其他東西……那水域已命定要在光線只在它表面掠過……」

我接下去說：「而我也只能站在岸上對它一無所知的時候用永恆的冰霜凍結起來，我的朋友已經死了，我所愛的人、我靈魂的親愛者已經死了。」

這些都是《雙城記》中的句子。

你眼中閃過讚賞和找到同好時快樂的光亮，點點頭，接過書，撫摸一下磨破多處的封皮，又翻開扉頁看了一下：「這書是您在英國買的？」

「是的。」不是的，那書是我和你在英國戰場作戰的時候，一位英籍戰友送給我們的。確切地說是送給你的，你身為美國人對狄更斯表現出的喜愛，令他頗為得意，引為知己。

你猶豫一下，又把那書遞回給我，「我要留到第三天的時候再借來看。」

我笑道：「好吧，在那之前，我可以陪您聊天，聊上兩個晝夜，幫您打發時間。」

你笑一笑：「任誰一看都知道您度過了精彩的前半生，一定有很多好故事。可惜我的經歷過於貧瘠，沒什麼能拿出來跟您分享的。」

我想我明白你的意思——你所能記得的生命只有五年，然而那就是我最想聽到的，是世上我唯一感興趣的。奧利，請不要讀書，不要分神，跟我說話，只跟我說話，一刻不停地說下去，讓我知道你是怎麼度過這五年裡的每一天。

過道裡傳來乘務員拉長的聲音：「晚餐開始供應。」我站起身來，「揚先生，一起去吃晚飯？」

你也站起身，「哦，別叫我先生，叫我的名字。咱們還有三天時間，一直叫先生多彆扭。」

「好的，普林斯。那麼，也請您叫我勞倫斯吧。」

同車的乘客們紛紛從房間裡出來，走向餐車。我跟在你身後往前走，猛然覺得這挺像一次晚餐約會。這一點點可憐的聯想，像火星在胸腔裡暗暗燃起來，讓我整個身子充滿了不可言說的愉悅。

而你，一無所知。

第一夜

餐車車廂與普通的飯館、咖啡廳沒什麼區別，除了地面在有節奏地輕輕搖晃。你挑了一張桌子坐下來，我坐在你對面。桌上擺著舊花瓶，你伸手碰一碰瓶中的花，有點失望地說：「是假花。」

我笑道：「戰爭才過去沒幾年，您不能要求這麼高。」

侍者送來菜單，我掃了一眼菜單，又瞟了一眼你。你顯得有些為難，正菜都是整塊牛排、豬排，一隻手沒法同時使用刀叉。

我說：「放心點一塊T骨牛排吧，我來幫您切。」

你微微一怔，驚異於我看穿你的心思，還想推搪：「我要一碟義大利麵就行了。」

「不要客氣，我的朋友，長途旅行很耗體力的。」

因此，我跟你點了一模一樣的T骨牛排。等肉送上來，我把你的盤子拽到眼前，用你的刀叉把肉割成小塊。你坐在對面看我操縱餐具，刀鋒在盤子上劃出輕微的吱吱聲，始終一言不發，表情是接受別人好意照顧時，感到自己給人添了麻煩的羞怯，以及不知怎麼說出口的感激。我短暫地抬起頭，向你微微一笑。最後我把盤子推回給你，順手拿起胡椒瓶，問：「加一點？」

你點點頭，看著我絞動胡椒瓶蓋，由衷地說：「勞倫斯，您實在是個體貼的朋友，這趟行程能遇到您，我的運氣真好。」

我熟練使用不遠不近的客套語氣，微笑回答：「能有您這樣的旅伴，也是我的幸運。」奧利，前半生能結識你、共度二十多個年頭，確實是我的運氣太好，可惜好運氣不會跟隨一輩子。所以就算以後幾十年都不再有你，我想我也不該有太多怨尤了。

飯後我們在過道裡踱步，到車廂連接處吸菸、聊天。回到房間之後，叫了一瓶利口酒，一面喝酒，一面繼續談話。

我關掉頂上的燈，只留床前桌上的一盞檯燈。燈柱細長，粉紅色帶流蘇的燈罩像是婦人的漂亮帽子，光透過燈罩，也變成了暖融融的緋紅色。在燈下，你的面部線條變得更鮮明，既柔和又誘人。你的皮膚在溫暖的小房間裡逐漸泛起光亮和紅潤。你那個可愛溫柔的靈魂，從你的灰色眼睛裡往外張望。

而幾個小時裡，我們聊了什麼呢？維克多•雨果、馬基維利、美國紐約、歐洲旅行、戰爭、和平、再次爆發戰爭的可能性……這就等於什麼都沒說。我心裡那些話——因為儲藏過久而溫度過高的話，說一句都會灼傷喉嚨和舌頭的話——一句都沒能說得出口。

我還不能做決定。奧利，你如此快樂，如此平靜，我該怎麼決定？

我甚至陰暗地期望，明天就是世界末日，明天我們都會死去，那我就可以不再顧慮。也不管你相不相信，我會反反覆覆喊出那些話，直至最後一口呼吸從嘴唇上掉落。

我把你的酒杯添滿，說：「您有沒有讀過《牛虻》？一本愛爾蘭小說。」

「啊，讀過，不過……」你在燈光裡笑起來，喝了一口酒，那是一種用來代替批評的、不以為然的笑。

「說說您的高見。」

「那部小說裡的信仰和感情處理得過於淺表，情節又太多巧合，很難讓人信服。」

「您是說亞瑟和瓊瑪的關係？」

你點點頭：「是啊。他們自幼相識，而且彼此深愛過，對不對？那麼即使再過多少年，一見面也肯定認得出來。您看《基度山恩仇記》裡，美西蒂斯一見到愛德蒙不就認出來了？況且瓊瑪還在牛虻生病時貼身照料過他。特殊的眼神，一點點脖子和手指的小動作……總能認出來的！人不可能那麼輕易就認不出深愛過的人。」

我懷著滿腹辛酸和奇特的快慰，看著你高談闊論時的樣子。不，奧利，你錯了，即使自幼相識，即使深深愛過，他們也會忘記，也會面對面坐著仍認不出來，但那並不是他們的錯。

我說：「作者也試圖解釋這個問題，女主角不是始終有懷疑嗎？」

「您覺得結局怎麼樣？拋開政治和信仰，只說亞瑟和瓊瑪的結局。」

我低下頭，慢慢旋轉手裡的酒杯：「我個人的意見是，這小說的結尾很失敗。亞瑟不該給瓊瑪留下那封信，這樣一來簡直功虧一簣了！您不覺得嗎？按照前文的塑造，他是世間最能隱忍的人，如果瓊瑪毫不知情，不知道自己曾當面錯過愛人，她的後半生會少受多少心靈上的折磨。真正替她著想、真正愛她的那個『牛虻』亞瑟，會把祕密帶進墳墓。」

你莞爾一笑，並沒評論我這番話，反倒評論起我來：「勞倫斯，我看得出您是個有犧牲精神的人、一個難得的男子漢。未來被您愛上的姑娘會是個幸運兒。」

我苦澀一笑：「您過譽了。說起來簡單得很，真要做的時候可就難了。」

你搖一搖酒瓶：「酒沒有了。談話真愉快，不知不覺我居然喝了這麼多酒。」

我說：「如果您喜歡，我明天還陪您喝。」

奧利，你的一無所知多麼可恨，又多麼可愛。

而我多麼需要你的無知。

我與你的第一晚，就這麼平淡地過去了。

我們分別洗漱，然後在自己的床上躺下，互道晚安。我伸手按熄了檯燈。你像所有沒心事的年輕人一樣，翻個身，迅速地睡著了。

而我，長時間睜大眼睛平躺著，諦聽一臂距離之外的你在夢中的呼吸聲，猶如諦聽最重要的生命祕密。

一種遲緩、平穩的晃動，從脊背下面的被褥和床板傳上來。火車不知疲倦地向前行進，彷彿會永遠飛馳下去。我們像處於一個巨大的動物體內：一隻巨鯨、一條大蛇、一頭怪獸，它將要刺穿黑夜，到世界的另一端去。

對我來說，即將抵達的另一端是我後半生的答案。或者說，是判決結果。我對自己的判決。

我每時每刻都清楚地意識到，眼前的光陰是偷來的。

你香甜地睡著，面朝壁板，肩膀緩慢起伏。那是我熟悉的呼吸節奏和頻率，永遠不會忘記。能每夜聽著這音樂的人，她該有多幸福。

火車時而駛過不需要停靠的小站，月臺上的燈光透過窗簾射進來，大塊的光斑從你的後背和頭顱上急速移過。

我在暗影中凝視你的後腦勺、擱在枕頭上的栗色頭髮、好看的脖頸。在幻想裡，我赤足下床，走過去單膝跪在你床頭，親吻你的後頸，把手指插進你的短髮裡，輕輕撫摩，撫摩你那業已忘記我的頭腦。然後，在你驚醒、轉過身來的時候，俯身吻你的額角和嘴唇……

然而那些都沒有發生。

我睡著了。

後來我醒過來，被你的咳嗽聲驚醒。我看了一眼枕頭邊的夜光手錶：四點零五分。你面朝下趴著，把枕頭壓在頭上，咳嗽聲就是從那下邊悶悶地傳出來的，也不知這麼咳了多久。

我掀開被子，坐起身來，「我說過咱們該交換床位，你那邊的窗縫漏風太厲害。」

你把臉露出來，兩邊顴骨咳得發紅，眼睛也紅通通的，「對不起，我本來還奢望不吵醒您的……」沒說完，又攥起拳擱在嘴唇上咳嗽。

我說：「請把手給我。」你把手隔空伸過來。我握一握你的手，還好，溫度是正常的，手心也不燙，並不發燒——其實我本想過去摸摸你的額頭，不過那動作對剛認識一天的陌生人來說過於親暱了。

我草草穿上衣履，趁你埋頭咳嗽的時候，伸手到床下的箱子裡拿了點東西放進口袋，然後推門出去。二十分鐘之後，我回到房間，手裡拿著一個鐵杯子。你翻身坐起，臉上是鬆一口氣的樣子，「我還以為我太吵，惹您生氣或是厭煩了。」你說半句就咳嗽一小會兒，然後嘶嘶地喘氣。我伸手拉亮檯燈，在你床邊蹲下來，把杯子伸到你眼前，「來，把這個喝掉。」

你用右手捂住嘴巴，一邊咳嗽一邊吸氣，探頭往杯子裡看了一眼，「是什麼？」

「蜂蜜、薑汁和梨汁，是我們家鄉的止咳偏方。我讓廚子加熱過，不過涼得很快，您得趕緊喝。」

你像個聽話的病孩子一樣，接過杯子仰頭就喝。喝完了問：「這個時候，廚房還有人在？」

「我找乘務員問到了餐車裡一個義大利廚子睡的車廂，敲門把他叫了起來。」

「他居然沒揍您？」

我笑而不語。我給了那人足夠多的「藥錢」，足夠讓他心平氣和地到廚房去榨梨汁。

半小時之後你的咳嗽慢慢平息下去了。我搶先說：「千萬別講道謝的話，這不過是舉手之勞。」

你捧著一杯熱茶啜飲，「該怎麼說呢？勞倫斯，您簡直是……天使。」

我不是天使。那也不光是蜂蜜、薑汁和梨汁。我在裡面加了止咳的特效藥劑，是專供軍方使用的，民間暫時還買不到。我早就知道，五年前你獲救時已經在雪地裡凍了太久，肺和氣管一直有慢性病——我用盡辦法（當然也用了錢）弄到了你的病歷和就醫紀錄。

這時最初的晨光染白了窗簾。你終於同意跟我換床，補了一會兒覺。咳嗽折騰了小半夜，你睡得很沉實，連乘務員在過道裡喊「早餐開始供應」都沒把你吵醒。我一個人去餐車吃完早飯，然後溜到廚房，讓那位義大利廚子特地做了一份早餐，再借一個托盤把早餐端回房間，叫醒你。

雞蛋是溏心的，但又不至於黏糊糊流一碟子，培根煎到稍有一點脆，鬆餅澆了鹹奶油，一壺熱可可溫度剛剛好。你吃得又驚喜又滿足：「真奇怪，這列車上的早餐竟然做得這麼好。這幾年吃過最好的早餐就是這次了。」

當然，你當然會喜歡，因為我知道你的一切喜好，從煎蛋的軟硬到鬆餅該塗什麼醬料。我坐在你對面，不出聲地微笑，聽你絮絮地講述戰後初期物資匱乏的時候，你在歐洲幾個小村鎮吃過什麼奇怪的早餐，等你的杯子空了，就默默替你加滿。

第二天

「兩天，或者是三天——我是說我在雪裡埋著的時間，醫生也只能粗略地判斷。他們猜測我是從山崖上摔下來的，幸好下面是一片樹林，我先掉到了樹梢上，滾落下來。又幸好那些天剛下過一場十年不遇的大雪，積雪緩衝了落地時的衝擊力。更幸運的是，我養父剛好出來打獵。獵狗搶在狼群之前發現了我。」

這一天，你開始向我講起那場「事故」。

其時我們正坐在一個小酒館裡。列車在某個小站停靠兩個半小時，添加飲用水和燃料等補給。旅客們都從車裡下來，到外邊散步，進咖啡館和酒館喝酒、吃午飯。這個城據海而建，火車站就在港口旁邊，海水在海灣的懷抱裡閃閃發亮。我們出了車站，沿著海岸往前走，隨便選了港埠一角最清靜的一家飯館。

我們點了炒小牛肉、奶油燉花椰菜、馬鈴薯泥、醋拌洋薊。

你吃東西的樣子也跟從前一樣，就像對每一口食物都特別欣賞、珍惜似的。飯後我們要了點酒，一邊喝一邊說話。你講起那場「事故」，開始時似乎只是要解釋凌晨那次發作，但後來我發現你是真的打算傾吐，並把這種坦誠作為另一種形式的謝禮。

我安靜地聽著。你說話時神色如常，平靜得讓人難以置信。我不知道要做到這樣需要多少勇氣。

「我養父把我從樹林裡背回去的時候，我差不多快死透啦：肋骨折了好幾根，斷了一條胳膊一條腿，顱骨骨裂，胸椎斷裂錯位，加上腎衰竭、肺炎……後來左邊手臂壞死，只能截肢。幸好腿總算保住，不然我就成了半邊人。您看得出我的右腿短一釐米嗎？」

我由衷地說：「看不出來，您的腿現在很健美。」

你略顯得意地微笑，像是在一場搶奪中贏回了點什麼似的：「截肢手術出了點麻煩，我發燒昏迷了一個多星期。等我清醒了、能說幾句話之後，人們問我的名字、從哪兒來，發現我一樣也答不上。醫生說，這裡出了點問題。」你用手指點一點太陽穴。

我們的座位在窗邊，透過打開的窗戶，可以看到微波蕩漾的海水，有船隻緩緩駛入港塢，桅杆高高聳立，主桅和前桅上懸掛潔白的橫帆，就像生著巨翅的神鳥從遠海向岸邊飛來。

我表現出恰到好處的震驚和惋惜，把那個表情保持了一兩秒，像驚魂甫定似的呼出一口氣，再抬手去拿酒瓶的時候，碰翻了自己的酒杯。

所幸杯裡剩下的酒很少。你停止講述，我說：「啊，對不起，我手腳太笨了。」男侍立即過來抹桌子，我對他說：「請給我和這位先生再來兩杯啤酒。」

你低下頭，正要把一根菸放進嘴裡，我用手指叩叩桌面，引你抬頭看我，並用譴責的目光盯著你的香菸，緩緩搖頭。你呵地一笑。

我說：「至少剩下這兩天，請您克制一下，我可不想再半夜去砸廚子的房門。」

我是故意弄翻酒杯的。我必須打斷談話，做點別的，或者說點別的。我的心太疼了，得讓它緩一緩。

可我又那麼迫切地想聽下去……所以我不顧死活地開口問：「後來呢？」

「我不記得自己的名字、國籍、年齡，空白得像個嬰兒。我身上也沒有能標誌身分的東西，衣服都被樹枝刮爛了，剩餘那些布條也不是任何一個參戰國的軍服。我聽得懂英語和法語，也都說得不錯，從口音上判斷我應該是美國人。我查過那段時間盟軍行軍路線、大大小小的戰役，沒查到哪次發生在我被發現的地方，所以我可能是個失足掉下山崖的旅行者。」

不，奧利，你是軍人，是在山區執行任務期間英勇殉難的烈士，是英雄。

我仰頭把杯子裡的酒一口喝乾，嘶地吸一口氣，拿手背擋住額頭和眼睛，裝作眼裡泛起淚光是因為不勝酒力，自言自語地說：「這酒勁還真大。」

你笑了：「幹麼喝這麼快？時間還很充裕。」

你沒發現我的聲音有點渾濁。

我又把目光投向窗外的海水，水面泛起粼粼波光，像有無數銀魚跳躍。我說：「起風了，需要把窗子關上嗎？」

你伸手在胸腔處拍撫一下，「哦，不用，我完全好了。勞倫斯，您是個太體貼的朋友，我要不好意思啦。」

到了現在，一切都只剩下平淡的陳述，夾雜在一口一口烈酒之間。你離開我那年，我試了能搞到手的所有酒，讓它們帶我去不省人事、無悲無喜的幻境。

我請你繼續講下去。

「我的養父母，鮑勃和波莉，一對非常善良的普通夫婦，最大願望是能在村裡的園藝大賽中獲頭獎。

「他們有一個兒子一個女兒。長子菲力，一九四三年秋天死在義大利戰場上，一整支隊伍遇上敵軍轟炸機，全軍覆沒，連遺體都沒能找到。我見過菲力的照片，參軍之前的便裝照：高個子，卷髮，寬肩膀，長腿，是個生氣勃勃的漂亮青年。那樣的好青年再也不能回家，確實讓人心碎。

「接到陣亡通知書的十個月後，鮑勃在雪後的樹林裡救了我。您也覺得很巧吧？我就像是上天補償給他們的兒子。」

海風從敞開的窗子吹進來，帶著鹹腥和濕意，遠處有海鷗的叫聲。陽光非常亮，讓人頭暈目眩的那種亮。陽光灼燒著靠窗的那半邊臉頰。我吞下最後一口冷酒，像嚥了一把針。

你堅持由你來結帳。我們走出飯館，順著港口邊的路緩緩踱步。又有船隻進港、下錨，甲板上的水手們收捲帆布，向岸上的人說話、呼喝，陣陣喧譁。你跟我並肩走著，就像以前一樣。因為腿受過傷，你的步幅和頻率有極細微的變化。不過我稍稍調整一下，就又能跟你速度一致了。

我又一次阻止了你拿出香菸來吸。

我問道：「後來呢？」

「後來我在醫院住了三個月，等待斷掉的骨頭慢慢長合，等待體溫不再忽高忽低，等待縫補好的內臟重新幹起它們該幹的活兒……出院的時候，全院護士都來送我。他們說我是個奇蹟。起初那個月，有好幾回殮房的人已經準備抬人了。

「我的養父母把我接回了家。住了好幾輩的石頭房屋，屋後有菜園、果樹，還有那條把我從雪窩子裡扒拉出來的大狗『將軍』。特別溫馨可愛的房子，我一看就喜歡。

「那時候我還不大能走路，在床上又多待了一個月。

「他們叫我『王子』，後來那就成了我的名字。那是我妹妹取的，她喜歡叫我王子，因為……您看過奧斯卡．王爾德的童話《星孩》嗎？」

「是的，我看過。」

「《星孩》是她給我讀的第一個故事。故事的開端就是一場大雪，星孩從天上掉下來，掉在樹林的雪地裡，被他養父撿回家中，日後大家才知道他是個王子。克蘿伊——我妹妹，最喜歡這個故事。

「等我能自己拿得動書，她又給我找來了很多小說。聖修伯里的《小王子》，那本書裡的飛行員是在沙漠裡遇到了行星B612的小王子。克蘿伊說，像我這樣憑空出現肯定是個王子。」你笑了起來。

距離港口遠一些，仍隱隱聽得到浪頭一下一下拍擊水泥堤岸的聲音，柔軟得像一整塊布料似的海水，綿延到天的另一邊去。

一切宛如夢境。我就像是在夢境中與你重逢。

我問：「什麼都不記得，會覺得痛苦嗎？」

你又笑了，舌頭冒出來舔舔嘴唇，「我被別人問過很多問題，像您這麼問的倒是頭一個。」

「別人都怎麼問？」

「最常問的是：你真的一點不記得？連以前有沒有老婆孩子都不記得？或是：為什麼不趕緊裝一個假肢？一隻手找工作很難吧？諸如此類。您在車站見到我的時候問：現在還會疼嗎？現在問的是：會覺得痛苦嗎？跟外表不一樣，您還真是個心特別軟的男人。」

我把眼睛望到海面上去，也笑了一聲。

奧利，那些人傷害到你了嗎？那些粗俗的心靈，他們自以為有同情心，其實那只是一些毫不動情的、庸俗的好奇。

這個問題，等到我們回到列車車廂裡你才回答。我一度以為你忘記了。你說：「要說是痛苦，不太準確，應該是……迷惑、不知所措，和一種飄在空中不知該落在哪兒的難受。記憶是安全感和歸屬感的來源，它會像船錨一樣把人固定在某處。不過再想想菲力，想想那些死在戰場的士兵，我就覺得自己沒資格痛苦。更何況，養父、養母和家裡所有人都對我很好，非常好。」

在列車重新開動之後，我終於問出了一個重要問題：「您沒想過去找一找自己原有的身分？」

這次你沉默了一會兒。「當然想過。不過也只是想一想。我知道波莉和鮑勃對這件事很矛盾，他們跟我說如果某天我能找回原來的身分，他們也會替我高興，但是……」你面上第一次出現苦澀的神情，隔了兩秒，你把原本要說的話吞掉了。

奧利，你真正的父母已經去世了。失去愛子的心碎，不是每一對父母都能承受得住的。你犧牲後兩年，他們就相繼去了那邊的世界。即使你回到家鄉，也只能在他們墳墓前痛哭一場而已。而如果你找回奧利弗．米切納的身分，你還會在你的軍籍檔案裡發現別的東西：一筆不光彩的紀錄、一個祕密處分，原因是某個晚上我跟你在洗衣房裡擁抱親吻，被一個過來取衣服的人撞見，你靠在洗衣房的木頭架子上，褲子褪到了膝蓋。

你一無所知，並享受著一無所知帶來的安寧平和。

灰藍色的海消失在遠方。

第二夜

你向乘務員要來一副棋，我們坐在棋盤兩端，與木頭國王王后們消磨了第二個平靜的下午。晚飯時，你照例摸了一下桌上花瓶裡的花瓣，再一次歎氣：「還是假花。」

這次我真的笑出來了。你攤開顏色淺淡的手掌，「車子不是停了兩小時嗎？他們順手採購了鮮花也是可能的。」

你就有這種可愛的性格，永遠不會失去希望，永遠會往最好的那方面想。晚飯後回到房間裡，我們繼續下午未完的棋局。一局之後你放下棋子，呵著手說：「奇怪，車廂裡好像變冷了。」

確實變冷了。半小時之後，只聽乘務員在走道裡揚聲說：「諸位尊敬的旅客，非常抱歉，車廂的供暖系統出了問題，但現在無法停車檢修。下一個可供停靠的站將在七小時後到達，到時我們會安排緊急維修，或者安排更換車廂。萬望各位諒解。請憑車票到車廂尾部領毛毯。我們會盡量保證每個人都能拿到至少一件保暖物品……」

他說到一半的時候，便能聽到遠遠近近傳來房門打開的聲音。乘客們走到過道裡，歎氣、嘟囔、議論、抱怨。但這也沒辦法，這些老火車跟人們一樣都經歷了一場大戰，如今是帶著內裡的殘缺和隱疾繼續服役，沒法指望它們總是健健康康的。

我站起身來，對你說：「請把車票給我，我去排隊領咱們兩個人的毯子。」

你也站起來，「我跟您一起去。」

我搖搖頭：「兩床毛毯我還抱得動。您現在應該躺下去，把自己裹嚴實，提早保存熱量。」

車廂尾部已經排起了長隊，但發放暫時還沒開始，乘務員們還在別的車廂緊急找毯子。列車並沒滿員，有幾節臥鋪車廂是半空的，上午有一些乘客已經到站下車，如果把所有空置的毛毯收集起來，應該勉強能再給每人發放一條。

前邊一個男人碰碰我的手肘，朝我晃了晃一個菸盒的開口，我擺頭表示不想吸菸。他給自己點起菸來，低聲說：「噯，您可經歷過這種事兒？這種老東西，運營公司就該讓它退役。再說，讓乘客受這個罪，難道不得退一部分票錢嗎……」

前面一節車廂隱隱傳來陣陣人聲，也是在領毛毯。一個男乘務員抱著一大摞毛毯從另一節車廂過來，另一個女乘務員跟在他身邊，負責往旅客們的車票上做記號。那位帶著女兒旅行的母親要了兩條毯子，我前面那個男人嚷嚷起來：「喂，那位女士，你和女兒擠一張床就可以了，給大家節省點物資怎麼樣？」

車裡溫度下降得很快，隊伍縮短得很慢。毯子總是沒一陣就發完，需要等待別的車廂的乘務員送富餘的來。還有人挑剔分到的毯子太舊，或是已經磨薄了、不保暖，要求更換，於是幾個剛拿著毯子要走的人聞聲轉了回來，「我這條毯子還有洞呢，如果能換該是我先換……」

擾攘多時，等我把兩條毯子拿到，已經過去了一個多小時。我回到房間裡，反手關上門。房間裡已經很冷了，你果然聽了我的話，躺到毯子下面，蜷縮身體，把自己裹得像一只繭，連臉都埋住了。我看得出你在發抖，毯子上隆起的輪廓線在輕微顫動。

我在床邊蹲下來，「您沒事吧？」

你轉過頭，臉色泛白，牙關和舌頭發僵，「沒事，我只是怕冷，您不會笑話我吧？」

這其實很奇怪，房間裡並沒冷到這個程度，而你的樣子就像一個嬰兒被扔在冰天雪地裡。

我把兩條毯子都蓋到你身上，掖嚴實，又把我和你的大衣都從衣帽鉤上取下來壓上去。你低聲說「謝謝」。

我坐到自己的床位上，雙手攥在一起，看著你。你稍微好轉了一點，但仍在發抖。過了大概二十分鐘的樣子，你張開眼睛，「對不起，嚇到您了。這毛病真不體面，是不是？」跟剛才相比，你至少可以基本流利地說話，雖然不時還會因痙攣而猛吸一小口氣。

「沒什麼體面不體面的，如果您需要藥或者醫生……」

你在枕上搖頭，「其實原因是那個時候，我清醒過一次。」

我怔了一下，立即明白「那個時候」是你躺在雪地裡不能動彈的時候。我以為那期間你一直在昏迷中，而你竟然醒過。

我的臉色一定變得很難看，因為你立即說：「哦，您不用替我難過，已經過去五年了。而且那段清醒的時間並不長。短得我感覺不到痛苦，只感覺到冷。

「非常，非常冷……是心臟凍結住跳不動的那種冷。有一隻眼睛被血糊住了，睜不開，想用手撥開眼皮，手又抬不起來……實際上除了一隻眼皮，任何一處地方都動彈不了。只能看到頭頂樹枝縫隙裡，有模糊的星光。」

我問：「您那時候記得……」

你搖搖頭：「不記得。除了恐懼，腦子裡什麼都沒有。從那之後，每當感到寒冷，那種恐懼就會回來。」

那是「創傷後壓力症候群」，寒冷的體感和心理上的恐懼有了太強烈的連結，無法消除。我說：「我能幫您做點什麼嗎？」我多想把你緊緊抱住，用熱血溫暖你，哪怕把我的身體榨乾……但是我不能。

你說：「只要過來陪我坐一會兒，就十分感激了。」

我一步跨過兩張床之間的距離，坐到你身邊空出的地方。你朝裡挪了挪身子，又從毯子下面伸出一隻蒼白的手，撥開額頭上掉下來的頭髮，並把手擱在下巴旁邊呵暖。我忽然被一股強烈情緒驅使著，做了個唐突又冒失的動作：抓住你的手，用手掌包住它，緊緊攥了一下。

但半秒之後我就警醒過來，倏地鬆開了手。那一刻我幾乎以為我要暴露了。

就在我驚慌地在心裡檢討，搜索掩飾剛才那個行為的說辭時，你看著我，像個獲得關懷的小孩子一樣微笑，主動把手伸給我：「您的手真暖和。」

你的手冰涼僵硬，像一隻剛從雪地裡救回來的鳥。我的心臟像石頭似的猛砸著肋骨，但這次我控制住了手上的力道，不敢握得太緊，竭力讓熱情更像是來自初相識的旅伴的善意。

房間像在海面上的小船一樣輕輕搖晃，車輪撞擊鐵軌的聲音有規律地傳來。我的手和你的手連接在一起，你的手逐漸溫熱柔軟起來。

你閉著眼睛，一動不動，半截面孔藏在幾層毛毯和我的軍大衣下面，只露出半塊耳朵、一小片面頰和睫毛。燈光凝結在那睫毛的尖梢上，像水滴聚集在屋簷。

這一刻要是再長一點就好了……最好是「永恆」那麼長。我記得格林童話中有一隻金鵝，碰著金鵝的人手會被黏住。另一個人去碰被黏住的人，自己的手也會拿不下來。

此時我多希望那種魔法也能降臨在我手上，那樣你就會跟我黏在一起，再也不能分開。

我的雙眼從假裝出來的鎮靜面孔上望著你，即使身為陌生人仍能撫慰你，這讓我胸腔裡貯滿了既酸楚又甜蜜的液體，並默默流遍全身。如果有點別的事情讓你轉移注意力也許會更好些？我問道：「要不要給你讀一段《雙城記》？」

你轉過頭來，皮膚蹭著織物發出細小的嘶嘶聲：「不用，已經很感激您了。《雙城記》的故事可能還沒有您的故事好，不如講講您自己？」

我想了想，說：「我的生活乏善可陳，沒什麼可講的。」

你說：「講講您在軍隊裡的故事，可以嗎？」

我心裡暗暗吃了一驚，「您怎麼知道我參過軍？」

你面露得色，手指在我手心裡動了動，指尖觸碰到我右手食指的第一指節，「這裡有繭，是長年扣扳機磨出的痕跡。」

我臉上仍保持平靜，「是的，我曾作為一名步兵到過歐洲戰場，不過戰場上的事情太……已經是和平年代，咱們就不要回想了吧。」

「那麼就講講您去過的地方、您的家人。我已經把我的祕密都說了，您也總該拿點什麼作交換吧？」

我看著你，看了幾秒鐘，說：「我生命中最精彩的部分，是我的一個朋友。我們從小就相識，自幼至長幾乎從來沒分開過。他是我所知最熱情、最有趣的人。」

我用的是過去式，你疑惑地挑高了眉毛。我解釋說：「他已經犧牲在戰場上了。他所在的那個突擊營在夜間行軍翻山，他失足墜下了山崖。一個月之後我才收到消息。」

「對不起，我很遺憾。怪不得您不願意提到戰爭年代的事。」

奧利，當與你談到你自己，我實在不知該怎麼說下去，只能露出一個意義晦澀的、傷感的笑，在你眼中，那必然是對亡友的哀悼。但你永不會明白我笑容裡的溫柔與悲涼。

我說：「我去給您倒一杯熱水。」就這樣鬆開了手。

我的眼淚一直堅持到列車走道裡才落下來。它們落在我手背上，那兒還殘留著你手心的餘溫，沒有散去。

第三天

那第二個夜晚，我還是給你讀了《雙城記》。這幾年我接觸過一些有戰爭後遺症的老兵和心理醫生志願者，他們說，舒緩而有節奏的聲音有助於緩解焦慮、恐慌。這辦法真管用。你聽得很專注，有時還會插嘴評論兩句，比如「您喝過書裡提到的五味酒嗎」、「其實我的情況很像書裡的老曼內特醫生，是不是」……

後來你的眼睛就閉上了。而我甚至不知道你是在哪一個章節入睡的。

等我放下書，抬起頭，看到你的頭側歪著，面部線條是夢中人那種恬靜，手從毯子下邊露出來，手指像藤蔓的末端一樣蜷曲，燈照亮了手心的縱橫紋路。

你已經睡得很熟了。

我凝視了你很久，然後翻到書裡某一處，低聲念出幾行句子，那是男主角西德尼・卡爾頓對他愛慕的姑娘露西・曼內特剖白心意時所說的：

「如果你能再聽我說幾句，你也就盡了你最大的努力了。我希望你知道，你是我靈魂的最終的夢想。我也因此才感到比任何時候都淒苦可憐……我現在所能獲得的最大好處，正是我到這兒來想得到的：讓我在今後生活中永遠記住我曾向你袒露過我的心，這是我最後的一次袒露。

「在我死去時，這個美好的回憶對我也將是神聖的。」

我讀完這些話，把書合上，關掉了檯燈。

清晨時候，我們到達可供停靠、維修的大站，列車停下來。你沒有醒，連姿勢都還保持著入睡時的樣子。

而我，沒有睡過，一分鐘都沒睡過。

此地是個以手工業著稱的城鎮，戰前頗為富庶繁華，戰爭期間很幸運地沒有遭受太多蹂躪。不過早餐時，我聽到餐車裡的人們和乘務員在議論該城的治安：從滿目瘡痍的國家過來的移民團體良莠不齊，而本地有一些親納粹團體，戰後仍餘孽尚存，導致時有衝突發生。

我們下車的時候，乘務員說道：「請在三小時之內回來。」

這個城鎮最出名的手工藝品是木雕──奇珍擺設、提線偶人等。你說：「最近一次搬家，我弄丟了蒂朵的一只玩具箱子，她一直埋怨我。我打算給她買一套木偶玩具當作賠償。木頭做的更結實，也不怕摔。」

凌晨剛下過一場雨，使得陽光也像被清洗過，四周深灰色的磚石房子、石階、舊得很好看的褐色屋頂，都顯得色彩柔和，如同水彩明信片上的景象。我和你走在被雨鍍了一層光影的路上，雨膜反射的光，反而比天上降下的光更耀眼。

你繼續給我解釋：「因為我的身體一直不算太好，還很怕冷──您都已經『有幸』看到了，所以我們搬了家，到更南邊的城市去。」

我點一下頭，又點了一下。這就是原因，這就是為什麼我沒能早一點找到你。失蹤士兵搜尋組織的人們早在三年多前就打聽到，在米切納中士墜崖地點附近的村莊，有一對夫妻收養了一個形貌很像你的年輕人。但村民們說，那一家早就搬走了。線索再次斷掉。那讓我又花費了兩年多，排除了五個陌生青年，汰去好多條錯誤路線，才在你目前住的城市追蹤到你。

如果我能早到三年，一切會不會不一樣？

你想去買木雕的「蜂窩集市」，是城中手工藝店鋪最集中的地方，很出名，也很好找，問兩次路就知道位置了。世上每個城市都有那麼個三教九流雜處的熱鬧地帶，最鮮活精彩的藝術往往也躋身其中。當地有一種麥芽酒很出名，我們在距離蜂窩集市幾條街外的一個小酒館坐下，叫了一瓶來喝。遠方教堂的尖頂閃著灰紫的光。

我叫侍者結帳，侍者說：「那邊的先生替您結過了。」轉頭看去，南邊圓桌旁坐著個瘦削男人，正向我友善地笑著，上唇皺成一個有趣的樣子。我想起了那個上唇皺起的笑：一九四四年底我受了傷，從醫院出來被送到一個兵員補充站，又重新分配到那人所在的裝甲野戰炮兵營，他當時是副營長。

我走過去跟副營長先生擁抱，用力拍打肩膊，施以老兵禮節。你很善解人意地過來，向副營長禮貌微笑，低聲對我說：「您儘管跟老朋友聊天，我自己去買東西，咱們火車上見。」

等你走出酒館，副營長看著你的背影問：「這丟了條胳膊的小夥子也是軍人？」

「當然是。他的槍法比你準多了，他丟掉的那隻左手，能打中一英里外知更鳥的眼睛。」之後的時間，我的肉體在跟這位娶了當地姑娘的副營長聊天，心則跟著你一步一步走到蜂窩集市去。我想像你走過紅磚小路，走過路邊的酸栗樹和橡樹，一條空蕩蕩的袖子在風裡輕輕動著，陽光照在你額頭和鼻尖上……

「仗是打完了，可日子要想徹底太平下來，還得過些年。」副營長搖著頭，「移民幫時不時就要鬧事，愈鬧愈受排擠，上個月員警動用了催淚彈。」我們又聊了一會兒，聽到外面傳來隱隱的喧譁。酒館裡好幾個人都跑出去看熱鬧，有個人回來與侍者議論說「蜂窩集市……」

我噌地從椅子上彈了起來。

太陽已經升得很高了，光真刺眼。我沿著街道向前跑，離蜂窩集市那條路愈近，聽到的嘈雜聲愈大。有許多人從那邊跑過來，還有人額頭和衣襟上有血。愈往前去，人愈多，看起來整個集市的人都被強行驅散了。我逆著人群往相反方向而去，速度不得已放慢下來，跑步變成了疾走。有個穿著皮圍裙、工匠模樣的人與我撞到一起，我連聲道歉，他喘著氣說：「你怎麼還往那邊走？」

我說：「我的朋友在集市上，是個只有右手的高個兒年輕人，您見過沒有？」

那人茫然搖頭，迅速走開了。我一邊奮力向前跑，一邊忍不住大聲喊起來：「普林斯！……奧利！……」

最後我才發覺，自己竟然喊出了那個已經死去的名字。

當我終於看到你那身穿灰色外套的影子，猛然覺得雙腿綿軟，腳下踉蹌了一步，重重地喘了一口氣。這時人群已經疏散了，你正沿街邊走著，僅剩的一隻手裡抱著一個哭個不停的小男孩，顴骨上蹭了點灰，不過人是完好的。

你看見我，臉上立即露出驚喜的樣子。我真希望能把那個表情從空氣裡裁剪下來，裱在一個相框裡。

「這男孩？……你沒事吧？」我接過了那個不斷發出雜訊的小東西，上下打量你。

你說：「這孩子跟他媽媽走散了。我沒事，械鬥是在西邊，我在東邊。可惜挑好的一套玩具木偶沒有買到。」

我一隻手抱著男孩，一隻手挽著你的胳膊，拖著你飛快往前走。你不斷跟那孩子說話：「小傢伙，你媽媽叫什麼名字？這條路你認不認識？」

男孩的回答：「哇……」

我看了看錶，離乘務員說的開車時間還有半小時。如果十分鐘之內找不到這男孩的母親，我和你就來不及回到火車上了；改搭下一趟列車，得等到明天的這個時候；還要與列車員取得聯繫，要他們幫忙把車廂房間的行李寄存在終點站，等我們遲一天到達時領取……

那麼，我就能跟你多出一整天的相處時間。

我那顆剛才因為恐懼而劇烈跳動的心臟，這時又為這不太光彩卻極其誘人的可能性而再次怦怦狂跳起來。我可以跟你一起找間小旅館住，晚飯後一起出來散散步。今天天氣晴朗，晚上月亮一定很好……

「馬提奧！馬提奧！」就在我已經遐想到跟你踏著月色並肩漫步的時候，一個滿臉淚痕的婦女從街道那邊跑過來，嘴裡大喊著一個名字。男孩聽到那個聲音，揮舞小手，在我懷裡掙扎起來。我把他放下地，他就像羊羔尋到母羊一樣，跌跌撞撞衝過去，哭聲被腳步顛得一顫一顫的，最後撲進他媽媽的懷裡。

於是，那幅與你在皎潔月光裡散步的圖景，也被他那一撲撲得粉碎了。我那顆可憐的老心臟，又一次往下掉啊掉，跌進谷底。

一路小跑登上火車，距離開車時間還剩五分鐘。車裡已經重新有了暖意，走道裡有三三兩兩的乘客站著吸菸、閒聊。我們回到房間裡，你撲打外套上的灰塵，露出心有餘悸的表情，咧咧嘴，「我還以為要誤火車了，勞倫斯，咱們的運氣真不錯。」

我只能不出聲地笑一笑。奧利，咱們的運氣好嗎？我不知道。

第三夜

停車檢修花費了將近六個小時，也就是說大概會晚點六小時。乘務員站在車廂走道裡向大家保證列車會加快速度，爭取減少晚點時間。我靠在房間門框上吸菸，聽著人們圍著乘務員問長問短，表示不滿情緒，心想：我能不能請求列車減慢一些速度？……

最後一個黃昏，最後一頓晚餐。

如今是最後一個夜晚。

然後，將是最後一個黎明，最後一次早餐。

然後，就是告別。

我快要沒有時間了。奧利，我們……沒有時間了。

人們散去後，乘務員鬆一口氣，轉身快步往列車中部走去。他經過車廂盡頭的衛生間時，你剛好拉開門走出來，閃躲不及，乘務員的身子撞上你的肩膀。

你喲了一聲，吃痛似的弓著腰背。乘務員連忙道歉，你用右手撫一撫左肩，搖搖頭表示沒關係。我從門框上直起身子，那一下撞得並不重，又想起剛在街上找到你的時候，你左邊顴骨蹭上了灰。

等你回到房間裡，我問：「上午在蜂窩集市，您是不是摔到了？」

你愣了一下，眨眨眼，像個做壞事被抓到的小男孩一樣目光閃爍：「沒有，我好好的。」那句謊話明顯得像是蛋糕上的櫻桃。我說：「傷在左肩膀。是側面身體著地？扭傷還是撞傷？」

你說：「……只是被人撞倒了，沒什麼大不了的。不碰的時候都不怎麼疼。」

我歎一口氣，說：「我箱子裡有外傷藥。把外衣脫掉，讓我看一下。」

你急速眨動眼睛，沒有動也沒說話。我本來已經彎腰到床下的箱子裡拿藥，忽然又回過身來，「對不起！如果那樣會讓您覺得不舒服……」

「不不，我當然樂於接受您的好意，只是那個地方的疤痕很可怕，可能會讓您覺得不舒服。」

「您忘了我是上過戰場的人？我曾經把削掉半個腦袋的戰友遺體背回營地。來，坐下。」

你順從地點點頭，在床上坐下來，單手解開馬甲背心的扣子，依次轉動肩膀把背心脫掉，再去解襯衣釦。我坐在旁邊等，忍不住說：「讓我來吧。」

你垂下手，稍微挪過一點身子，坐得更近，並再次羞怯一笑。

我伸出雙手，碰到了你的襯衣釦子，也感受到了襯衣後面的胸口皮膚。

我不露痕跡地從嘴唇和牙齒縫隙裡，深深地吸了一口氣。那是多簡單的動作，可是只有上帝知道，我控制得多麼努力，才能讓自己的手不哆嗦，才能阻攔住這動作可能造成的失控。

奧利，我曾親手給你解過鈕釦，在我家閣樓上。那時我正準備考美術學院，你在大學法學院念一年級。感恩節前三天，我剛從一場流感裡恢復過來。你陪我在閣樓上待著，翻看畫冊和我的寫生練習簿，替我剝橘子，瞎扯校園裡的姑娘，商量感恩節該怎麼過。我躺在沙發上，吃完最後一次藥，藥力發作起來，渾身都是汗。

你下樓拿毛巾幫我擦身子，先用濕毛巾拭乾淨，再用乾毛巾擦乾。我低下頭，看到你褲子襠部撐起老高。你有點驚慌，但手上動作沒停，竭力要裝作這件事不存在。

我猶豫了一會兒，就很堅定地伸手卸掉你褲子的吊帶夾，然後是襯衣鈕釦，一顆一顆往下解。我專注地盯著自己雙手的動作，而你看著我的臉。

你沒有阻攔我。那張舊貨市場買的二手沙發又窄又破，很多地方的絨都磨禿了，但那晚我頭一次發現它也能成為天堂。

當然，也不是沒有一點疑惑。那夜之後我和你都猜想過：這是不是青春期男孩們解決性欲的必經之路？

後來發現：不是的。其他男孩解決這種事只會去找姑娘，不會找好哥們兒。也就是說，我和你這樣做的原因僅僅是——不摻假的渴望和……愛。自始至終，我和你想要的是你和我，只是這個，只要這個。那一晚不是預演或替代，是真正的、真摯的、飽含愛意的性愛。

原來我和你是相愛的。

等想明白這點，我們都如釋重負。所有謎底都揭曉了：所有略顯逾分的陪伴和照顧、眷戀和保護，那些用「朋友」一詞裝不下又說不出的感情，原來並不是無名無由。從小到大我們都只有彼此，以後一輩子也這樣，那不是很好嗎？摯友和戀人合二為一，世上還有比這更圓滿的安排嗎？

我和你花了一個多月來想通這件事。後來……後來你就每次都自己解釦子了。你手腳比我伶俐很多，通常你會用肉眼難以看清的快速動作，三兩下把自己剝得像個嬰兒，重重往床上一撲，肚子朝下把自己彈起來，雙手撐住下巴，笑嘻嘻地瞧著我。我站在床邊，一面解鈕釦一面忍不住看你，手指就在釦子洞上愈發錯亂。

我總是用不說話的法子告訴你：在所有人面前，我是勞倫斯．戈林；但在你面前，我永遠是勞瑞，親愛的勞。

因此，那個雪花漫捲的悲慘日子，從山崖墜落下去的不只是你，還有勞瑞。

從戰爭裡活下來的是勞倫斯。勞瑞跟你一起遇難了。

……如今我竟然有機會，再次親手替你解釦子。這一次我仍強迫自己只盯著兩手的動作，其實每個手指尖都在流汗。

把襯衣左邊的袖籠從你肩頭褪下來，在肩膀下二十釐米的地方，我終於看到了那凹凸不平、針痕雜亂的殘肢斷面。好吧，我承認我高估了自己的承受力，那畫面映進眼睛的時候，眼窩像是被箭鏃刺中一樣，隨後胸口一陣劇痛，疼得眼前發黑，透不過氣來。

這比看到自己血肉模糊的斷肢傷口還要糟，因為無法親身體驗的痛苦，在想像中是無窮大的。那想像足以把我凌遲。

奧利，這個世界能傷害到我的唯一路徑，只有你。

你卻把我的臉色誤解為另一方面：「還是嚇著您了吧？我見過一些截肢手術，我這個確實算是做得很糟糕的。第一次手術後創面有感染，醫生又返工了一次，切除了更多的肌肉和表皮……啊，我不該再說了。」

你肩頭處的皮膚泛起一片青腫。我一捏關節處的韌帶和肌腱，你就一縮頸子，嘶地吸一口氣。我說：「只是軟組織挫傷。我幫您上點藥膏，您暫時忍一下疼。」

你笑了：「我沒上過戰場，不過這條左胳膊受過的罪也可以誇耀一下了。這點疼對它來說不算什麼。」

我從鐵皮管裡擠出一截淺綠藥膏，在掌心裡碾平、搓熱，再抹到那塊青腫上去，慢慢揉開。你歎一口氣說：「確實挺難看，是吧？我在家裡的時候也很小心，儘量不讓家裡人看到。」

我不說話，左手扶著你的右肩，右手掌在你左肩頭畫圓圈。他們怕看你的殘缺和醜陋嗎？

而我只想整夜目不交睫地吻它，把它抱在胸口。

你曾柔軟如蠟，甜美如雨水。你曾給我比血液還暖的溫潤。奧利，如今對我來說，殘缺讓你更加珍罕和寶貴。但你的創痛和破損，你的艱難度日，都不再有我的分，即使我願意用二十年壽命去換取服務這殘缺的資格。

但我想我偽裝得很好。在你眼中，也許我的態度略有怪異。你從側面凝視我，猜測我神情和動作裡過於謹慎、過於收斂、過於沉默的緣由。當然，你什麼也猜不出。你怎麼可能猜得出呢？那個太戲劇性、牽涉過多的真相。

之後很久，你也不再說話。我再擠了一截藥膏，稍微扳轉你的身子，繼續按摩肩胛上緣的瘀痕，手掌與你的皮膚之間因摩擦生出熱意。

列車隆隆前進，夜晚本身被更為模糊的黑暗所吞噬。檯燈清白無辜地亮著，一道發光的帷幕，把我們和世界隔開。

在我和你之間，氤氳著某種微妙的東西，難以名狀，不是液態也不是固態，異常脆弱，彷彿凝固中的玻璃或是湖面的薄冰，一個詞就足以使之破碎。

我忽然覺得，我苦苦等待的就是這一刻。我能聽到你呼吸時氣體通過鼻腔的嘶嘶聲。我甚至錯覺你灰色的眼睛愈來愈深，裡面有一種無聲的暗示，邀請我像解扣子一樣解開你猜不出來的那樣東西。

那是錯覺嗎？應該是。奧利，我不能因為錯覺而犯錯。

意志在支撐，但聲帶、臉上的每一條肌肉、手指和手臂的每一根神經都尖叫著要背叛我的意志，揭穿我那不可告人的念頭：撕毀這二十釐米距離，把你粗暴地攬在懷裡，把你的名字歸還給你，把你丟失的二十七年從胸口掏出來，放在你手心裡。

那念頭熾熱得像是岩漿，包藏在身體裡，激烈地來回奔流，快把我的皮膚熔穿了。

你脖子上有一條細細的銀項鍊，末端一顆雞心墜。我的手指尖碰到鍊子，把它往你頸上推一下，往那顆墜子上瞟了幾眼。你便撈起雞心墜子打開給我看，裡面是個小女孩。當你注視那張臉蛋，也不由自主地慢慢展開笑容，那是絕不摻假的、慈父看著愛女的笑。

我用空閒的那隻手接過來，端詳小女孩的黑眸子：「她長得不太像爸爸，真可惜，沒遺傳到您這麼漂亮的眼睛。」

你笑了：「她像媽媽和祖父多一些。我從來沒出過遠門，她很不習慣，哭鬧了好幾回。我走之前，她一定讓我戴著這個，說要爸爸每天看一看、想想她，這樣就能早點回去。」你的笑容逐漸變得沉重感慨：「……蒂朵的表姊的父親，就是出門參軍再也沒回來，她聽過那些故事，一直害怕她爸爸也會那樣。」

我靜默地聽著，說：「好了，藥抹完了，您覺得怎麼樣？」

「好多了！謝謝。」

我拎起你的襯衣袖子：「來，我幫您把衣服穿好。」

你跟我說到少一條手臂的感覺：「……疼痛倒是最好接受的一方面。種種不便也能適應，比如沒法繫鞋帶、雙手用刀叉，甚至用背帶夾；讀書的時候沒法一手捧著書一手翻頁，只能把書放在桌子或大腿上。

「最難接受的其實是憐憫，是人們處處的特殊照顧。我養母看到我用右手提一件重物，會像救火一樣跑過來；吃飯前布置餐桌的時候，連蒂朵都會說『爸爸，我來搬碗碟』；家裡菜園、果園收穫的季節，大家一致同意我只負責給人們倒檸檬水就行了……所有這些無微不至的照顧，我很感激，但也有說不出的難受，因為那是時時刻刻都被別人提醒：我是殘廢。要是人們都能像您這樣就好了。您的態度一直那麼溫和，讓人舒服。說實在話，跟您相處這三天，是這幾年裡我最舒服的三天。可惜旅途不能更長一點了。」

我只能笑一笑。奧利，他們不如我懂得照顧你嗎？那是因為他們愛你沒有我這樣深。

我說：「我也時時會有殘缺的感覺。失去最愛的人、朋友，那感覺也就像失掉了一條肢體，不再完整。」

「您說的是您的亡友？」

「是的。我們自幼一起長大，我太習慣跟他形影不離，每件事要是不跟他分享就等於沒發生過。以至於他死之後很久，我還會跟身邊的空氣說話，晚上睡前在腦子裡跟他說話，給他寫信……就像他還在身邊似的。」

「嗯，是的，是這樣。剛截肢那半年，我有時還會用左手去抓東西，就像它還在似的……」

某種程度上來說我是精神上的殘疾者，跟你一樣是個半殘廢的人，而造成我殘缺的緣由是你。這讓我們的對話充滿你所不知道的諷刺意味。

你又給我看了隨身帶著的幾張照片。有一張是出院時的留念照，在醫院的小花園裡，你坐在輪椅上，你的養父母和幾位醫生護士站在身後。你虛弱地微笑著，瘦得脫了相，連兩邊太陽穴的骨頭形狀都顯露出來。

我只看了那照片一眼就還給了你。

你說：「再講講您的朋友吧，如果那不讓您太難過的話。」

我問：「為什麼對他感興趣？」

「因為我沒有那樣的朋友——自幼一起長大的摯友，像湯姆‧索亞和哈克貝利‧芬那樣的。那種感情的珍貴之處，在於它必須建立在混沌的年代。後來歲數漸長，人會變得謹慎、警覺，那種童年時代的單純接納就再也不會有了。」

我不斷點頭，表示同意。奧利，我只在童年時代有過那樣一次完全敞開心扉，讓一個人走進去。

那個人現在就坐在我面前，向我展示萍水相逢的笑容，跟我討論他沒有朋友的苦惱。

然而我說：「您說得儘管有理，但也不是只有這一種可能。稚齡之時結交的朋友，有時只是因為被動的安排：兩家大人是好友，或是兩戶住隔壁，或是同一個班級的同學，等等。這樣的朋友，也許長大後選擇了截然不同的人生道路，有了不同的價值觀，面對面坐著反而話不投機，除了敘舊就沒別的可聊了。而成年之後，人會靠成熟的智識，主動篩選、尋求志同道合的靈魂伴侶，也許這個時候選擇的朋友，會更有默契，更能成為畢生的摯友。」

你專注地聽完了我這番長篇大論，眼睛亮晶晶的：「您說得真好。我想，如果要我選，我會選您做畢生的……可惜我沒這個榮幸，只能跟您做三天的朋友。」

我微微一笑，只重複了你的後半句話：「是啊，我也沒這個榮幸，都是太平洋的錯。」

最後你問道：「您的亡友叫什麼名字？」

我說：「奧利，我叫他奧利。」

「他肯定是個非常可愛的青年。」

我凝視著你，你的灰眼睛裡坦坦蕩蕩，沒有絲毫別的意思。

我淒涼地一笑，點點頭：「是的，他是。」

關掉燈，你照例很快就睡熟了。

我像明晨就要上斷頭臺的人一樣，滿懷絕望地、貪婪地呼吸著與你共用的這最後幾個立方空氣。

又不時撩開窗簾，看著天末的星星。

想起莎拉・蒂斯黛爾的詩：

我問夜空的繁星

我該給我的愛人什麼；
它僅以沉默答我
深空之上的沉默。

我能聽到時間的腳步嗒嗒地走過去，從我心上踏過去。用不著看手錶上的夜光指標，我自己在數著秒數和分鐘數。

有幾個幸運的小時，你翻身，把臉側向我這邊。你在夢中皺皺眉，又嘴角一動，一個極輕微的笑，對身邊無聲無息發生的雷雨閃電、深海波瀾、火山爆發，全都一無所知。

奧利，我本想告訴你一切。

我本想告訴你，我認識你頸後最細軟的頭髮，我知道你每一條鬍鬚和傷疤的生日。我知道你的體重在一天之內也會有變化：早晨你醒過來、翻滾到我身上的時候最輕盈；午夜電影院裡，你在我肩膀上流著口水打盹的時候，會變重好幾磅。我本想告訴你，耶誕節的雪夜，我們曾在布魯克林的無人街頭擁抱跳舞，像行星在宇宙中旋轉。那時，我們都認為整個宇宙就在自己手臂之間。

我本該告訴你，我從二十年前第一次見你就愛上你，時至今日我依然愛你。在我眼裡，你斷臂的截面如同鑽石的割面。你永遠美不勝收。我所愛的那個奧利是時間動不得的。

可是，我一句也不能說。

傾訴固然痛快，但那實在太自私了。

你所失去的舊生活已經沒什麼可留戀的。即使你找回它，也只能帶給你痛苦——你會發現你的父母是怎樣因你而心碎死去；你還會發現我們那一筆戀愛紀錄（雖然已經不是王爾德入獄的年代，但這世界對兩個男人的愛仍難以接受）。如果愛意已從你腦中消失，那我們的關係只會讓你覺得尷尬為難。

除了撫慰我那可憐的老心臟，我沒有任何理由打擾你的生活。

瞧瞧你現在擁有的！你有了全新的生活，有了另一種人生，那就是這個世界償還給你的東西——慈愛的養父母、溫柔的太太、可愛的孩子、一個平凡溫暖的家庭、田園牧歌式的生活與人生觀。

我能給你比現在更好的生活嗎？不，我不能。如果我打破這平衡，你還能如此平靜快樂嗎？我不知道。

我怎麼能把這種風險推給你？

你現在多麼快樂，看起來似乎很簡單，但別人想得到，也許得花費一生的努力。

而你的養父養母、一心一意等待你回家的艾莉西亞和蒂朵……我也無權犧牲他們的生活。

至於我自己、我那顆老心臟、我的痛苦，那些都無關緊要了。

我和你曾有如此美妙的回憶，曾在彼此的舌尖上嘗到永恆的甜味。但現在我明白，杯底的殘酒不能像第一口那樣甘美，那就讓我自己默默飲罄吧。咱們兩個人裡如果有一個能獲得幸福，我希望那是你。

拂曉時分，我借著一點點微弱的光，在寫生本上畫了你睡著的樣子，並在旁邊寫了另一段莎拉・蒂斯黛爾的詩：

忘掉他，像忘掉一朵花，
像忘掉煉過黃金的火焰。
忘掉他，永遠永遠，
時間是良友，他會使我們變成老年。
如果有人問起，就說早已忘記。
在很早很早的往昔，
像花，像火，像無聲的腳印，
在早被遺忘的雪裡。

拂曉之後是黎明。

火車駛過山谷，薄霧從山谷裡升起來，昏暗黏稠的光色，隱藏在山後的太陽以白光漸漸浸透霧氣。

你的面目漸次清晰。你的眉毛、睫毛、眼蓋、鼻尖、嘴唇、下巴，還有毯子遮蔽著的身體的形狀，在半明半暗中，我用視線親吻它們。我一定吻了上萬次那麼多，因為後來我的眼睛開始炙痛。

星辰燃盡後隱沒，天空呈現出羊脂般的顏色。

接著是日出。

第四天

奧利，太陽升起來了。

清晨的陽光透過窗簾射進房間，你醒過來，深吸一口氣，手腳在毯子下緩緩動彈，睜開眼，轉頭看著另一張床上擁著毛毯半坐的我。「早上好。您睡得好嗎？」

我答道：「早上好。我睡得非常好，從沒這麼好過。」

列車本應在早晨五點半到達終點站，實際到達時間是十點。我們到餐車共進早餐，然後回來收拾行李。乘務員在過道裡走來走去，大聲吆喝：「預計還有半小時到站，請整理好個人物品。」

我拿起枕邊的《雙城記》遞給你，「您送了一個天使給我，我沒什麼能回贈的。這本書我帶著上過戰場，您留下作個紀念吧，別嫌破舊。」

你笑著接過去，「謝謝您，其實我更喜歡破舊一點的東西，因為它們都有歷史。」言外之意，你自己是沒有歷史的人。

沒有。書裡沒放著任何信箋，沒有夾藏任何祕密或機竅。奧利，那本來就是屬於你的書，我只不過是把它還給你而已。

我能還給你的，也就只有這麼多。

《雙城記》的結局裡，卡爾頓為了保全心上人露西與丈夫女兒的幸福生活，犧牲了自己，坦然赴死。那也是我的選擇。我面對的不是斷頭臺，不是死，而是活，是被關押在漆黑海底的漫長歲月。

汽笛長鳴，蒸汽繚繞。列車員揮舞小旗。另幾條軌道上，有車進站，有車出站。人們紛紛從車廂門走下來，找到月臺上迎候的親友，在呼叫名字的聲音中向彼此靠近，帶著重逢的笑容擁抱在一起，親吻臉頰。

我跟在你身後，走下了列車。

離開之前，我回頭用力地看了一眼那狹小的臥鋪車廂——那個我和你度過三個晝夜的小房間。淺綠牆紙、米白枕套、床單、毛毯裡還浸透著你甜香的氣息，空氣裡還有我跟你絮絮交談的聲音、你笑聲的迴響，還殘餘一些你亮晶晶眼神的反光。

我把這一切喀嚓一下剪下來，捲好，收進心底的珐瑯小盒子裡。我知道在這之後，在不再有你，也不再有希望的歲月裡，我會在燈下一遍一遍地把它打開，回味每個鏡頭和畫面。

我本來希望告別會簡潔一些，沒想到它還有一段餘韻，你到這個城裡來，是因為這裡有一家安裝義肢和截肢術後治療上十分著名的醫院。你告訴我，你大概會在城裡住一個多月。我說我會在下午繼續搭火車，到另一個城市，去看望一位舊友，距離那趟車發車時間還有六七個小時。我們站在火車站外的街道邊，看著來來回回的車流人流。你問：「這幾個小時，您打算怎麼度過？」

我聳聳肩，「還沒想好。也許就隨便逛逛，找個地方吃頓飯……」

你忽然眼睛一亮，說：「噯，我想到了！不如您跟我去我訂好的酒店。咱們一起吃午飯，然後還可以喝杯咖啡、聊聊天，讓我陪您打發這幾個小時怎麼樣？」

我凝視著你的臉，如此明淨的面容，自內向外散發淡淡的光，你的眼睛在陽光下坦蕩真摯，沒有絲毫別的意思。我微微一笑，「好，揚先生，都聽您的。」

我叫了計程車，到達你訂的酒店，有禮賓員來迎接、幫忙搬行李。你登記入住後請他們把你的箱子送到房間，我則暫時把行李寄存在接待處，然後我們到酒店一樓的餐廳去吃午飯。

剛坐下，一位侍者就過來問：「是揚先生嗎？您的家人今天上午曾打電話到接待處，請您到達後回電。」

你向侍者道謝，對我說：「火車晚到了一上午，他們一定有點著急。我去回個電話，您把午餐點了吧。」我目送你的背影，心裡泛起苦澀和欣慰。你的家人是多麼關心你、在意你，奧利，我做出的選擇是正確的。

金髮女侍者拿著菜單過來，我讀菜單的時候，她很熱情地推薦：「我們這兒的蘆筍牛肝菌燴飯非常出名，很多人特地來吃這道飯，您不妨嘗一嘗。」

蘆筍和牛肝菌都是你喜歡吃的東西，我點點頭，「好，請給我們兩份。哦，這種燴飯放歐芹嗎？」

「放的。」

「請告訴廚師不要放歐芹，我朋友不喜歡歐芹的味道。」

她在點菜單上寫了兩句，「那麼，兩份飯都不要歐芹嗎？」

「是，那就都不要放。」

我又點了南瓜湯、蝦仁牛油果沙拉、檸檬汁鱈魚和一瓶白葡萄酒，都是當年我和你去餐館時經常吃的東西。

女侍者離開後，我也暫時離開了一下。又過了五分鐘，你回來了，在我對面搬開椅子坐下，臉上還殘留一點笑意。

「怎麼了？」

「沒什麼，蒂朵聽說我沒買到提線木偶玩具，失望得不得了。她扯了幾句別的，又轉彎抹角地問，你坐火車回來的時候，還會路過那個賣木偶的地方，對不對？哎，這孩子愈來愈聰明了……」你說話時視線在桌面上一掃，掃到桌上插花的花瓶，照例伸手去碰了碰花瓣，詫異地一怔。我笑了出來。

「竟然是真花！」你一面說一面轉頭向別的餐桌看去。每個餐桌上的花瓶都只插著一枝有些褪色的假玫瑰花，只有我和你這一桌的花瓶裡是一簇新鮮蓬勃的歐石楠。你的目光轉回來，懷疑地盯在我臉上。我立即舉起雙手坦白：「是我摘的。咱們進來時，我湊巧看到旅店後牆有一叢歐石楠正在盛開。」

你啊了一聲，目光變得十分柔和，「謝謝你，勞倫斯。」你把花瓶拖近一些，俯下面孔嗅了嗅，仔細端詳，又抬眼望著我笑一笑。我也不由自主地微微一笑。奧利，以後每回我看到歐石楠，都會想起你的面孔在花瓣後對我微笑的模樣，因此世上所有的歐石楠都是你送我的禮物。

忽然一陣心酸撞擊胸口，這個像乞丐拾撿硬幣、貪婪地收集一星半點慰藉的勞倫斯•戈林，他是如此可憐啊，我真同情他。

我和你吃了一頓很好的午飯。我拎著行李箱跟你一起出了酒店，沿著橫貫城市的河水漫無目的地走，漫無目的地聊天。徹底放棄希望之後，我似乎倒能更好地享受跟你在一起的最後這點時間了。橋頭有位流浪藝人在拉小提琴，滿臉大鬍子，破皮鞋露出腳趾，舉止還是很優雅的樣子。我掏出口袋裡所有硬幣，攤開手掌向他一亮，全部放進他面前的帽子裡，「請為我們拉一段海頓的No.45『Farewell』⑨，可以嗎？」

那大鬍子的花白濃眉揚動，「就最後那段小提琴？當然可以，好心的先生。」曲子的名字就是《告別》。旋律在琴弦上響起來，我微笑看著你，你報以一笑，然後雙手插在大衣口袋裡，眼睛望著橋下的河水，垂下頭。你也在為離別傷懷，但你為之憂傷的只不過是一段短短三天的友情。

後來，你從橋頭撕下一張廣告單，翻過來墊在石欄柱頭上寫地址和電話給我，眼珠隨著筆尖慢慢移動，伸出舌頭舔舔嘴唇，又用門牙咬著唇角。我目不轉睛地看著你的舌尖嘴唇，心想，這是我最後一次欣賞這美妙一幕了。

我也寫了地址和電話給你。

將近五點鐘的時候，我說：「我該去車站了。」

這就是永別。

最後道別的時候，我很平靜，非常平靜，平靜得不像是在告別自己的畢生快樂和安寧。我對自己說，我只祈求三天三夜，這多出來的十幾個小時，已經是額外賞賜，我應該滿足。

然而，我的眼睛還是無法直視你。

我們禮貌地擁抱了一下，分開，你用右臂摟著我的肩膀，熱情地狠狠抱一下。而我沒用什

---

⑨海頓第四十五號交響曲《告別》。

麼力氣，我的手臂在你背上的毛呢衣料上停了兩秒，輕輕滑下來。

我雙眼看著石磚路面，聽見你說：「真捨不得跟您告別，戈林先生，請給我寫信，或是打電話。您會寫信的吧？」

我說：「是，我會的。」不，我不會。奧利，我不會寫信也不會打電話，我給你的地址和電話號碼都是錯的。我已經失去你了，我唯一的期望是失去得徹底一些。

你說：「真心期望咱們還會再見面，在歐洲或是在美國。再見！」

我幾乎是用敷衍和焦躁的態度答了一聲再見，好像急著擺脫你一樣。你會錯愕嗎？會覺得被冒犯嗎？對不起，奧利，我顧不上那麼周全了。一說完再見，我飛快地轉身，邁開雙腿，大步往前走。

剛轉身我就開始強烈地思念你。我不知道你會不會站在那兒目送我離開，我沒敢回頭，我實在不敢回頭。

傍晚的風真涼，我攥緊拳頭、振作精神，咬牙命令自己拖著身軀往前走，不要停。我怕一旦停下來，那點辛苦收集起來的勇氣就要潰不成軍；怕就要控制不住地轉回身向你跑去，不再顧慮，也不在乎任何後果，管他媽的明天會怎樣：揚先生，你就是奧利，是我的摯友和情人，你聽著，我愛你……

每多走一步，我都覺得自己死去了一點點。每離你遠一步，我都覺得身體裡有什麼崩塌了一塊。我還錯覺身後留下兩行腳印，每個腳印裡都有一汪血。照這種速度，我想，等我走到路口就會倒地身亡。勞倫斯・戈林，卒於歐洲某小城，得年三十，身上無明顯傷痕，屍檢報告顯示，該人胸腔裡心臟位置只剩一堆肉糜，死因為「心碎」。

但我終於成功拐過了路口，沒有死於心碎，也沒有死於失血過多。

我想我得趕快找個商店買一副墨鏡，我還希望太陽快點落下去，希望街上的行人再少一點……一個高個兒男人用手捂著嘴巴，一邊跌跌撞撞地走一邊失聲痛哭，弄得路人驚詫側目，這看上去得有多蠢。

第四夜

列車開車的時間是十八點整，我提前半個小時到了車站，上車找到自己的座位，坐下來。我將轉車到下一個城市搭飛機，回美國去。

我像剛從一場戰役裡退下來，精疲力竭地捧著頭，望著窗外，連眼珠都累得不願轉動。我想起《雙城記》裡卡爾頓在斷頭臺上的著名遺言：「我現在所做的，比我一生中所做過的一切都更美好……」列車員吹起了哨子。我就要離開這座城市了，這座如此幸運、有你住在其中的城市。

就在這時，我隱隱聽到車窗外有人在喊我的名字：「勞倫斯！……勞倫斯・戈林！」

我愣了一下才反應過來那是你的聲音。我覺得是自己出現幻覺了，甚至當我把頭伸出車窗看到你，我還難以相信自己的眼睛。

奧利，真的是你。

你正站在月臺上左顧右盼，臉頰漲得通紅，滿頭是汗，單手攏在嘴邊反覆喊我的名字。我怔在窗口，不知道是不是該躲起來，但這時你一回頭看見了我，立即轉身向我跑過來，同時列車車身一震，緩緩開動。

你跟在向前的火車旁邊奔跑，「戈林先生，我還有話跟你說……」由於少一邊手臂，你無法很好地掌握平衡，跑步的速度也快不起來。我幾乎把半個身子都探出車窗，叫道：「快停下，危險！」除了危險，我也不知道該說什麼了。

你看了我一眼，似乎明白我不會跳下車來，便不再喊我的名字，只把全部精力用在追趕列車上，很快你跑過了我的車窗，眼睛緊盯前方車廂連接處的門。

你竟打算跳上火車來?!

列車的速度愈來愈快。月臺上的列車員遠遠向你喊道：「喂，那位先生，停下!……」

我迅速從車窗裡撤回身子，也向車門衝過去，但走道裡尚未安坐的乘客太多，我沒法走快。當撞開不知多少個肩膀，即將到達車門處時，我從車窗裡看到你距離車門大概兩步遠。而在我和車門之間，尚有一步之遙，地上橫亙著一堆膝蓋那麼高的行李箱。我不知被什麼東西絆了一下，一個踉蹌，一邊爬起身一邊向你揮舞雙手，「不，別上來！」

我拽開車廂門時，你已經縱身一躍，跨到了車門處的鏤空鐵階梯上，伸手抓住了旁邊豎立的鐵杆。

但就在你要站穩的時候，那隻右手忽然從鐵杆上滑脫（後來你告訴我是因為手上全是汗），而你沒有另一隻手能再抓點什麼固定住身體。你張大了嘴，沒喊出來，右臂徒勞地向前直伸著，身子朝後仰面倒下。在我眼中，那就像是五年前你掉下山崖的情境重演。

我朝你撲過去。

我的心跳真的停了一下，在空中抱住你的那一瞬間，其實只有幾分之一秒的長度，感覺卻像一場漫長的、持續了五年的戰役。

我緊緊摟住你，跟你一起倒下去，總算還來得及扭轉一下身體，讓自己後背朝著地面，承接撞擊。砰的一聲悶響，我和你滾倒在月臺地面上。

列車轟隆隆地從身邊開走了。

你那個大汗淋漓的身子在我懷裡熱烘烘的，一切都如此不真實。我搖搖晃晃地站起身，又伸手把你拽起來。「您傷到哪兒了嗎？下次別做這麼危險的事了，會出人命的。」

四天以來，你第一次用一種嚴峻的態度說話：「謝謝，我沒傷著，哪兒都好好的。」然後你把剛才喊出的那句話重複了一遍：「戈林先生，我有話得跟您說。」

我苦笑道：「下一趟車好像是三個小時之後，先讓我去買一張車票行不行？」

你搖了搖頭：「不，不必去買票了，今晚您走不成的。」

「我不明白……」

「談過之後您會明白的。走吧，先去車站服務處，請他們幫忙處理您的行李箱。然後咱們找個地方坐下來說話。」

我暈頭脹腦地跟你到了車站服務處，把火車票出示給辦事員，好讓他們打電話給那輛已經開走的列車上的列車員，去我的座位處找到行李。你寫下酒店的電話、地址，請辦事員告知列車員，把箱子寄到該處。

我們走出火車站，暮色已經深了，對面有一家亮著招牌的咖啡館，你停住腳，說：「我們進去說話。」

你找了一處最幽靜的座位，顧自脫外套，抬頭看到我還呆呆站立，「您也把大衣脫掉，坐下來。咱們大概要談很久，別想著今晚的火車了，我說過您今晚走不成的。」我禁不住打了個哆嗦，一種古怪的預感在心頭散開，不由自主地環顧四周，感到在此處即將發生我人生的重大轉折。

侍者過來的時候，你說：「一壺咖啡。」

在等待咖啡上來的時候，你坐在我對面，點了一支菸，手肘支在咖啡桌上，右手食指和中指前端微微彎曲，夾著菸身，交到嘴唇之間，吸一口，眼睛瞧著桌布的圖案。我像等待命運審判一樣，雙手放在腿上，滿懷疑竇地看著你。你的臉像是風平浪靜的海面，我預料不出下一刻會有暴雨還是浪頭。

我們在沉默中對坐了一小會兒，侍者把咖啡端過來了，我拎起牛奶注進兩個瓷杯，汩汩的聲音聽得特別清楚。

你看著我放下牛奶壺，在菸灰缸裡按熄了剩下的菸頭，把右手擺在桌面上，那是準備說話的姿態。

你終於開口了：

「原諒我這半天有點粗魯的行為，但願您能原諒我。我就從剛才咱們分手之後說起吧。

「咱們在橋上分開之後，我叫了輛計程車回到酒店，沒有上樓，直接去了餐廳，想吃完晚飯就不再下樓，早點休息。我讀了菜單，看到咱們中午吃過的蘆筍牛肝菌燴飯，想起來覺得很好吃，就又點了一份。但是等燴飯端上來，我發現裡面放了歐芹。

「我把女侍者叫來——您一定記得她，那個金色卷髮、尖鼻子的瘦高個兒姑娘——問為什麼額外加了歐芹。她說，本來這道燴飯就有歐芹。

「我問，中午我剛吃過這道燴飯，為什麼那一盤沒放歐芹？

「她回答：跟您一起吃飯的先生特地要求不要放，他告訴我，他的朋友不喜歡歐芹的味道。」

我的喉結滑動一下。你說：「我不喜歡歐芹。這個即使是我的家人也不知道。因為揚氏家族裡有一道傳統菜，歐芹是其中必要配料，我不願意掃大家的興，所以從來不提。不得不吃的時候就勉強吃一兩口。戈林先生，請告訴我您是怎麼知道的？您怎麼會知道這種我從來沒說出口的事？」

我啞口無言。

奧利，你要我說什麼？說我們曾上千次一起吃飯，我上千次對餐館的侍者說請不要在菜裡和湯裡放歐芹？說有一次我吻你的時候惡作劇，含了半口歐芹碎末，冷不防用舌頭填進你嘴巴裡，那之後半個月你在親吻前都要讓我張開嘴檢查？……你要我說什麼？我能說什麼呢？

在我緘默不語的時候，你也緊閉嘴唇，用複雜難明的目光審視我。

你說：

「不肯回答？好吧，那我就繼續說下去。

「也許你會告訴我：這只是個巧合。有很多人都不喜歡飯菜裡放歐芹碎末，您只是剛好猜中我的口味——當時我這麼跟自己解釋，因為另一個答案確實太……太讓人難以接受。

「我已經沒有胃口吃東西了。我沒動那盤燴飯，就回到樓上房間去整理行李，想讓自己忘記這件事。把衣物拿出來，我看到行李箱側面塞了一張紙片，想起那是下火車時我掖在那兒的。

「那是您的東西。

「您一定記得第一天晚上咱們換了鋪位。第一個下午您的寫生本豎在枕頭旁邊，它掉了一張畫紙出來，卡在床褥和壁板之間。換鋪位是在夜間，光線昏暗，您收走了寫生本，沒看到那張紙片。三天裡它就始終卡在那兒。最後一天，我收拾箱子、檢查床鋪時發現了它。

「當時您就在我身後忙碌。我馬上把它折起來塞到行李箱側邊，想著偷偷留下來，當作一個小小的紀念品。請原諒我這個舉動。

「那之後的大半天，咱們下了火車、吃飯、散步，我徹底把它忘到腦後……直至摸到它，才想起這件事，想起一直沒機會看看上面的內容。於是，我展開畫紙，第一次欣賞紙上的畫面，我發現……」

你伸手入懷，從襯衣內袋裡抽出一片折起的畫紙，在咖啡桌上鋪平，把一端轉向我，推過來，指尖在其中一處篤篤叩了兩下。

我只掃一眼，就知道你點出的是什麼。那張畫紙上有一些人體部位素描，半年前我在維也納一間小酒館喝酒，找侍者要了白紙、鉛筆，塗鴉消磨時間。畫完之後放進口袋，帶回家後隨手夾進寫生本裡面。畫面很雜亂，畫了一些人體部位：一隻攥拳時筋絡迸起的手背、一段雙臂舉起時的鎖骨……在右下角有一段腹肌、腹股溝和髖骨，畫出了腹肌線條、肚臍的陰影。

而在肚臍下方兩釐米處，描繪了一塊硬幣大小的胎記——一塊像非洲大陸形狀的胎記。

你隔著一張桌子，靜靜看著我。

「在我身上，就在那個地方，有塊一模一樣的胎記。不得不說您的畫技很精湛。那塊胎記的位置、大小、形狀，甚至邊緣細微之處都畫得很準確。我再也沒法說服自己這是巧合。

「勞倫斯，您在畫那一段人體的時候心中的模特就是我，對嗎？我希望您回答我：咱們只相處了三個晝夜，我從未在您面前暴露過腰身以下的部分，您是怎麼知道那塊胎記的？」

我仍然緘默地看著你，擱在桌面下的雙手緊緊攥在一起，想用左手穩住右手的顫抖，就像用水去洗掉眼淚一樣徒勞。

你要我說什麼呢？說我和你曾上萬次一起洗澡、游泳，無數次目睹那塊胎記？說我在十七歲那年第一次吻了它，從此我把它叫做「我的非洲」？說在朋友和家人面前我們甚至用它做暗號，如果你若無其事地說「勞瑞，晚上咱們談一談非洲問題」，夜間你就會帶著那塊甜美的大陸與我偷偷相會……

你要我說什麼呢，奧利？我能說什麼呢？

你低下頭看著自己的指甲。

「還是不肯回答？好吧，那我就繼續往下說。

「勞倫斯，我要承認您對我來說，有種莫名其妙的吸引力和親切感，而從第一天開始我就能感覺到，您那種隱藏在客套話和謹慎舉止後面的溫柔，與所有人都不一樣的溫柔。

「開始我以為是我太久沒接觸過陌生人的緣故。狹小的車廂強行拉近了距離，旅客之間往往會產生某種親近的錯覺。我又告訴自己，這是一個品德高尚的紳士對一個殘障人士的善意，不用太驚訝，我只不過從未有幸遇到過您這樣好的人罷了。

「可您身上總有點不太對勁的地方。我說不出，似乎一切都太巧合了。您『剛好』隨身帶著我最喜歡的香菸，您『剛好』有一本我最喜歡的小說。今天早晨分別的時候，您顯得那麼憂傷，您竭力掩飾，但我看得出來那超過了對萍水相逢的朋友的留戀。

「我總覺得您有話想說。於是我故意把您拖住，拖延了大半天，我想也許給您這些時間，您會說出來。但您終究沒有說。我的猜測是，也許您對我產生了……逾越友情之外的感情。」

你的聲音一直非常鎮定，只說到這裡時頓了一下。

「您離開了。我想把這三天的各種怪異之處拋到腦後。但是歐芹，還有您的畫……我沒法不把它們跟那些巧合聯繫起來。勞倫斯，我丟掉的只是記憶，不是智力……」你的右手在桌面上捏起拳頭，你的睫毛、嘴唇，連同你的手，都哆嗦得像個病人，就像是被我傳染了某種奇怪病症一樣。

我戰慄地等待著，口中充滿血腥味……那句話以篤定的語調說出來，你金屬般的聲音輕輕掠過每一個音節：

「我就是您那個死去的朋友。我就是奧利，是不是？」

聽到這句話，我忽然瑟瑟發抖，眼淚奔流而下。

我要承認嗎？我能承認嗎？不，我不能。我只能當那些淚水不存在，我只能當那個近在咫尺的真相不存在。這是我的操守，是我無法忽視的鴻溝山巒。我忍住哽咽，低聲說：「不。你不是。你是普林斯．揚。你是個有太太有女兒、家庭美滿幸福的男人。你不是奧利。奧利五年前就犧牲了。我參加了他的葬禮……」

我哽住了，說不下去。

你安靜地看著我，看了很長時間。咖啡館空無一人，安靜得能聽清兩道呼吸。

咖啡早就冷了。

你忽然開口說了一句似乎不相干的話：「蒂朵的年齡不是四歲，是五歲。我們給她虛報了出生日期。她其實是一九四四年四月七日出生的。」

我怔住了。你墜崖的時間是在一九四四年二月。

你點點頭，「是的，蒂朵跟我沒有血緣關係。她是菲力的遺腹子。」

菲力就是揚氏夫婦死去的那個兒子。我的心臟忽然又開始狂跳，我渾身僵硬地盯著你的嘴唇開合翕動。你的話音像是從很遠的地方被風送過來的。

「一九四三年七月菲力參軍之前，跟他的戀人艾莉西亞提前做了夫妻間的事。四個月後他所在的隊伍遭遇敵軍轟炸機，屍骨無存。噩耗傳到村裡，艾莉西亞帶著身孕來到我的養父母家中。三人決定懷著對菲力共同的愛生活在一起，就像真正的公公婆婆和媳婦一樣，一起等待那個小生命的降世。

「隔年二月，養父把我救回了村莊。兩個月後，蒂朵就出生在我養傷的那家醫院。我躺著不能動的時候，他們有時會把新生兒抱過來。你能想像嗎？聽到嬰兒快活的咯咯笑聲，比一針止痛劑的效果還好。後來我被養父母帶回家，有一段時間我的身體狀況不允許我外出，或做任何勞神勞力的事情，傷病仍然折磨著我，蒂朵是我唯一的安慰。艾莉西亞是小學教師，得回學校教課，我的養父母要照料果園，她的嬰兒時代幾乎全由我幫忙照看。

「我就像一個真正的父親一樣愛她。

「後來我們搬到別的城市，艾莉西亞沒法找到教師工作，只能在酒館打零工。在那些亂糟糟的下等地方，寡婦是很受欺負的，她需要一個丈夫，哪怕只為了在午夜接她回家，或是作為幌子，趕開那些對寡婦心懷不軌的男人。商議了一段時間，我們就決定由我來做艾莉西亞的丈夫、蒂朵的父親。

「我養母還有一個想法：像我這樣的殘障人，結婚、有子女的可能性不大。如果讓蒂朵認我為父，將來我也能享受家庭之樂。我倒沒想那麼多，我最大的希望是蒂朵能像別的孩子一樣父母雙全，有完整的家庭，無憂無慮地長大。

「她跟我特別親。雖然她有自己的小房間，但夜裡做了噩夢還是會溜到我床上來，而不選擇她媽媽的房間。

「……是啊，我和艾莉西亞是分房間睡的。

「我和她的婚姻就跟我和蒂朵的父女名分一樣，是假的。」

我的嘴巴慢慢張開，眼睛又圓又凸。我看上去一定像個傻瓜。

你揚起右手，用拇指擦一擦無名指上的指環，「我們沒有婚禮，沒有夫妻之實，只有一對在雜貨店買來的戒指，和各種登記表格上的『已婚』。

「提出要組成一個家庭的時候，最反對的反而是艾莉西亞。毫無疑問，她愛我，我也愛她，但那是純潔的兄弟姊妹式的親愛之情，以及一同從戰爭中帶著殘缺倖存下來的、互相扶持的感情。她一直不渝地愛著菲力。因為始終沒有遺體，我知道她至今還覺得菲力可能是像我一樣：失去了記憶，被某個地方的好心人救了，活在世上。

「而她替我想得更多：萬一我從前有過婚姻、有過妻子兒女，而若干年之後他們又找到了我，該怎麼辦？……因此，好不容易說服她同意成立一個假婚姻之後，我們有過約定：如果我找到過去的妻子和家庭，或者如果她找到菲力，或者愛上別的男人，這個婚姻就立即終止。」

你的聲音因為說了太多的話而喑啞：

「那本《雙城記》，還有《牛虻》……勞倫斯，你說牛虻不該道出真相，而應該把祕密帶進墳墓，那就是你的選擇；你選擇像西德尼·卡爾頓一樣，犧牲自己，成全別人的幸福家庭。

「你怕你會傷害到我和蒂朵、艾莉西亞。因為在我丟失的舊身分裡，在奧利的生命裡，最重要的那個角色是你扮演的，是不是？

「你不僅是奧利的朋友，也是他的情人，是不是？」

房間裡的燈光那麼刺目，我幾乎睜不開眼睛。我緩緩抬起雙手，把遍布淚痕的臉頰埋進抖個不停的手掌裡。

我終於說出了第一句話：「你怎麼知道？」我問的是你怎麼會知道我和奧利的關係。

你說：「我失掉的是記憶，不是智力，更不是對感情的感知力。你愛著我，我看得出。儘管你極力掩飾，可惜真正的愛沒辦法掩飾，一整條山脈、一整個海洋也遮擋不住。」

隔了很久，我又問：「你為什麼要告訴我這些？」

在問這句話的時候，我抬起頭，迎著你的雙眼。那對灰眼睛裡裝著一個我曾失去的世界。

你的眼睛閃爍著奇特的光亮。你一個詞一個詞地說：「我告訴你這些，是因為我得讓你知道我是有資格的。我有資格接受一切真相。我有資格跟你延續任何一種關係。」

我的眼淚，上帝啊，為什麼它們要接連不斷地掉下來？

你的右手穿過桌面，碰到我放在桌上的手指，壓在我的手背上，很緩慢但很果斷地收緊手掌。我感覺到那隻手的重量，那種重量一直蔓延到我肩膀，傳到心口，令心臟顫動。

我的嘴唇張開又閉合，有無數的話想要說，但它們湧上喉口的一刻，卻又都奇蹟般地消失。你投來溫柔、鼓勵的眼神，那目光穿透已逝去的無數白晝、黑夜，重新點亮所有黯淡的夢境與群星，直達未來。

最後我說出的那句話是：

「你也看過我的畫了，你覺得，我要是到你住的地方去，能不能給報紙、雜誌畫畫插圖，或是找個小學美術老師之類的工作？」

你微微一笑：「能的，戈林先生，肯定能。」

奧利，在分別了五年一個月零十四天之後，我終於在晚上二十二點四十九分找到你，與你重逢。是真正的重逢。

從此世間再沒有什麼力量，能讓我跟你分離。

自殺管理員

第一幕 第一場

自殺者甲上。拖著腳步，低聲啜泣。

自殺者甲：

啊，這便是我在生之年
雙眼能領略的最後景致
曾愛上蘭斯洛特爵士的姑娘伊萊恩
作過一首〈愛與死之歌〉
如今冷風在半空中縈繞
彷彿將它句句送進我耳朵

一個戴著口罩、手套的黑衣人衝上來，抓住她的手臂。

自殺者甲：

唉，你有這樣的矯健身手和慈悲心腸

真不如去烈焰熊熊的火災現場
那裡盡是嘶喊著一心要活的生靈
何必圍著我這行屍走肉瞎忙？

你看我的模樣倒還像個活人
其實皮囊裡早裝著一抔灰燼
這牙齒舌尖，除了苦澀嘗不到別的
這肝腸脾胃，也只合消化悲辛
你不見我眼淚已將衣衫浸濕
就請行個方便，放開你的鉗制
且停止說你的忠告良言，隨我給我自己做個主
讓空氣、風和水波接管這具身體

自殺管理員：
啊，女士！這事可要說一聲抱歉
即使想死，你也得死在明天

今早有個身患惡疾的老者，遍體潰爛、痛苦不堪
我准許他跳了下去，因此
今天的自殺名額已滿
你若問：此人為何這般自大又惹人厭？
竟以為生死簿在他手中掌管？
我得答：在下是這座橋的自殺管理員

自殺者甲：
諸神在上！竟有一個職位叫做自殺管理員
我且問你，是誰允你這樣可笑的頭銜

自殺管理員：
你看橋頭那幢亮燈的小樓
一年四季我都在那裡鎮守
如今我只能請你到那樓中暫坐
等過了午夜，再決定你在人間的去留

管理員抓著自殺者甲的手臂走下橋去，退場。

第一幕 第二場

室內一張長桌，周圍圍著五把椅子。其中三把椅子上分別縛著三個人，每個人都有一隻手被綢帶綁在一條桌腿上。

三人愁眉苦臉，嗟歎連連。

自殺者乙：

來呀，快來看我這天下第一倒楣漢

生意完蛋、妻離子散

想要一死了事，居然又殺出個妄人阻攔！

自殺者丙：

早知如此，我何不買瓶毒藥小酌

或把這頸子交給一根繩索

都說這橋是自殺聖地
誰料到還有魔鬼的跟班巡邏

自殺者丁：
據說這橋附近常遊蕩著食魂的魔精
就愛咬嚼那水波中漂蕩的魂靈
咯吱吱吃得口滑，或許也會到岸上來尋覓？
你們在哪？請快來品嘗我的魂兒吧
等死比死更像一種酷刑

自殺管理員與自殺者甲上。管理員扶著那女人在椅子上坐下，從牆上取下一副手銬，把女人的一隻手銬在牆上的木條上。甲乙丙丁面面相覷。

自殺者甲：
原來尚有如許多同儕
選擇今宵良辰前去投胎！

自殺者乙：
唉，若不是這傢伙橫加阻撓
也許我們已在另一個世界會面逍遙

自殺者丙：
那位把我們捆綁在此的人
你倒是說說你的身分
難道你是個殺手狂魔
要把我們當作這陋室的藏品？

自殺者丁：
是啊，我們來此正是希求死神青睞
要殺請快些動手，給個痛快

自殺管理員：

什麼勞什子的殺手，我可沒興趣做
選擇到這橋來投河的人太多
警員們每天打撈屍體，煩不勝煩
因此政府下令設置自殺管理員
每天只准有一人跳下去
後來者，抱歉，請等到明天

自殺者乙：
這事說來真真可笑！
每日在橋上來往的男女，成百上千
你莫非有一雙通靈巨眼，觀心察骸？
是否人的頭頂有雲霧蒸騰
想活的便是鮮明雪白，想死的則是灰暗陰霾？
否則，你又怎麼知道哪個是自殺者
——難道你全憑瞎猜？

自殺管理員：
且跟你們講一講幾十年前的舊事
那年這橋剛剛建成，風光一時

一位男士懷抱愛子來遊覽，踏上橋頭
男孩口中吮著父親剛買的糖球
夕照輝煌，天邊雲朵猶如熔金
那父親手扶欄杆，凝視橋下流水悠悠

他忽向近旁一位女士說：
請幫我抱一抱孩子
然後遽地跳上橋欄，縱身一躍
瞬間身影就在碧波間消失
那便是此橋第一次向幽冥獻祭
男孩三十年後也解不開這謎
父親何以五分鐘前還聊起晚飯的主菜

五分鐘後就讓他變成了孤兒

自殺者甲：
你講的這故事雖然動人
跟問題可有半點兒關係？

自殺管理員：
那個被拋棄的孩子，就是區區在下

自殺者甲乙丙丁：
啊！

自殺管理員：
我父親在縱身跳下之前，我始終記得
他轉頭向我一瞥
那死意已決的目光和臉色

從此我獲得了這個特殊能力：
在人群中辨別自殺者
三十年後，政府為這橋招聘管理員
瞧，這職位天生是為我而設

自殺者甲：
抱歉，我對你的特殊能力並無興趣
請告訴我，我何時才能去死？

坐在劇場第七排九座的鱸鰩起身，捂住褲兜裡不斷吱吱震動的手機，一邊彎腰往外走，一邊低聲說「抱歉」。他是個專業劇評人，但他的文章沒什麼分量，專欄在報紙上占的是最下邊、最差的位置；導演和演員們在咖啡館裡也認不出他，不會上來笑著拍肩膀。他這次打算罵得狠一點，但顯然今天他寫不成稿子了，電話是妻子打來的，讓他馬上去芭蕾舞培訓班接女兒，她跟她母親正在城東跟她母親的老友歡敘，趕不回來。

鱸鰩掛斷電話之後在爆米花自動售賣機旁邊站了半分鐘，劇肯定是看不成了，今天這場的票是片方送給報紙編輯，編輯再交給他的，如果明天再來看，就要自己花錢買票。票挺貴的，劇評的稿費就要折掉一小部分了。如果只靠剛才看的那開頭能不能寫出劇評？倒也可以編：看看原著小說，再搜索劇本和別人的評論，拼拼湊湊總能寫出幾千字。然而，那樣他的劇評恐怕又會變成最差的一篇，被挪到角落裡。他回想剛才聽到的最後一句臺詞：「請告訴我，我何時才能去死」，心裡醞釀著就用這句臺詞做標題：沒人能告訴你，你何時才能去死。

他慢慢往下走，劇院裡的空氣略微窒悶，彌漫著爆米花的焦甜味，因為有那點甜味，似乎這幽暗空間也變得討人喜歡了。如果真有自殺管理員這樣一個沒人競爭、獨一無二的職業就好了。每個職業都太擁擠，他開過花店、書店，寫過電影劇本、小說，但總是敗下陣來，輸給那些更如魚得水的人們。他身上到底有什麼異能，可以自立一門職業？特別會剝栗子算不算？繫鞋帶繫得特別緊，從來不會鬆脫，算不算？職業剝栗子人、職業繫鞋帶師……一想到接完女兒還要回到岳母家中，他就覺得腳腕上像多了一副鐐銬一樣拖不動。去年他為弟弟投資的酒吧做擔保人，一場火災過後，抵押的房子被銀行收回，他和老婆及三個孩子不得不住到岳母家去。岳母早年是大學德文系的學生，跟她同齡的女人很少能受那麼高的教育，她一生以此自傲。前年離婚之後她就開始自學法語，家中貼滿寫著法語單詞的小紙片，她說這是一種「浸入式」外語學習方法，相當先進高效。其實她並不想到巴黎或馬賽去度假，只是想延續那種高人一等的感覺。每次在廁所裡盯著瓷磚牆上黏的彩色便利貼，鱸鰷都想用淋浴噴頭往上猛澆一通，身邊的妻子在電動牙刷的響聲裡模糊不清地念叨：brosse à dents⑩，lait nettoyant⑪，嘿，你也念呀。

劇場大廳中央一排立式海報：

也許是今年最後一部值得你買票的舞臺劇：《自殺管理員》！

根據真實故事和同名暢銷小說改編

導演：犀犛

（國家戲劇金獎得住，代表作《蒸汽時代的遠征》、《子彈落在知更鳥群中》）

編劇：羚羥

（曾自殺未遂，將自身經歷與感觸完美融入本劇，代表作《梵谷與西奧》）

領銜主演：

鼬鼴（代表作《魚類貝類》）

騏駝（代表作《拜倫在希臘》）

如果你也曾有自殺念頭

⑩法語：牙刷。

⑪法語：洗面乳。

如果你也曾在「自殺聖地」臺德橋上徜徉
如果你也有一個自殺身亡的親友
來吧，讓自殺管理員接管你的自殺念頭！

他女兒是個十二歲的小胖子，短腿，即使以父親充滿憐愛的目光去看，也只能得出相貌不美且沒有變美的希望這種結論。他不主張她去上芭蕾舞班，不是因為想省錢，而是因為他清晰地預料到即使梳芭蕾髻穿芭蕾裙，每天做阿拉貝斯克也沒有希望，那種來自母系遺傳的平庸的腰肢姿態，以及靈活不起來的眼珠，都是沒救的。但妻子和岳母用極其相似的輕蔑眼神看著他，似笑非笑地說一句「學費又不勞你繳」，他就沒詞了。

劇院門口有一個抓娃娃機器，裡面新換了電影《復仇者聯盟》的超級英雄絨布玩偶。女兒是美國隊長的粉絲，鱸鰠站住了，想試試給女兒抓一個，摸摸褲兜還是作罷，這讓他胸口蕩起一陣幾乎致命的灰心喪氣。每次岳母用鬆弛的嘴唇噴吐法語單詞、發出「喝、濕、夯」的讀音，讓女兒跟她重複念的時候，他都想抄起手邊隨意什麼東西，砸到那張揚揚自得的老嘴巴上。工人來修理屋頂，他忍得快憋死了，才忍住沒讓工人把岳母臥室的屋頂挖穿，讓天花板在她入睡時轟然塌陷……誰能告訴我，我何時才能去死？

劇院外露天咖啡座，有個姑娘坐在最靠行人道的椅子裡，桌上扣著一本包著麻布書衣的書。她的臉蛋有顯而易見的憔悴和一種安寧熬人的痛苦，穿著海藍色絲襪的腿斜伸出來，但那腳腕線條不好，小腿和腳踝的連接段細得毫無章法，大腿側面有一道跳絲，露出了裡邊皮肉的顏色。鱸鰷往那道跳絲上多看了一眼。

剛才有個路過的男人往自己的大腿上看了一眼，這讓蛙蠊有點高興，也是一天中唯一有點高興的事情。她把身子往下溜一點，穿著絲襪的腿盡量往遠處伸出去，腳踝交疊在一起，腳尖往下壓，這樣腰很難受，但是路人眼中，腿的線條會很美。蛙蠊拿起扣在桌上的小說，繼續往下讀。

小說名字叫《自殺管理員》，男朋友送的。她三心二意地讀了一小半，一堆詞語和句子碎片在腦子裡七零八落，像拼圖堆只有大致顏色，沒有圖案。小說改編的電影正在拍攝，男朋友獼猞就在那個劇組當攝影師。攝影師是個體力活，獼猞的胸肌和手臂肌肉都很迷人——他的迷人之處，對蛙蠊來說也就僅此而已。

她手裡這本書是獼猞劇組裡發的。獼猞還特地讓電影女主演在扉頁簽了個名，上款寫明「送給蛙蠊」。蛙蠊不喜歡這種禮物，裡邊隱隱有一種趨炎附勢的味道，但她還是適當地演出了喜悅，並在那天晚上讓獼猞嘗試了一種新的性愛體位，作為回禮。

為繼續表示自己對這個禮物的喜愛，蛙蠊給書包了書衣，每天上下班放在隨身皮包裡。書衣是她在一家網上手工書衣店訂做的一款，圖案是英國人但丁•羅塞蒂的〈受胎告知〉：傳信天使腳底下燒起一簇蛋黃色火焰，飄浮在距離地面十幾釐米的空中，冷漠傲慢地挺直身軀，一副欽差模樣。聖母蜷曲在床角，脊背駝著，手虛弱無力地按住袍子下襬，就像被擄掠的女人在囚室裡，第一次眼睜睜看著即將霸占她的強盜亮出陽具，一種遲鈍而慘切的認命。

這是蛀蟵最愛的畫，她一直覺得自己就像那個白袍子女人，無論面前的人送來的是火焰或花朵，她只覺得厭惡，只想退到角落裡。但與此相反，她有一種想討好全世界的可憐巴巴的奴性，這個她知道。連在她博客底下留言的一個人寫下的幾句稱讚，她都當作刻度記下來——她隨手寫了一首模仿佛洛斯特的詩，那人誇道：「第三句尤其像佛洛斯特，棒！我覺得你有天分，為什麼不多寫點？」後來她又刻意寫了幾首詩，那個讚她的人再沒出現。她只能點回去看看那個「棒」，又把那句話截圖存在手機裡，時不時拿出來看。

獼猹沒誇過她。定情也不過是她去劇組找他的時候，在室內景棚的巨大綠帆布後面，他摟住她，手臂像一道桶箍似的束住她，低頭舔了舔她耳後那一小塊皮膚。他不是那種能引發海嘯般狂熱的男友。但她更忍不了的是在「人們」那裡被劃進單身的灰暗區域裡，與從來不做頭髮指甲、自暴自棄的中年電梯女管理員為伍。相比起來，獼猹睡著時揚起的腋窩裡的辣臭味尚屬於能忍受的範疇。

她忍不住地要在乎所有人的眼神，同時又很想要去他媽的。

小說的黑字在咖啡桌上玻璃燈的光下呈灰橙色，她往下讀：

世上有很多地方被稱為聖地，即在某一群體之中享有最高聲望、寄託夢幻的地方。這群體

也許大，也許小。大的群體如教派，如某個俱樂部的球迷，小的群體如冰淇淋愛好者，如篤信某星球外星人已於某年某日降臨過地球的人們。不同的群體有不同的聖地：耶路撒冷是穆斯林的聖地；西班牙諾坎普球場是巴塞隆納隊球迷的聖地；某個地鐵站門口不起眼的自製冰淇淋售賣車，可能是冰淇淋愛好者的聖地。

自殺者們也有自己的聖地。在世界最大的自殺網站上，常年於投票中雄踞榜首的自殺聖地，乃是位於科爾猶市的臺德大橋。臺德大橋橫跨在滔滔的臺德河上，距今已五十年。這座橋尚未完工、僅具雛形之際，就有人迫不及待地前來嘗鮮，爬上橋梁上的鷹架，痛哭高歌一番之後，在眾目睽睽之下躍入臺德河，從此揭開了人們爭先恐後到此結束生命的序幕。多年來，這座橋令第二名勒西腓的「雲中斷崖」和第三名赫爾辛基的「水晶冰沼」黯然失色。據自殺愛好者們說，天氣好的時候往臺德大橋下俯瞰，一片霧氣騰騰、波光瀲灩，尤其當夕陽把金光灑遍河水的時候，景色尤為壯麗，令自殺者會感覺跳下去將到達另一個奇妙空間，而不是步入人生的長夜。

然而與此同時，科爾猶市警方和法醫們始終為前仆後繼的自殺者頭疼不已，每年需將大量警力和金錢花在打撈、辨認溺水屍身方面。八年前，一位身具異能的人被介紹到道橋管理辦公室，他自稱能夠在自殺者採取行動（也就是爬上橋欄縱身跳下）之前認出他們，並及時阻止。從那年起，臺德大橋上多了一位自殺管理員，出於對繳稅市民們自殺權的尊重，市政府決定每

天保留一個自殺名額，並把判斷誰可獲准跳橋的權力交給自殺管理員。

獼猞的母親——一位年輕時上過時尚雜誌封面的音樂學院教授——是自殺身亡的，逝者在獼猞心中成了完美不可逾越的豐碑。蛙蟵不僅在身高、乳房弧度、頭髮色澤、說話音色、決斷力、急智、選唱片的品味、尋找另一隻襪子的速度、做肉排醬汁等諸方面都遜色良多，而且她那顆心的鋸齒形狀，跟他的沒法合上。尖角總是尷尬地頂著尖角，咬不進凹坑裡去，就那麼勉勉強強、疙疙瘩瘩地往前滾動。那是一種時而讓人覺得萬念俱灰的勉強，其意義如同一斑之於全豹。

蛙蟵隨手翻了一頁，往下讀。

房間西邊牆上橫釘著一根長長的木條，像芭蕾舞演員練功用的把杆。四個憤怒焦躁的人被單手銬在上面，木條和手銬圈子裡都墊上了棉花和布，弄得像什麼情趣用品，其景猶如一處怪異的性愛電影拍攝現場。

一個年輕女人側過身子伏在木杆上抽噎，她一直戴著口罩，哭聲聽起來悶悶的；兩個男人破口大罵；一個老婦人木然不動。

看那些人的姿勢，你會覺得他們的骨頭早就懶於支撐皮膚，馬上就要放棄肌肉和血液的包

裏，幸好每人都有一把椅子坐，托住那些隨時會散開的身體。

管理員手端茶盤進來，放在茶几上，在人們對面坐下，用一種極誠摯的歉疚口吻說：「對不起，諸位，茶需要等會兒才泡好，想喝茶的就請告訴我，夜還很長。」

一個男人喘著氣說：「我們有剝奪自己生命的自由，你沒有權力拘禁我們。」管理員歎道：「我有，說真的，本市警察局長特批的，有證件，瞧，就在那邊的牆上，鑲著木頭框子、跟持槍執照長得很像的那張。咱們現在要解決的問題是，明天你們哪一位可以先去死。」

其中一位年輕男人忽然放聲大哭，嬰兒那種哭法：揚起腦袋，不顧醜地把嘴巴扯成不規則的橢圓，嘴唇之間連著一絲唾液的亮線。

那老婦人在哭聲中開口了：「喂，是不是誰哭得更慘誰就可以先去死？我獨生子死後，我隔幾天都會這麼哭上一次，比他這個慘多了。」

其餘一男一女也用忿恨的雙眼緊盯住管理員，那女人已經提前用自由的一隻手捂住嘴，彷彿只等管理員一句話，她就要搶先開始啼哭。

那男人的哭聲像是房間裡一件十分生硬的東西，如黑屋子裡的一頭白象似的。他哭得太響，管理員不得不提高音量：「嘿，這位先生，你盡可以表演傷心欲絕，但很抱歉，這個不能成為我判斷的論據。」

不不，沒有什麼真能成為論據：哭不能證明悲傷；每天買酪梨、櫻桃不能證明喜歡吃水果；有男友不能證明不孤獨；做愛不能證明愛；還活著無法證明還想活下去；至今沒有自殺過也不能證明不想去死。

蛀螈把一根手指夾在剛看到的書頁處，合起書去看封面上羅塞蒂的聖母。天使手中百合花的花莖，像一根又長又粗的刺，又像上面纏繞鐵絲的鐵枝，尖端直戳向女人的小腹，說直白點，她的陰部。那才是她畏怯驚怖的原因。

獼猪也具有能刺傷她的東西。在那些哼哼唧唧的夜晚，蛀螈盡力用聲音和動作表達享受。她努力在每一下撞擊裡尋找據說會有的樂趣，就像在被刀砍傷的創口裡找一顆子彈。

愛情應該是一種觸發劑，一種火柴似的東西，它該負責把體內的燃料點燃。算上頭髮指甲、矯形胸罩和蕾絲內褲，蛀螈一共有五十三公斤燃料；然而獼猪卻是海水，他只能打濕她，她原先的一點火苗也熄滅了。她猜想了太多的應該，這可能是她的錯。她坐在高背椅上，脊背緊貼靠背的弧度，人們帶著滿臉絕不會去死的平靜與滿足的神情走來走去，他們真的平靜和滿足？穿著十釐米高跟鞋，一步一塌膝蓋地走在比自己高三十釐米的伴侶身邊？

蛀螈只確定一件事：傑伊・蓋茨比⑫是自殺的。絕對，絕對是自殺。

這時管理員問到了那年輕女人：「為什麼你想要去死？」

那女人摘下口罩：「看，我的理由在這兒。」

口罩去除後，露出了下半截鼻子和上嘴唇，但那幾乎就是全部了。她的下嘴唇和下巴像一團融化後又凝固的蠟。

她說話時聲音仍然清晰，可知經歷過痛苦的練習。下巴和下嘴唇因為想要發出足夠正確的音而努力嚅動，扭出種種可怕的姿態。

她說：「六年前我想跟我丈夫離婚。他平常只是打我而已，那次他抄起了獵槍。我為我父親和母親忍耐了十三次整容手術，現在我父母都去世了。在後來這六年中，我唯一感到平靜快樂的一天，就是決定去死的這一天。你覺得這理由足夠讓我排到第幾位去死？」

侍者開始收拾鄰近幾張咖啡桌，蛙蟖站起來打算走。路過玻璃櫥窗時她停下腳步，對著裡面昏暗的人影整理裙襬。又想起剛才有個男人盯著她的大腿看，就側身按照那個男人的角度，自我鑑賞了一下腿的側面線條。這時她才發現大腿外側的絲襪上有一道扎眼的白道道，跳絲了。

她太喜歡挨著牆、門和各種角落站立，那些平面上總有些探出的釘子頭什麼的，像陰險的

⑫費茲傑羅的小說《大亨小傳》主人公。

指甲，她的絲襪全被鉤得跳了絲。這是她床頭櫃抽屜裡最後一條完整的絲襪，海藍色灑銀色波點，能搭配她的藍襯衣。公司最性感的美人——隔幾天就抱怨地鐵上、游泳池裡有人性騷擾她——穿了一條那樣的絲襪，於是她也買了一條同樣花色的，猶豫了好久要不要穿，今天終於穿了。因為高層人員到公司巡視，她想不管怎樣得體面點兒。

結果就是截至今天下午，她連一條不跳絲的絲襪都沒有了，陌生人看她的腿是因為她可笑地不知道那兒的跳絲。她連一次真正高潮的性愛都沒有過。她生活中找不到一件真正感興趣的東西，連同這本彆扭的作為禮物的書在內。這時手機螢幕上亮起獼猹的電話號碼。她把手機調成靜音扔到包裡，路過垃圾筒時，剝掉書衣，將書塞進垃圾筒。

其實，獼猹並沒真想好接通電話之後說什麼，所以蛙蝲不接，他反倒有點如釋重負。掛掉第四個電話，他靠在導演工作室外的牆上，轉頭跟身邊抽菸的編劇說：「她肯定預感到我是跟她打電話說分手的。」

編劇羚羥是個雀斑如繁星的乾瘦女人，抽菸太凶，神情太緊繃，即使在荷爾蒙橫流的劇組裡也沒人打她的主意。

她對獼猹那句主動跟她說的話，表現出一種有點難看的、受寵若驚似的詫異，但拿出來報答的卻是這麼一句話：「嘿，打電話分手是一種不道德行為，很不道德。其不道德程度近似給明天家中舉行葬禮的人發電子郵件寄一束emoji⑬玫瑰。」

獼猹呻吟似的笑一聲，把手裡的劇本列印稿扔回羚羥腿上，搖搖晃晃地起身走了。

這是羚羥一整天中第五次試圖跟人說話，每次對話都無法超過三句。如果不算上爭吵，她這半年跟母親說的話沒超過二十句。

本性難移。跟亡父一樣，她只會以揶揄表達關懷，以嘲笑表達讚美。她生活中給自己安排的每句臺詞都跟她寫的諷刺劇一樣，句句是王爾德式的冷嘲。在分數略低於平均值的外殼之下，她那分數高於平均值的智力讓她看到過多人類的醜陋和可笑之處。她永遠無法跟人好好交流和相處，猶如動物學不會撫摸和親吻，這一點進化被她父親和她的基因可悲地漏過去了。她第一任男友用半年搞明白了這件事，第二任用了四個月，第三任則不到一百天。

後來，她跟母親保證不會再自殺了，不再糟踐自己，不再一時興起把刀片刺進手腕的肉裡去挑撥血管，像把叉子伸進蒙著保鮮膜的碗裡去戳弄一根麵條。

她低頭看著手裡的劇本和手腕上的刀痕，劇本是照小說改編的。二流小說是那種「點子文學」——抓到一個吸引人的題材之後，不論是大部分作者還是讀者，都不再對文字好壞有苛求。但導演說，二流小說才剛好能改編出一流電影。

導演認為要修改的地方都折了角，半頁紙都窩上去。她特別不喜歡這樣，就像看著一個人被強迫揚起腿、膝蓋頂住胸口似的。她翻到第一處折了角的地方。

⑬繪文字，表情符號。

32. 自殺管理室，夜，內

自殺管理員獨白：昨天午夜我看到月亮和雲，就知道今天會是個忙碌的日子。但也沒想到一天中會有五位好人來照顧生意。他們的理由也都前所未有地充分：得了絕症過於痛苦；孀居後獨子喪生；生意失敗妻子改嫁；失戀後被毀容；地震中七口家人全都死掉，包括懷孕的女友。

（管理員從抽屜裡取出一遝打印紙，給每人分了一張。）

自殺管理員：你們可以先看看，這是我這幾年整理的本市其餘可供自殺的好地點。我都挨個去考察過，拍了照片附在下面。比如我私人排名第一位的但丁大廈頂樓，我覺得不算臺德大橋的話，那個地方可以打五星，站在樓頂能遠遠看到青藍色的摩比斯灣裡的漣漪和帆船，還有青灰色的楚格峰……

這一頁邊緣寫著導演意見：「此處展示其餘自殺地點的方式過於紙面，像PPT⑭，改為更有畫面感的方式。」

羚羥從口袋掏出鋼筆修改臺詞，手指按在筆桿上一陣疼。自殺既然不能，她就選擇用別的法子迫害自己——撕咬手指上的皮膚。從拇指開始，順著指紋的紋理，先咬開一個缺口，然後一塊塊一條條撕下來，吞掉。她的指甲邊緣長年血跡斑斑。指頭的皮硬化成了蠶繭一樣厚而光滑的殼子，抓東西時常滑脫，每隔幾天就摔碎一個馬克杯。被剝出新肉、流著血的指尖敲擊鍵盤，如同人魚用雙腳在陸地上行走，每一下都傳來一次劇痛。

把劇本所有折角頁都修改、撫平之後，羚羥躺在床上給母親打了個電話，沒人接。她忍著手指尖的疼痛，編輯了三條非常長的簡訊，寫了刪刪了寫，要寫幾句和解的話太難了。她用了「愛」字，還用了「對不起」。發送完畢後，她連看到手機都覺得尷尬和難為情，遂關機，把手機扔到床下，放在毛絨拖鞋裡。摸摸放在枕邊的劇本，翻個身睡著了。

七天之後，人們將讀到她給母親鸝鴞發去的簡訊。那部老手機因待機時間過長而關機，調查身分的員警之中，恰巧有一人手機型號與鸝鴞的手機相同，他們給那部手機充了五分鐘電，打開了它。螢幕上有十一條未讀消息，兩條是銀行的系統簡訊，七條是羚羥的簡訊。鸝鴞的銀行帳戶存款只剩兩位數，轉帳的另一方是比她小十二歲的男友。人們將查到他發給鸝鴞的最後一條簡訊：對不起，我覺得無顏見你，所以請原諒我的不告而別。

人們將看到枕頭上留著後腦勺的印子，印子還像新的一樣，完全看不出隔了七天的樣子。

人們將放空浴缸裡血紅的水，抬走慘白的屍體。

人們將看到桌上的筆記型電腦一直迴圈播放某網站上的視頻——一個採訪節目在這七天中已

⑭演示文稿。

經反覆播了數千次。

節目主持人：嗨，你好，歡迎到我的節目來。

自殺管理員（戴著口罩上場，坐下，與主持人握手）：你好。

主持人：你不打算摘口罩是嗎？這東西是不是跟蝙蝠俠的頭套和超人的眼鏡一樣？

（觀眾笑）

自殺管理員：上午我已經跟你們的製片人和導演談妥了不會摘口罩，我記得你也在會議室，對吧？

（觀眾笑）

主持人：啊，我的天，我有點尷尬，呼，咱們演播室有點熱。（觀眾笑）我只不過問一下以防你改變主意。我該怎麼稱呼你？也叫你管理員？

自殺管理員：當然可以，雖然你可能不會給我管理你的機會。我也希望你不會有。

主持人（意味深長地撇嘴）：我那兩個前妻倒可能希望你會有。

（觀眾笑）

主持人：好啦，來談談你的工作吧。我看到這裡有個紀錄，你已經幹了八年。八年來，你在橋上一共阻止了一千三百七十四起自殺，非常了不起！

（觀眾鼓掌）

自殺管理員：不用鼓掌，真的不用，因為被我阻止的自殺者有一大半還是另找地方去死了，我只是不讓他們增加那座大橋上的自殺數字而已。有一陣我會搜集地方新聞，看那些跳樓、燒炭自殺的人，幾乎都是熟臉，有人甚至還穿著到橋上自殺時的外套和帽子。

主持人：畢竟還是有一些人，在那天之後就找回勇氣、活下去了。

自殺管理員：不多。

主持人：現在，再給我們講講你的工作，你每天是怎麼工作的？戴著口罩在橋上方五米處低空飛行巡視？

（他做了一個超人飛行時，一手前伸一手握拳的姿勢。觀眾大笑。）

自殺管理員：不是那樣的。橋頭、橋尾和橋中間各有一個監視鏡頭，當人們走上橋的時候我會仔細打量，大致可判斷他們上橋來是為了到對岸去，還是來「砸水花兒」的。哦，對不起，剛才我用了一個和我太太開玩笑時造的詞——我們把自殺的人叫作「砸水花兒的」。這麼說不算歧視吧？你們節目不會被抗議吧？

主持人：不會的。這個詞是你和你太太發明的？

自殺管理員：是的，她也來了，一會兒你們可以見見她。她是個非常棒的女人，非常棒，棒極了。我覺得你們如果知道我太太有多好，而發現你們再也沒機會娶到她，你們會集體去臺德橋自殺的，那我就要失業了。（觀眾笑）啊，對不起，我跑題了，好，繼續說我的工作。如果我認為有可疑人物，就馬上從我的小屋裡出來，悄悄跟在他身後——由於這幾年你們這些媒體的報導，現在我的樣子已經有不少人知道了。去年有一夥人還在橋頭建築師的雕塑底座上噴繪了我的頭像——我大部分時間都戴口罩，或者用圍巾擋住半張臉，戴上特製的帶膠粒的防滑棉布手套，一旦發現那人有要爬上橋欄的傾向，就迅速衝上去抓住他，拽回管理室。

主持人：還是有點像超人和蝙蝠俠，是不是？……一年中有沒有特別忙碌的時段？

自殺管理員：有淡季和旺季之分。三月和四月是雨季，難得出太陽；十一月是霧季，人們都像待在養花的溫室棚子裡，透過髒兮兮的半透明頂棚看天。太陽對我這個行業太重要了，人心裡想自殺的念頭像蘑菇或者黴斑，太陽對它們有殺傷性作用。但雨天和霧天就——完蛋了！地球上的一切生物誕生都靠太陽嘛，見不到太陽就像安泰俄斯雙腳離開地面，得不到蓋婭的力量一樣。我每晚都注意天氣，如果天氣糟糕，我就要準備好防滑手套和口罩，盯緊監視鏡頭了。

年底也是旺季。三年前耶誕節花車隊伍通過大橋的時候，人群裡混著一個自殺者，借助花車的遮擋跳了下去，我沒能提前發現。去年「同志驕傲遊行」時衣不蔽體的基佬和姬佬們鬧哄哄擠得像一大團蜜蜂一樣通過大橋，圍觀者多得像嗅到蜂蜜的螞蟻。我衝進隊伍裡，從掛滿彩虹圖案氣球和旗子的小巴士車頭上拽下一個人來，他除了麂皮內褲和乳環什麼都沒穿，身上塗了一層厚厚的助曬油，要不是我提前戴了防滑手套，根本抓不住他。我拽著他往管理室走的途中，差點被不明真相的基佬和姬佬們按翻揍死。我聲嘶力竭地說這是個想自殺的傢伙，他們不信，最後一個基佬同意上來搜他的身，在他的內褲內袋裡搜著了一封遺書。他承認自己是HIV（人類免疫缺陷病毒）陽性，而他的伴侶已經去世了，他本想趁小巴車開到橋中央時跳河的。總之最近兩年，我的工作有點不容易做，他們像要挑戰我似的，挖空心思想辦法往河裡跳。

主持人：確實是艱苦的工作，那麼你有休息日嗎？

自殺管理員：有的，我每週會給自己放一天假，下橋去走走。

主持人：如果下橋之後，在街上看到一張有自殺意圖的臉，你會不會上前阻止他？

自殺管理員：當然不會。在臺德橋上管這個事兒，那是我的工作。下了橋，我就不工作了。而且，說實在的，我很願意尊重人們剝奪自己生命的自由。

主持人：有沒有你沒阻攔住的、讓你感到遺憾的自殺事件？

自殺管理員：有。四年前的雨季，一對兄弟都有遺傳病，雙雙來跳橋，他們知道我會攔住他們，就選了橋兩頭分別往下跳。我拽住哥哥的時候，弟弟趁機在另一頭跳下去了。哥哥在我的管理室客房住了一夜，他的衣服都淋濕了，我太太就給他拿了我的衣服換上。他一直不出聲地流眼淚。我允許他第二天第一個跳下去。到午夜十二點過五分時，他就穿著我的襯衣和褲子跳下去了。他的頭髮顏色和髮型碰巧也跟我一樣。員警們打撈起遺體的時候，我有一陣恍惚，覺得那遺體就是我。

還有一位被我阻止住的人，第三天我在網站上看到他從遊樂場摩天輪的小車廂裡跳下來，自殺成功了。他摔在了下邊旋轉木馬的尖頂棚上，砸破頂棚，砸壞了下邊的一隻戴羽毛頭飾的木馬，導致這個遊樂場最受歡迎的旋轉木馬關停修理了小半年。這個我是有點愧疚的。

哦，還有一位大胖子，去年霧季的事，我已經握住他胳膊，但是他手臂太粗，皮肉又軟得像嚼了十個小時的口香糖，防滑手套也不管用，我的手指頭沒著上力，他還是跳下去了。我的手臂也被他弄得脫了臼。潛水夫在水底下找到他的屍體，但是弄不上來，最後是拴了繩子用岸上的汽車拖上來的。那次之後，我就買了啞鈴練臂力。現在，我已經能很輕鬆地，這樣——

（他站起來，兩手拎起他剛才坐的皮沙發，慢慢舉過頭頂。觀眾鼓掌）

主持人：現在我要念幾個觀眾們遞上來的問題了……哦，這位觀眾問，這份工作對你和你的家人有沒有負面影響？

自殺管理員：沒有。如果一定要說影響，那就是——我經常會收到信——自殺者的家人寫來的信。

（他從牛仔外套口袋裡掏出一張紙，開始讀。）

爸爸，這週我們學習莎士比亞的《暴風雨》，老師要我們每個小組演一段。我分到的角色是腓迪南王子，我暗戀的女同學菲比演精靈愛麗兒，她戴了一對她媽媽給黏的假翅膀，在我身後大聲念臺詞：

五噚的水深處躺著你的父親，
他的骨骼已化成珊瑚；
他眼睛是耀眼的明珠；
他消失的全身沒有一處不曾
受到海水神奇的變幻，
化成瑰寶，富麗而珍怪。

我在教室裡大哭起來。後來老師向外公和外婆道歉了，說不該讓我參加這個活動。爸爸，他們始終沒找到你和你的帽子，六艘船和六個潛水夫都沒找到你。但即使你某天忽然推門回來，我也不會原諒你，不光因為你錯過我的足球賽，錯過每年你跟外公和我的釣魚旅行，也不光因為媽媽去年耶誕節說出去找你，一直沒再回來（她是不是已經找到你了？），而是因為，我總覺得你跟我有一個約定，那就是你會好好做我爸爸，我認真做你兒子，你教我騎自行車、帶我學潛水的時候，我都當作是那個約定在背後生效，但你毀約了。

（人們沉默）

主持人：最近由你的故事改編的小說和話劇都很紅啊，做節目之前我到香蕉評論網上去看了看，有四萬三千多人打分，分數是八點三分。話劇《自殺管理員》公映十二場，明年第十一和第十二場的票也早就賣光了，非常成功，非常，非常成功。小說中的結局，是那一天同時來自殺的四個人在管理室中住了三夜，滔滔不絕地聊天，為了獲得先死的權利，互相勸慰，希望別人找回生的希望，但每到午夜都有一個人走出門跳下大橋。而話劇的結尾，據說是你親自寫出來拿給導演和編劇的，是嗎？

自殺管理員：嗯，是的，話劇導演說希望有一個光明的結局。於是，我給他們寫了現在這個結局：孀居失子的老婦人收養了生意失敗的那位年輕人做養子；地震中家人喪生的男人娶了毀容的姑娘為妻，他們互相成了放棄死亡的原因。電影版的結局跟這個又不同，不過抱歉，影片上映前製片方不允許劇透。

主持人：真酷，三個結局都不一樣。而我們徵集到的問題最多的就是：真實的結局是怎麼樣的？

自殺管理員（沉默了五秒鐘）：為了表示對死者的尊重，我只能告訴你們：他們中有一些死了，有一些沒死——咳，人生還不就是這樣。

主持人：最後，讓我們歡迎管理員先生的夫人上來跟我們見見面吧。

（觀眾熱烈鼓掌）

（一個穿著白裙子的女人踏上舞臺，她也像自殺管理員一樣戴著口罩，但身材窈窕，口罩上方露出的一對眼睛顧盼嫻雅，看上去是個美人。她站到自殺管理員身邊，轉身面對人群，摘下口罩，露出一張沒有下嘴唇和下頷的臉。）

後記

來，見見我的祕密情人

瞧，這柔媚如幼鴿、冷酷如暴君的傢伙，猜猜他是誰？

大部分時間，他陪我待在同一個空房間，聽著敲擊鍵盤的噠噠聲，揮舞手臂，腳尖踢到空中，哼著滴滴答答的小曲。我不回頭，他時而迫近，溫熱的呼吸噴在我後頸上，吹起碎髮。我不看，但我知道他在。

有時，他會把我推得遠遠的，隔著七個不可逾越的重洋。我像少年Pi一樣乘著猛虎之舟，漂蕩在他或許會出現的海域。冀靈體之複形，御輕舟而上溯。浮長川而忘返，思綿綿而增慕。

當他像蜃景一樣現出形狀，在夜星最後的輝光裡，我要用最快的速度，編結詞語句子，織成索具，丟出去套住他的脖頸、手腕、腳踝，像聖地牙哥捕捉大魚一樣，把他一點一點拽回身邊。

我緊摟住他的胴體，四肢並用，雙腿盤絞在他腰間，一口咬在他濕冷的皮膚上，代替親吻。

或者讓他握著我的手，在海浪雪白的泡沫上起舞。

繾綣的時間，或長或短。我從不懇求他留下來。因為一旦留下來，他也不再是他。這是我跟他之間不會結束的遊戲。我得去找他，不斷地失散，再重逢。每次出現，他的樣子都會不同。每天、每小時，甚至有時我一轉身，他就會消失不見。

但我心知他永不會離我而去。五歲我第一次遇到他時，正沉浸在小孩子那種天昏地暗的痛哭中。忽有兩片嘴唇吻了我的額頭，我抑住啼哭，聽到他說，咱們來做個交易，我允許你一輩子做我的祕密情人，但你要愛慕我，侍奉我，用你心上最燙的血給我暖腳。

我說，我願意。

後來他帶來一雙紅鞋，親手替我穿在腳上。那鞋一套上就隱沒了，但我感覺得到那魔力流轉。他說，一旦穿上就脫不掉的，你得穿著它跟我跳舞，跳到死。

我跪下來吻他的手指尖，說，固所願也，弗敢請耳。

事就這樣成了。

他是瘋瘋癲癲喜怒無常的瘋帽匠，是為拇指姑娘安上蠅子翅膀的小花王，是要我把胸口抵在刺上的紅玫瑰。我永遠看不厭他變幻不止的臉龐。只要是能與他廝混的地方，我都稱之為天堂。

有時跟他整天溫存，躺下睡覺時還默默反省自己的愚鈍，計畫明天該跟他說點兒什麼聰明話。

即使在最痛苦的時候，我背轉身去，決定跟他冷戰，但板起臉還沒五分鐘，一想起他，手心就慢慢潮濕了。

現在，我每天的工作是給他寫情書。他看我寫得好，偶爾會捎一點兒錢給我。我就靠那點兒錢過活。但我不在意也不奢求。別妄圖指引愛，如果它覺得你配，它自會指引你；愛在愛裡面已經滿足了。我說，請引我去宇宙盡頭的餐廳，去一切地圖上不存在的地方。求你與我共舞，一直到死。

國家圖書館預行編目資料

性盲症患者的愛情/張天翼作. --初版. --臺北市:寶瓶文化, 2018.05
面 ; 公分. -- (Island ; 277)
ISBN 978-986-406-118-1(平裝)

857.63 107004826

Island 277

性盲症患者的愛情

作者／張天翼

發行人／張寶琴
社長兼總編輯／朱亞君
副總編輯／張純玲
資深編輯／丁慧瑋
編輯／周美珊・林婕伃
美術主編／林慧雯
校對／周美珊・陳佩伶・劉素芬・張天翼
業務經理／黃秀美　企劃專員／林歆婕
財務主任／歐素琪　業務專員／林裕翔
出版者／寶瓶文化事業股份有限公司
地址／台北市110信義區基隆路一段180號8樓
電話／(02)27494988　傳真／(02)27495072
郵政劃撥／19446403　寶瓶文化事業股份有限公司
印刷廠／世和印製企業有限公司
總經銷／大和書報圖書股份有限公司　電話／(02)89902588
地址／新北市五股工業區五工五路2號　傳真／(02)22997900
E-mail／aquarius@udngroup.com
版權所有・翻印必究
法律顧問／理律法律事務所陳長文律師、蔣大中律師
如有破損或裝訂錯誤，請寄回本公司更換
著作完成日期／二〇一七年
初版一刷日期／二〇一八年四月二十五日

ISBN／978-986-406-118-1
定價／三五〇元
© 張天翼 2018
本書中文繁體版由張天翼通過中信出版集團股份有限公司授權寶瓶文化事業股份有限公司在港澳台地區獨家出版發行。
All Rights Reserved.
Printed in Taiwan.

AQUARIUS 寶瓶 文化事業

愛書人卡

感謝您熱心的為我們填寫，
對您的意見，我們會認真的加以參考，
希望寶瓶文化推出的每一本書，都能得到您的肯定與永遠的支持。

系列：Island 277 **書名：性盲症患者的愛情**

1. 姓名：＿＿＿＿＿＿＿＿ 性別：□男 □女
2. 生日：＿＿＿年＿＿＿月＿＿＿日
3. 教育程度：□大學以上 □大學 □專科 □高中、高職 □高中職以下
4. 職業：＿＿＿＿＿＿＿
5. 聯絡地址：＿＿＿＿＿＿＿＿＿＿＿＿＿＿＿＿＿＿＿＿＿

   聯絡電話：＿＿＿＿＿＿＿＿ 手機：＿＿＿＿＿＿＿＿
6. E-mail信箱：＿＿＿＿＿＿＿＿＿＿＿＿＿＿＿＿

   □同意 □不同意 免費獲得寶瓶文化叢書訊息
7. 購買日期：＿＿ 年 ＿＿ 月 ＿＿日
8. 您得知本書的管道：□報紙／雜誌 □電視／電台 □親友介紹 □逛書店 □網路

   □傳單／海報 □廣告 □其他
9. 您在哪裡買到本書：□書店，店名＿＿＿＿＿ □劃撥 □現場活動 □贈書

   □網路購書，網站名稱：＿＿＿＿＿＿ □其他＿＿＿＿＿
10. 對本書的建議：（請填代號 1. 滿意 2. 尚可 3. 再改進，請提供意見）

    內容：＿＿＿＿＿＿＿＿＿＿＿＿

    封面：＿＿＿＿＿＿＿＿＿＿＿＿

    編排：＿＿＿＿＿＿＿＿＿＿＿＿

    其他：＿＿＿＿＿＿＿＿＿＿＿＿

    綜合意見：＿＿＿＿＿＿＿＿＿＿＿＿＿＿＿＿＿＿＿＿＿＿＿＿＿＿
11. 希望我們未來出版哪一類的書籍：＿＿＿＿＿＿＿＿＿＿＿＿＿＿＿＿

讓文字與書寫的聲音大鳴大放

寶瓶文化事業股份有限公司

（請沿此虛線剪下）

廣　告　回　函
北區郵政管理局登記
證北台字15345號
免貼郵票

寶瓶文化事業股份有限公司　收

110台北市信義區基隆路一段180號8樓

8F,180 KEELUNG RD.,SEC.1,

TAIPEI.(110)TAIWAN R.O.C.

（請沿虛線對折後寄回，或傳真至02-27495072。謝謝）